김강현 판타지 장편소설
FANTASY STORY & ADVENTURE

천신 1

Ray-El

dream
books
드림북스

천신 *1*
숲의 길잡이

초판 1쇄 인쇄 / 2009년 12월 10일
초판 1쇄 발행 / 2009년 12월 21일

지은이 / 김강현

발행인 / 오영배
편집장 / 김경인
펴낸 곳 / (주)삼양출판사 · 드림북스

주소 / 서울특별시 강북구 미아8동 322-10호
대표 전화 / 02-980-2112 팩스 / 02-983-0660
편집부 전화 / 02-980-2116 팩스 / 02-983-8201
블로그 / blog.naver.com/dream_books

등록번호 / 제9-00046호
등록일자 / 1999년 3월 11일

ⓒ 김강현, 2009

값 8,000원

ISBN 978-89-542-3504-4   04810
ISBN 978-89-542-3503-7   (세트)

* 지은이와 협의하에 인지는 생략합니다.
* 잘못된 책은 구입한 곳에서 바꾸어 드립니다.

천신
강림로
김강현 판타지 장편소설
FANTASY STORY & ADVENTURE
1
숲의 길잡이
dream books
드림북스

천선
Ray-El

　내가 어젯밤 꿈에 나비가 되었다. 날개를 펄럭이며 꽃 사이를 즐겁게 날아다녔는데, 너무도 기분이 좋아서 내가 나인지도 잊어버렸다. 그러다 불현듯 꿈에서 깨었다.

　깨고 보니 나는 나비가 아니라 내가 아닌가? 아까 꿈에서 나비가 되었을 때는 내가 나인지도 몰랐다. 그런데 꿈에서 깨고 보니 분명 나였다.

　그렇다면 지금의 나는 정말 나인가, 아니면 나비가 꿈에서 내가 된 것인가? 지금의 나는 과연 진정한 나인가, 아니면 나비가 나로 변한 것인가?

―장자, '호접몽' 중―

제1화 길잡이 레이엘
Ray-El

"정말로 저 사람이 최고의 길잡이인가요?"

사라는 믿을 수 없다는 듯 눈살을 찌푸렸다. 그녀의 눈앞에 앉아 있는 사람은 고작 열일곱이나 열여덟 정도로밖에 안 보였다. 게다가 표정이 아예 없었다. 그리고 눈은 공허했다. 경험상 이런 사람들은 의욕이 없어 무슨 일을 하더라도 제대로 하는 법이 없다.

그녀의 심정을 아는지 모르는지 그녀를 여기까지 데려온 용병사내는 크게 고개를 끄덕이며 말했다.

"길잡이 레이엘이라고 하면 이곳 포레인에서 모르는 사람이 없을 정도로 유명하지. 당신은 아주 운이 좋은 거라고. 레이엘이 포레인에 들르는 건 그리 흔한 일이 아니거든.”

　용병사내의 말이 워낙 자신만만했기에 사라는 잠시 고개를 갸웃거렸다. 그녀가 가려는 곳은 다른 곳도 아닌 마수의 숲이다.

　그런 곳을 안내하려면 경험이 아주 많은 사람이어야 한다. 한데 눈앞에 있는 레이엘이라는 사람은 젊다고 하기보다는 어리다고 하는 게 더 어울렸다.

　‘그래도……’

　공허한 표정과는 달리 레이엘의 몸은 상당히 탄탄했다. 겉으로 드러나 보이는 곳에는 어김없이 단단한 근육이 보였고, 풍기는 분위기도 그리 녹록치 않았다.

　하지만 너무 어렸다. 그녀가 원하는 길잡이는 적어도 서른은 넘은 사람이어야 했다. 그 정도 경험은 있어야 원하는 곳까지 들어갈 수 있으리라 여겼다.

　“아무래도 너무 어려요. 전 경험이 많은 사람이 필요해요. 꽤 깊은 곳까지 들어갈 예정이니까요.”

　용병사내는 어깨를 한 번 으쓱했다. 깊은 숲에 들어가려면 당연히 가장 뛰어난 길잡이가 필요하다. 그리고 그가 알기로 가장 뛰어난 길잡이는 레이엘이었다.

　“뭐, 고객이 싫다면 할 수 없지. 다이아몬드보다 은이나 구리를 더 좋아하는 사람도 있는 법이니까.”

　용병의 말에 사라의 눈이 한 차례 날카롭게 빛났다. 이렇게 노골적으로 자신을 놀리고 있으니 화가 날 만도 했다. 하지만 그 덕분에 사라는 다시 한 번 레이엘이라는 자를 살펴봤다.

'아무리 봐도 특별한 구석은 별로 없어 보이는데⋯⋯.'

다시 살펴도 마찬가지였다. 그에게선 의욕이라는 것이 보이지 않았다. 이런 자를 길잡이로 고용한다면 자신은 물론이고 함께 있는 사람들 모두를 곤경에 처하게 만들 수도 있었다.

'그건 안 되지. 그분이 어떤 분인데.'

사라는 내심 한숨을 내쉬었다. 그리고 몸을 돌렸다. 역시 경험이 더 많은 노련한 길잡이가 필요했다.

"전 더 경험이 많은 길잡이가 필요해요."

사라의 말에 용병이 정색을 했다.

"이곳 포레인에 레이엘보다 더 경험이 많은 길잡이는 없소. 나이가 많은 길잡이라면 소개해 줄 수 있소."

용병의 말에 사라의 얼굴에 놀람이 어렸다. 그리고 다시 고개를 돌려 레이엘을 바라봤다. 아무리 봐도 열여덟 이상으로는 보이지 않았다.

"열아홉이오. 레이엘은 열 살부터 길잡이를 했지. 7년 이상을 길잡이 노릇을 하며 살아남은 사람은 레이엘이 유일하지. 어떻소? 이래도 다른 길잡이에게 가겠소?"

사라는 정말로 의외라는 듯 레이엘과 용병을 번갈아 바라봤다. 그러다가 이내 굳은 얼굴로 용병을 똑바로 노려봤다.

"당신의 말에 거짓은 없겠죠?"

용병은 피식 웃었다.

"어차피 조금만 돌아다니며 알아보면 다 드러날 진실을 왜 속이겠소? 한데 문제는 그게 아닐 텐데?"

사라는 용병의 말에 그게 무슨 소리냐는 듯한 표정을 지었다. 용병은 레이엘을 힐끗 바라보며 말을 이었다.

"난 안내만 해줄 뿐이오. 허락은 레이엘에게 직접 받아야지. 참고로 레이엘은 하루 이상 포레인에 머무른 적이 없소. 오늘 몸이라도 써서 꼬드기지 못하면 내일은 다른 어중이떠중이의 안내를 받을 수밖에 없다는 뜻이지. 아무튼 잘 해보쇼. 안 되면 길드로 찾아오고. 하하하하."

용병은 그 말을 끝으로 낄낄거리며 멀어졌다. 사라는 그런 그의 뒤통수를 잠시 노려보며 불덩이 하나를 날릴까 말까 한동안 고민을 했다.

"후우. 내가 참아야지. 이런 데서 소란을 피울 수는 없으니까."

사라는 그렇게 중얼거리며 다시 레이엘을 바라봤다. 레이엘은 나무 그늘에 앉아 멍한 표정으로 허공을 바라보고 있었다. 사라의 눈살이 살짝 찌푸려졌다. 그녀가 보기에 레이엘의 모습은 제정신이 아닌 듯했다.

"이, 이봐요."

사라의 부름에 레이엘의 눈에 살짝 초점이 돌아왔다. 하지만 그 눈빛은 여전히 공허했다. 레이엘은 눈동자를 살짝 돌려 사라를 바라봤다. 사라는 레이엘과 눈이 마주치자 흠칫 놀라 뒤로 물러섰다.

'뭐, 뭐지?'

한순간 심장이 위축되는 걸 느꼈다. 이런 느낌은 처음이었다. 마치 맹수를 눈앞에서 마주친 듯한 착각이 일 정도였다. 하지만 그 느낌은 듦과 동시에 사라졌다.

"기, 길잡이를……."

사라가 억지로 말을 꺼내자, 레이엘이 가볍게 고개를 끄덕이며 말했다.

"목적지는?"

"마수의 숲 깊은 곳에 있다는 유적지예요."

"출발일은?"

"내, 내일……."

"하지. 보수는 100골드다."

사라의 눈이 화등잔만 해졌다.

"마, 말도 안 돼! 3골드면 충분하다고 했는데!"

레이엘의 눈에서 슬그머니 초점이 사라졌다.

"그럼 다른 사람에게 가."

전혀 아쉬울 것 없다는 듯한 레이엘의 태도에 사라는 황당한 얼굴로 잠시 그를 노려봤다. 100골드면 너무 큰돈이다. 자신의 선에서 해결이 불가능하다.

'이게 뭐야. 내 꼴만 우스워졌잖아.'

길잡이를 고용하자고 한 것은 사라의 주장이었다. 다른 기사들은 사라의 주장에 코웃음을 쳤다. 그도 그럴 것이 함께 온 기사가 무려 30명이었다.

하나같이 마나를 능숙하게 다루는 기사였다. 그들은 어떤 몬스터가 나타난다 해도 능히 상대할 수 있는 강자들이었다.

그뿐인가. 마법사도 다섯이나 함께 왔다. 그들 역시 최소 4클래스에 이르는 강자들이었다. 기사들의 도움을 받아 마법을 쓸 수만 있다면 몬스터가 떼로 몰려와도 두려울 게 없었다.

게다가 병사들도 300명이나 동원했다. 이렇게 대규모로 움직이는데 누가 두려움을 느끼겠는가.

하지만 사라는 자신이 떠나기 전 스승님께서 하신 당부를 잊을 수 없었다. 마수의 숲을 절대 우습게 여기지 말라던 그 당부를 말이다. 반드시 능력 있는 길잡이를 고용하라 하셨다. 그리고 언제든 숲에서 도망칠 수 있도록 긴장을 늦추지 말라고 하셨다.

"하아. 어쩔 수 없지."

사라는 한숨과 함께 돌아섰다. 돈에 여유가 없으니 다른 길잡이를 구하는 수밖에 없었다.

하지만 내심 자신을 여기까지 안내해 준 용병이 괘씸해졌다. 그 용병은 레이엘이 얼마 전 길 안내를 할 때는 의뢰비가 3골드였다고 했다.

사라는 분을 못 참고 다시 뒤돌았다.

"대체 왜 이러는 거죠? 다른 사람은 3골드에 해주고 왜 나한테만 100골드를 받겠다는 거예요?"

레이엘의 눈에 다시 초점이 돌아왔다. 레이엘의 서늘한 시선이 사라의 온몸을 한 번 훑었다. 사라는 그 시선이 닿는 곳마다 소름이 돋는 것 같았다. 레이엘의 손이 천천히 올라갔다. 그리고 손가락을 들어 사라의 몸 한 군데를 가리켰다.

"그거, 100골드쯤 할 것 같은데?"

사라는 어리둥절한 표정으로 고개를 숙여 레이엘의 손가락이 가리키는 곳을 확인했다. 그리고 경악에 찬 눈으로 고개를 번쩍 들고는 레이엘을 노려봤다.

"서, 설마! 이 목걸이를 말하는 건가요?"

레이엘이 고개를 끄덕이자, 사라는 잠시 갈등했다. 그녀에게는 아주 소중한 목걸이였다. 하지만 그녀가 알기로 결단코 100골드의 가치를 가진 목걸이는 아니었다.

기껏해야 몇 실버면 살 수 있는 목걸이에 불과했다. 그녀는 목걸이를 손으로 꼭 쥐고 눈을 감았다. 그리고 이내 결심한 듯 목걸이를 벗었다.

"좋아요. 이 목걸이를 드리죠. 100골드의 가치가 있는 건지는 모르지만, 제겐 아주 소중한 거예요. 그러니 확실히 하죠. 마수의 숲에 있는 유적지까지 안내해 주실 거죠?"

레이엘이 고개를 끄덕였다. 사라는 한 가지 조건을 더 달았다.

“그리고 되도록 우리 일행과는 충돌하지 마세요. 그들이 어떤 말과 행동을 하더라도 참아주세요.”

레이엘의 눈빛이 조금 더 서늘해졌다.

“노력은 해보지.”

사라는 잠시 발끈했지만 이내 고개를 절레절레 저었다. 그리고 한숨과 함께 떨리는 손으로 목걸이를 건넸다. 레이엘은 그 목걸이를 잡아채듯 받아갔다.

레이엘은 목걸이를 이리저리 살폈다. 특히 목걸이 가운데에 박혀 있는 보석을 이리저리 살폈다. 사라는 미련이 남은 눈으로 그 모습을 지켜보다가 눈을 크게 떴다. 레이엘이 품에서 작은 칼을 꺼내 목걸이의 보석을 긁기 시작했기 때문이다.

“무, 무슨 짓이에요!”

사라의 외침에도 레이엘은 아랑곳하지 않고 칼을 움직이더니 결국 보석을 빼냈다. 그리고 입가에 희미한 미소를 지었다.

“역시.”

레이엘은 능숙한 솜씨로 목걸이를 만지작거리더니 다시 보석을 끼워 넣었다. 어느새 목걸이는 감쪽같이 원래대로 돌아갔다. 레이엘은 멍한 표정으로 그 광경을 지켜보고 있던 사라에게 목걸이를 휙 던졌다.

사라는 화들짝 놀라 목걸이를 받았다.

“이, 이게 무슨⋯⋯.”

“껍데기는 필요 없어.”

사라는 레이엘이 무슨 말을 하는지 몰라 어리둥절한 표정을 지었다. 레이엘은 더 설명해 줄 생각이 없다는 듯 몸을 일으켰다.

"슬슬 어두워질 것 같은데 가야 하지 않아?"

"아, 그, 그렇죠. 가, 가요."

사라는 눈에 띄게 당황하며 돌아서서 걸음을 옮겼다. 레이엘은 다시 예의 그 공허한 표정과 초점 없는 눈으로 돌아가 사라의 뒤를 멍하니 따라갔다.

사라는 점점 더 혼란스러워졌다. 처음에는 나이 어린 애송이라 여겼는데, 이제는 정체가 뭔지 알 수가 없었다. 한 가지 확실한 것은 결코 평범한 길잡이가 아니라는 점이었다.

다음날 마수의 숲 원정대는 출발 준비를 모두 마치고 마지막 명령만을 기다리고 있었다. 30명의 기사와 5명의 마법사. 그리고 300명의 병사가 도열한 광경은 상당한 볼거리였는지라 멀찍이 떨어져서 구경하는 사람도 꽤 많았다.

사라는 옆에 선 레이엘을 보며 호흡을 가다듬었다. 그리고 긴장한 눈으로 마차를 바라봤다. 어제 분명히 허락을 받았지만, 오늘 말을 뒤집으면 말짱 헛일이다.

"아가씨. 길잡이를 데려왔습니다."

사라의 말에 마차 주위에 있던 기사들 몇몇이 눈살을 찌푸렸다. 그리고 몇몇은 노골적으로 비웃었다. 기사단장인 제이슨은 못마땅한 눈으로 사라와 레이엘을 노려봤다.

"아가씨, 길잡이 따위는 필요 없습니다. 대강의 방향을 알고 있으니 저희 용맹한 라이온 기사단이 길을 뚫고 갈 수 있습니다."

제이슨의 자신만만한 말에 사라는 입술을 깨물었다. 어제 자신이 길잡이에 대해 말했을 때는 가만히 있다가 지금에 와서야 이렇게 노골적으로 반대하니 분노가 치밀었다. 하지만 그녀는 그저 가만히 있었다.

잠시의 침묵이 흐르다가 이윽고 마차 안에서 청아한 목소리가 흘러나왔다.

"어제 이미 허락한 일이에요. 길잡이에게 길을 안내하도록 하세요."

사라의 얼굴이 대번에 밝아졌다. 그리고 제이슨을 비롯한 기사들의 얼굴에는 불만이 어렸다.

"명령이시라면."

제이슨은 그렇게 대답하고는 돌아섰다. 그리고 원정대를 향해 크게 소리쳤다.

"출발!"

웅혼한 목소리가 울려 퍼졌고, 그 말을 신호로 원정대가 출발했다.

레이엘은 사라 옆에서 그녀와 보조를 맞춰 천천히 걸어갔다. 일단 마수의 숲에 들어가기 전까지는 길잡이가 할 일은 없었다. 진짜 일은 숲에 들어간 이후부터 시작이다.

사라는 불안한 눈으로 레이엘을 바라봤다. 레이엘의 표정과 눈빛은 여전히 공허했다. 마치 마수의 숲에 가는 게 아니라 정신줄을 놓은 채 그저 하릴없이 동네를 돌아다니는 사람 같았다.

'하아. 잘될 거야.'

사라는 고개를 흔들어 불길한 생각을 털어 버렸다. 어제 자기 전까지 포레인 시 곳곳을 돌아다니며 길잡이 레이엘에 대해 알아봤다. 그리고 놀라운 결과를 얻었다. 레이엘은 정말로 대단한 길잡이였다. 최소한 속은 건 아니었다.

'그러고 보니 공짜로 길잡이를 고용했네.'

사라는 의아한 얼굴로 옆에서 걸어가는 레이엘을 바라봤다. 레이엘은 자신의 목걸이를 원했다. 하지만 보석만 한 번 뺐다 끼고는 다시 돌려줬다.

"어제 목걸이에 무슨 짓을 한 거죠?"

사라의 물음에 레이엘의 눈에 다시 초점이 돌아왔다. 레이엘은 고개를 돌려 사라를 쳐다봤다. 그리고는 품에서 뭔가를 꺼냈다.

"이게 뭐죠?"

"마법사 아니었나?"

사라는 의아한 표정을 지었다. 마법사랑 지금 이 상황이랑 무슨 상관이 있단 말인가. 사라는 레이엘이 내민 손바닥을 쳐다봤다. 그곳에는 깨알만 한 알갱이가 하나 놓여 있었다.

사라가 연방 고개를 갸웃거리자, 레이엘이 피식 웃으며 다시 그것을 품에 갈무리했다.

"생각했던 것보다 더 둔하군."

레이엘의 말에 사라가 잠시 발끈했다. 하지만 이내 포기한 듯 고개를 절레절레 저었다. 상대해 봐야 머리만 아프고 기분만 상한다.

'그냥 길 안내만 제대로 하길 빌어야겠네.'

사라는 길잡이에 대해 가볍게 생각했다. 그리고 원정대의 모든 사람들 역시 길잡이에 대해 아무 생각이 없었다. 그들은 모두 자신들의 힘을 믿었다.

마수의 숲 앞에 도착한 원정대는 잠시 휴식을 취했다. 환한 대낮인데도 숲에서는 음산한 기운이 흘러나오고 있었다. 사람들은 숲을 그저 보기만 해도 몸을 부르르 떨었다.

"이름값을 하는군."

제이슨의 말에 근처에 있던 기사들이 무겁게 고개를 끄덕였다.

"조심하지 않으면 안 될 것 같습니다."

"우리가 언제는 조심하지 않은 적이 있었나? 우리 라이온 기사단은 아무리 쉬운 임무라도 최선을 다한다. 당연히 이번에도 그리 할 것이다."

제이슨의 말에 30명의 기사들이 동시에 고개를 살짝 숙이며 가슴에 주먹을 올렸다.

"명심하겠습니다."

제이슨은 그 모습을 보며 만족스런 표정으로 고개를 끄덕였다.

"좋아. 이제 슬슬 출발할까?"

제이슨의 말에 기사들이 일사불란하게 움직였다. 여기저기 명령을 내리고 병사들을 독려해 출발 준비를 서둘렀다. 인원이 많은 만큼 뭐든 준비하는 데 시간이 필요했다.

그렇게 모두 출발 준비를 하고 있을 때, 제이슨에게 사라가 다가갔다.

"무슨 일이지?"

제이슨의 눈이 날카롭게 빛났다. 길잡이의 안내를 받으라는 허튼 소리를 할 게 뻔했기에 대번에 기분이 상했다.

"두 가지 길이 있는데 어떻게 할 건가요?"

"두 가지 길?"

"하나는 빠르지만 위험한 길이고, 다른 하나는 느리고 멀지만 안전한 길이에요."

제이슨이 피식 웃었다.

"그건 저 길잡이의 의견인가?"

사라가 고개를 끄덕이자, 제이슨이 냉정히 고개를 돌렸다.

"길잡이의 말은 필요 없다. 길은 우리가 알아서 뚫는다."

사라의 얼굴에 분노가 일어났다.

"그게 무슨 말씀이신가요! 아가씨께서 분명……!"

제이슨이 손을 올려 사라의 말을 막았다.

"됐다. 더 이상 말하지 마라. 아가씨께서 묻거든 빠른 길로 간다고 말씀드리면 되지 않느냐. 우리는 저 방향을 향해 곧장 직진한다."

사라의 얼굴이 붉으락푸르락해졌다. 자신의 말이 아예 통하지 않으니 어찌 해볼 도리도 없었다.

"아가씨께 말씀드리겠어요!"

제이슨이 살벌한 표정으로 사라를 노려봤다. 사라는 살기까지 담긴 제이슨의 눈에 깜짝 놀라 입을 다물었다. 아예 말도 나오지 않았다. 제이슨은 슬며시 살기를 거둬들였다. 만일 조금만 더 살기를 보냈으면 사라는 그 자리에서 오줌을 지렸을지도 몰랐다.

창백하게 질린 사라가 털썩 주저앉았다. 제이슨은 그 모습을 차가운 눈으로 내려다보다가 말했다.

"함부로 나대지 마라. 네 위치를 망각하면 어찌 되는지 잘 알고 있을 텐데?"

사라는 입술을 깨물었다. 아무런 말도 할 수 없었다. 제이슨이 지금 한 말은 그녀의 스승을 빗댄 것이다. 그녀의 스승은 공작가의 권력 암투에 휘말려 마나를 모두 잃고 폐인이 되었다.

"가서 네 본분을 다해라. 넌 여기 마법사로 참여한 게 아니라 아가씨의 시녀로 참여했다는 걸 명심해라."

사라는 눈물이 쏟아지려는 걸 억지로 참고 고개를 끄덕였다. 그리고 비틀거리며 자리에서 일어났다. 제이슨은 마차를 향해 돌아서는 사라에게 냉정한 목소리로 말을 덧붙였다.

"여기서부터는 더 이상 마차가 갈 수 없으니 걸어가야 한다고 아가씨께 전해드리도록."

사라는 걸음을 멈추고는 고개를 끄덕였다. 그리고 다시 비틀거리며 마차를 향해 걸어갔다.

제이슨은 그런 사라의 뒷모습을 차가운 눈으로 노려봤다.

마차에서 내린 사람은 레이엘과 비슷한 또래로 보이는 소녀였다. 상당히 아름다웠는데, 아무도 그녀를 똑바로 쳐다보지 않았다. 아니, 못했다. 그녀는 카라미스 공작가의 영애였다.

카라미스 공작은 아들 셋과 딸 둘을 낳았는데, 그중 둘째 딸이 지금 이곳에 온 제니아 카라미스였다.

제니아는 움직이기 편한 옷을 입고 있었다. 비록 단순한 디자인의 옷이었지만 상당히 좋은 천으로 심혈을 기울여 만들어 기품이 배어 나오는 명품이었다.

"어디로 가면 되나요?"

제니아가 제이슨을 향해 물었다. 제이슨은 가슴에 주먹을 얹고 허리를 살짝 숙여 예를 표한 후, 주변에 있는 기사와 병사들에게 눈짓으로 신호를 보냈다.

기사 열 명과 병사 오십 명이 우르르 몰려와 제니아의 주위를 물샐 틈 없이 감쌌다. 제니아의 옆에는 마법사 한 명이 서 있었다. 그들은 오로지 그녀를 지키기 위한 인원이었다.

제이슨은 진형이 완성되자 제니아를 향해 말했다.

"이쪽으로 곧장 가시면 됩니다. 아가씨."

제니아는 제이슨의 말에 가타부타 대답하지 않고 걸음을 옮겼다. 그녀를 둘러싼 자들이 일제히 움직였다.

제이슨은 만족한 얼굴로 고개를 끄덕였고, 그것을 신호로 남은 병력들이 이동을 시작했다. 기사 열 명과 병사 서른 명이 앞장서서 길을 뚫었고, 나머지 병력은 제니아를 크게 감싸듯 진형을 이뤘다.

제니아는 그들의 움직임을 보며 표정이 살짝 어두워졌다.

'과연 내가 그 일을 해낼 수 있을까?'

제니아는 불안한 눈으로 어둠이 내려 깔린 마수의 숲을 바라봤다. 마치 모두를 집어삼키려는 듯 숲이 눈을 희번덕거리는 것만 같았다.

레이엘은 행렬의 가장 뒤에서 쫓아갔다. 그리고 사라가 그 옆에 있었다. 원래 사라는 제니아와 함께 있어야 하지만 그렇게 할 수가 없었다. 제이슨이 의도적으로 그녀를 제니아에게서 떨어뜨려 놓은 것이다. 자칫 쓸데없는 얘기를 하면 곤란했기 때문이다.

"어쩌죠?"

사라가 걱정스런 눈으로 레이엘을 바라봤다. 레이엘은 여전히 같은 표정, 같은 눈빛으로 묵묵히 걷기만 했다. 사라는 그런 레이엘이 너무나 답답했다.

"이봐요!"

레이엘의 눈에 초점이 돌아왔다.

"보아하니 마수의 숲에 대해 아무것도 모르고 왔군. 한 번 호되게 당하고 나면 정신을 차릴 수밖에 없으니 지금은 그냥 즐겨."

레이엘의 무책임한 말에 사라는 멍한 표정으로 그를 바라봤다. 하지만 이내 침울한 얼굴로 고개를 푹 숙였다. 지금은 그녀로서도 할 수 있는 게 아무것도 없었다. 사라는 다시 고개를 돌려 제니아가 있는 쪽을 바라봤다. 병사들에게 가려 아예 모습조차 보이지 않았다. 사라의 눈빛이 안타깝게 변했다.

"하아."

사라는 한숨을 내쉰 후, 다시 레이엘을 바라봤다. 언제 자신에게 그런 말을 했었느냐는 듯 다시 초점 없는 눈으로 돌아가 있었다. 정말로 신기한 사람이었다.

그들은 그렇게 마수의 숲 안으로 들어갔다.

음습한 기운이 엄습해왔다. 사라는 몸을 부르르 떨었다. 추워서 떠는 것이 아니었다. 이건 두려움에 더 가까웠다. 무서워서 벌벌 떠는 것과 비슷한 느낌이었다. 사라는 문득 팔뚝에 소름이 온통 돋은 걸 보고는 손으로 마구 비볐다.

"정말로 이상한 곳이네요."

마수의 숲은 어둑어둑했다. 잎이 무성한 큰 나무가 하늘을 온통 가리고 있으니 당연했다.

"얼마나 가야 하나요?"

사라는 벌써부터 걱정이 되어 물었다. 그녀가 둘러보니 마법사들이 특히 심하게 당황하고 있었다.

"이런 속도로 가면 20일이면 도착하겠군."

"2, 20일이요?"

사라는 20일이나 이런 곳에서 지내야 한다고 생각하니 눈앞이 캄캄해졌다. 다른 건 몰라도 이렇게 온몸이 으슬으슬 떨리는 건 참기 어려웠다.

사라는 정신이 어질어질해질 지경이었다. 그런 사라의 눈앞에 불쑥 손 하나가 나타났다. 사라는 깜짝 놀라 손의 주인을 바라봤다. 레이엘이었다.

"이, 이게 뭔가요?"

"먹어."

사라는 그제야 레이엘의 손에 놓인 풀 쪼가리를 발견했다.

"이, 이게 뭐죠?"

레이엘은 대답하지 않았다. 사라는 눈살을 찌푸리며 그것을 받았다. 하지만 섣불리 먹기가 꺼려졌다. 마치 방금 어딘가에서 뜯어낸 것처럼 잘린 부분에 즙이 배 있었고, 깨끗해 보이지도 않았다.

"최, 최소한 씻어는 주셔야죠."

그것이 사라가 한 마지막 반항이었다. 사라는 결국 오만상을 지으며 레이엘이 준 풀 쪼가리를 입에 넣고 씹었다.

"아윽. 써."

그녀는 입 안 가득 맴도는 지독히도 쓴맛에 하마터면 그것을 뱉을 뻔했지만 그 순간 마주친 레이엘의 섬뜩한 눈빛에 그냥 꿀꺽 삼켜 버렸다. 그러면서 대체 자신이 왜 이런 자의 말을 고분고분 듣고 있는지 이해를 할 수 없었다.

"무, 물 없어요?"

풀은 어찌어찌 삼켰지만 아직 입 안에 남아 있는 잔해들 때문에 쓴맛이 전혀 사라지지 않았다. 사라는 발을 동동 굴렀다. 다행히 행렬의 가장 뒤에 있었기에 아무도 두 사람에게 신경을 쓰지 않았다.

레이엘은 가죽으로 만든 물주머니를 내밀었다. 사라는 그것을 받아 벌컥벌컥 마셨다.

"하아. 이제 좀 살겠네."

사라는 묘한 눈으로 레이엘이 준 물주머니를 살폈다. 한눈에 봐도 보통 물건이 아니었다. 그리고 상당히 컸다.

'뭔가 짐을 가져오지는 않은 것 같았는데?'

사라는 의아한 눈으로 레이엘을 바라봤다. 레이엘은 그저 손을 내밀어 자신의 물주머니를 받아갔다. 사라는 레이엘이 물주머니를 어디에 보관하는지 유심히 관찰했다. 결국 레이엘이 눈살을 찌푸렸다.

"나한테 신경 쓸 정신이 있으면 저쪽에 좀 관심을 가지는 게 어때?"

사라는 레이엘이 손가락으로 가리킨 곳을 무의식중에 바라봤다. 그리고 아차 하는 표정으로 다시 레이엘에게 고개를 돌렸다. 그녀의 눈이 화등잔만 해졌다. 조금 전까지 레이엘이 들고 있던 물주머니가 사라진 것이다.

"뭐, 뭐야? 물주머니 어디 갔어요?"

사라의 물음에 레이엘은 눈의 초점을 흐리는 걸로 대답을 대신했다. 사라는 레이엘의 공허한 표정을 보며 뾰로통한 표정을 지었다.

"비겁해."

사라가 고개를 홱 돌렸다. 나 삐졌다고 당당하게 행동과 표정으로 얘기했다. 그러다 문득 더 이상 처음 숲에 들어왔을 때의 그 기이한 두려움이 느껴지지 않는다는 사실을 깨달았다. 사라는 깜짝 놀라 다시 레이엘을 바라봤다. 레이엘은 여전히 그 표정, 그 눈빛 그대로였다.

"제게 준 풀, 이름이 뭐죠?"

"잡초."

"예?"

"이름 따윈 없어. 그냥 잡초야."

"하지만……."

사라는 자신이 처음 들어왔을 때 느낀 그것이 무엇인지 어렴풋이 알고 있었다. 그것은 마나였다. 마나라는 것은 어디에 존재하느냐에 따라 그 성질이 천차만별로 달라진다. 마수의 숲에 흐르는 마나는 상당히 난폭했다. 그런 난폭한 마나와 마법사들의 체내에 존재하는 마나들이 미약하게 동조하며 그런 느낌을 만들어낸 것이다.

'만일 그 상태로 마법을 쓰면 평소와 전혀 달라지겠지.'

평소보다 위력이 훨씬 적어지거나, 아니면 컨트롤이 제대로 안 될 수도 있다. 이것은 마법사에게는 아주 치명적이었다.

한데 레이엘이 준 풀은 그 현상을 완벽하게 없애 주었다. 사라의 마나는 더 이상 난폭한 주위의 마나와 동조하지 않았다. 아니, 오히려 주변의 난폭한 마나가 사라 근처에 다가오면 얌전히 가라앉았다.

'게다가 집중력도 높아진 것 같아. 이대로라면 그동안 어려워했던 몇 가지 마법들도 쓸 수 있을 것 같아.'

정말로 놀라운 풀이었다. 마법사에게 이런 효능의 잡초는 영약이나 다름없었다. 맛이 쓴 게 흠이지만, 효능을 알게 된다면 그것을 마다할 마법사는 한 명도 없을 것이다.

'이걸 차로 우려내서 마셔도 괜찮을 것 같아. 그럼 쓴맛이 좀 덜할까?'

사라가 이런저런 생각에 빠져 있는 동안 원정대의 행렬은 어느새 숲의 깊숙한 부분까지 들어왔다. 한 시간쯤 이동을 했는데, 그동안 그들이 겪은 일이라고는 후다닥 도망가는 동물 몇 마리를 지켜본 게 다였다.

행렬의 가장 앞에서 칼로 풀을 베며 길을 내던 기사와 병사들이 슬슬 지치기 시작할 즈음, 제이슨은 그들을 다른 기사와 병사들로 교대시켰다.

"훗, 마수의 숲이라기에 뭔가 있을 줄 알았더니 고작 이 정도라니. 우습군."

제이슨은 그렇게 중얼거리며 주위를 둘러봤다. 슬슬 긴장감이 떨어지기 시작했다. 그것은 제이슨뿐 아니라 다른 기사나 병사들도 마찬가지였다.

그 순간, 사방에서 풀 스치는 소리가 들려오기 시작했다.

사사사사삭!

제이슨을 비롯한 원정대는 모두 깜짝 놀라 사방을 경계하며 각자의 무기를 뽑았다. 병사 300명 중 50명은 궁수였고, 나머지는 모두 검수였다. 창수들도 있었으나, 숲에서는 창을 쓰기 불편하다는 이유로 병력구성을 일부러 그렇게 했다.

궁수들은 활에 화살을 잰 채 사방을 주시했다. 하지만 풀 소리만 들려올 뿐 별다른 일은 벌어지지 않았다.

그렇게 5분쯤 지나자, 경계를 하는 사람들의 긴장이 살짝 느슨해졌다. 그리고 그 순간, 풀숲에서 검은 덩어리들이 순식간에 날아올라 습격해 왔다.

"크아앙!"

그것은 새까만 표범이었다. 어찌나 날랜지, 날아올랐다 싶을 때, 벌써 병사들을 덮치며 이를 드러내고 있었다.

"으아악!"

"저리 가!"

병사들은 크게 당황했다. 표범의 수는 수십 마리에 달했다. 그리고 하나같이 날래, 눈 깜짝할 새에 병사들을 덮쳐 할퀴고 물어뜯고는 목표를 바꿔 다른 곳으로 몸을 날렸다.

순식간에 진형이 허물어졌다.

제이슨은 처음에는 당황했지만 이내 침착하게 명령을 내렸다.

"상대하지 못할 정도로 대단한 놈들이 아니다! 모두 침착하게 대응하라! 기사들은 목표를 한 마리씩 잡아 주살하라!"

제이슨은 그렇게 명령을 내리고는 자신부터 나서서 표범 한 마리를 목표로 달려들었다.

싸움은 흉험하고 피해도 심각했지만 결국은 원정대가 승리했다. 표범들이 아무리 날래다고 하지만 마나를 머금은 기사의 검을 어찌할 수는 없었다.

일행의 가장 뒤에 서 있던 사라는 두려운 눈으로 싸움을 지켜봤다. 적아가 뒤엉켜 있어 섣불리 마법을 쓸 수도 없었다. 지금 이 순간, 마법사는 짐밖에 되지 않았다.

"정신 차려라. 아직 시작도 하지 않았으니까."

"예?"

사라는 멍한 눈으로 레이엘을 바라봤다. 아직 시작도 하지 않았다니, 그럼 이보다 더 무서운 괴물들이 기다리고 있단 말인가?

"흑표범은 이곳의 마수 중에서 가장 하위에 속한다. 물론 다른 곳에 있는 흑표범과는 많이 다르지. 저렇게."

레이엘이 흑표범의 시체 하나를 손가락으로 가리키며 말하자, 사라의 시선이 반사적으로 돌아갔다. 사라는 죽은 흑표범이 꿈틀대는 모습을 보고는 화들짝 놀랐다.

"다시 살아나려고 해요!"

사라의 외침은 싸우고 있는 병사나 기사들의 귀에도 들어갔다. 그들의 신경이 대번에 분산되었다. 하지만 덕분에 되살아나 몸을 날리는 흑표범들에게 피해를 덜 입을 수 있었다.

"크아앙!"

죽었던 흑표범들이 보란 듯 되살아나 기사와 병사들에게 달려들었다. 흑표범들은 한바탕 난리를 쳤지만 결국 다시 죽을 수밖에 없었다.

사라는 불안한 눈으로 레이엘을 바라봤다. 그리고 기사와 병사들은 질린 눈으로 흑표범의 시체를 노려봤다. 그리고 두려움을 이기지 못한 병사 하나가 달려들어 흑표범의 시체를 마구 검으로 찌르기 시작했다.

푹! 푹! 푹!

병사들이 하나둘 거기에 동참했다. 흑표범의 시체는 순식간에 난도질 당해 너덜너덜해졌다.

사라는 불안한 눈으로 그 광기에 찬 모습과 레이엘의 공허한 눈을 번갈아 쳐다봤다.

"쯧, 가죽은 못 쓰겠군."

레이엘의 입에서 나온 말에 사라는 마치 뒤통수를 맞은 것처럼 멍해졌다. 말이야 맞는 말이겠지만, 지금 상황에서 할 말은 아니었다.

그렇게 첫 번째 전투가 끝났다.

흑표범과의 싸움에서 병사 스무 명이 큰 부상을 입었다. 그들은 더 이상 원정대에 참여할 수 없을 정도로 다쳤다. 흑표범의 공격은 생각 이상으로 매서웠고, 특히 처음 공격은 기사들조차 제대로 대응하지 못할 정도로 위력적이었다.

그런 공격을 받고도 아무도 죽지 않은 것과 고작 스무 명만 다친 것은 분명 대단한 일이었다. 과연 카라미스 공작가의 정예병사다웠다.

하지만 부상자 때문에 원정에 문제가 생겼다. 부상자들을 마수가 출몰하는 곳에 버려두고 갈 수는 없지 않은가. 이들을 돌려보내야 하는데, 그조차 문제였다.

제이슨은 골치 아픈 표정으로 따로 분류해 둔 부상자들을 바라봤다. 마음 같아서는 그냥 알아서 돌아가라고 명령을 내리고 싶었지만 차마 그럴 수가 없었다. 이곳에는 이들 외에 다른 병사들이 잔뜩 있었다. 병사들이 동요하면 곤란했다. 원정에서 병사는 꼭 필요했다.

"어쩐다……."

고민하는 제이슨의 눈에 후미에 서 있는 사라와 레이엘이 보였다. 그들을 발견한 제이슨의 눈이 반짝 빛났다. 제이슨은 옆에 있던 기사 한 명을 손짓으로 불렀다.

"가서 사라와 길잡이를 데려오도록."

제이슨의 명에 기사가 쏜살같이 달려갔다.

기사의 말을 들은 사라가 고개를 몇 번 갸웃거리다가 레이엘에게 뭐라고 말을 하는 모습이 보였다. 제이슨은 그 모습을 보며 살짝 눈살을 찌푸렸다.

제이슨이 보기에는 마치 사라가 길잡이를 어려워하는 것 같았다. 사라는 비록 아직 평민이라지만 마법사였다. 재능이 어떤지는 모르지만 어느 정도 경지에 오르고 공을 세우면 귀족이 될 수도 있는 사람이다. 즉, 사라는 준귀족이라 할 수 있었다.

한데 그런 사라가 고작 저런 길잡이에 불과한 놈을 저렇게 대한다는 건 스스로에 대한 자각이 모자라다고 볼 수밖에 없었다. 그건 앞으로 귀족이 된 이후에도 두고두고 문제가 될 것이다.

나직이 혀를 차던 제이슨은 사라와 레이엘이 다가오자, 표정을 대충 정리하고 두 사람을 바라봤다.

"사라, 지금 상황이 어떤지는 잘 알겠지?"

"물론이에요."

사라가 보기에도 지금은 아주 심각한 상황이었다. 앞으로 더 무서운 마수들이 나타날 거란 사실을 제이슨에게 알려야 했다. 하지만 사라가 말을 꺼내기도 전에 제이슨이 먼저 입을 열었다.

"저쪽에 있는 병사 스무 명은 더 이상 데리고 갈 수 없게 되었다. 그러니 그들을 숲 밖으로 데리고 나가야 하는데 네가 그 임무를 맡도록 해라."

"예? 제가요?"

사라가 깜짝 놀라 반문하자, 제이슨이 가볍게 고개를 끄덕이며 말을 이었다.

"옆에 있는 길잡이와 함께 가면 되겠지. 꽤 도움이 될 테니까. 그렇지 않나?"

사라는 제이슨의 입가에 미약하게 비웃음이 걸리는 걸 보고는 입술을 살짝 깨물었다. 제이슨의 눈빛에 약간의 욕정까지 맺혀 있다는 걸 알기에 더 치욕적이었다. 제이슨은 호시탐탐 사라의 몸을 노리고 있었다. 다른 기사들과 마찬가지로.

'피할 수 없겠구나.'

제이슨이 이런 명령을 내린 것에는 함정도 함께 있음이 분명했다. 만일 자신이 제대로 임무를 수행하지 못하거나, 실수를 해서 뭔가 사건이 터진다면 아마 그 책임을 져야 할 것이다. 그리고 제이슨은 그것을 무마해 주는 대가로 뭔가를 요구할 것이 분명했다.

'이게 대체 몇 번째인지.'

사라는 불안한 눈으로 레이엘을 바라봤다. 순간, 레이엘의 눈에 초점이 돌아오는 게 보였다. 사라가 흠칫 놀라자, 레이엘이 그녀를 바라보며 고개를 살짝 끄덕였다.

"좋아요. 하겠어요."

제이슨의 입가에 회심의 미소가 어렸다.

"저들은 비록 부상자지만, 공작가의 자랑스러운 병사들이다. 그들의 안전을 반드시 책임지도록."

"알고 있어요."

사라는 그렇게 대답하고는 돌아서서 불안한 눈으로 여기저기 주저앉아 있는 병사들을 바라봤다. 그들은 대부분 거동조차 불편해 보였다.

'저들을 대체 어떻게 데리고 가라는 거야? 그것도 멀쩡한 사람도 한 시간이나 걸어온 험한 길을.'

과연 저들을 데리고 해가 지기 전에 숲을 벗어날 수 있을지 확신이 서지 않았다. 하지만 제이슨은 더 이상 사정을 봐주지도 기다려 주지도 않았다.

"적당히 쉬었으면 다들 일어나라! 출발한다!"

제이슨의 명령에 기사와 병사들이 일사불란하게 움직였다. 그리고 재빠르게 준비를 마친 행렬이 다시 출발했다. 사라는 걱정스런 눈으로 그들의 중심부에 있는 제니아를 바라봤다.

'아가씨가 무사하셔야 할 텐데……'

다른 사람은 몰라도 제니아만큼은 무사해야만 했다. 사라는 제니아를 바라보다가 그 옆에 있는 마법사를 보고는 퍼뜩 뭔가가 떠올랐다는 듯 레이엘을 바라봤다.

"아까 그 약초 더 있어요?"

레이엘이 고개를 끄덕이자 사라가 간절한 눈빛으로 부탁했다.

"조금만 더 나눠 주세요. 다른 마법사들에게도 주고 싶어요."

레이엘은 별로 어려울 것 없다는 듯 손을 내밀었다. 어느새 그의 손에는 네 조각의 잡초가 놓여 있었다. 사라는 그것을 잡아채듯 쥐고는 서둘러 행렬을 쫓아갔다.

잠시 후, 헐떡이긴 했지만 밝은 표정으로 돌아온 사라를 향해 레이엘이 무심하게 한 마디 던졌다.

"그들이 그걸 먹을 것 같아?"

"예? 무슨 말이에요? 분명히 그렇게 하겠다고 했는 걸요?"

레이엘의 공허한 얼굴에 잠깐 표정이 감돌았다. 그것은 알아보기 어려웠지만 분명 비웃음이었다. 하지만 그 표정은 나타나자마자 다시 사라졌다. 사라는 잠시 레이엘의 표정이 뭘

의미하는지 멍하니 생각하다가 퍼뜩 정신을 차리고는 머리를
세게 흔들었다. 지금은 이러고 있을 때가 아니었다.
　"자, 그럼 이제부터 우리의 일을 생각해야겠네요."
　사라가 기대에 찬 눈으로 레이엘을 바라봤다.
　"이제 어떻게 하면 되죠?"
　레이엘은 사라의 기대에 충분히 부응해 주었다.
　"걱정할 것 없다. 난 이 숲의 길잡이니까."

제2화 마수의 숲에서
Ray-El

“정말 이쪽으로 가면 되는 거 맞아요?”

사라는 불안한 표정을 감추지 못했다. 그리고 함께 있는 스무 명의 병사들 역시 마찬가지였다. 지금은 숲에서 나가야 할 때인데, 오히려 더 깊이 들어왔으니 당연하지 않은가.

병사들의 몰골은 말이 아니었다. 제대로 걷지 못하는 자가 절반이었다. 나머지 절반이 그들을 부축하며 걸었는데, 그나마도 멀쩡하지 않아 속도가 거의 나지 않았다. 그들이 힘겨워하는 모습을 볼 때마다 사라는 안타까운 마음을 감추지 못했다.

“이제 다 왔어. 저기만 넘어가면 밖이다.”

“예에?”

사라는 어이없는 눈으로 레이엘을 바라봤다. 그들은 지금 계속 숲 안으로 들어왔다. 무려 세 시간이나 걸었으니 모르긴 해도 상당히 깊은 곳까지 들어왔을 것이다. 사라는 눈살을 찌푸리며 레이엘이 가리킨 곳을 바라봤다. 사람 키보다 더 큰 수풀이 잔뜩 보였다.

"그러니까 저 수풀만 넘어가면 숲에서 나가는 거라고요?"

레이엘이 고개를 끄덕였다. 사라는 멍한 눈으로 수풀과 레이엘을 번갈아 쳐다봤다. 그러다가 퍼뜩 정신을 차리고는 수풀을 향해 달려갔다. 의심나면 확인을 해보면 그만 아닌가.

수풀로 달려들려던 사라는 그 앞에서 걸음을 멈추고 천천히 수풀을 젖혔다. 수풀에 가려진 나무나 바위가 있다면 달려들었다가 낭패를 볼 수도 있다는 생각이 든 것이다.

그녀의 예상과 달리 수풀 뒤에는 나무나 바위가 없었다. 그 대신에 광활한 벌판이 드러났다. 사라는 너무 놀라 입이 점점 벌어지고 있다는 사실도 깨닫지 못했다.

"어, 어, 어떻게……!"

사라는 망연한 얼굴로 넓은 황무지를 바라봤다. 그곳은 마수의 숲과 연결된 황무지가 분명했다. 한참 동안 그곳을 바라보던 사라는 퍼뜩 정신을 차리고 병사들이 있는 곳으로 돌아왔다.

병사들은 궁금한 눈으로 사라를 바라봤다.

"가, 가요. 어서."

사라는 그 말을 끝으로 병사들이 움직일 수 있도록 도왔다. 병사들은 잠시 의아한 표정을 지었지만, 이내 사라가 한 말의 속뜻을 알아차리고는 눈을 크게 떴다.

"저, 정말로 숲이 끝났습니까?"

사라는 묵묵히 고개를 끄덕였다. 병사들은 놀란 눈을 감추지 못하고 서둘러 수풀 쪽으로 다가갔다. 수풀을 헤치고 황량한 벌판을 확인한 순간, 모두 예외 없이 레이엘을 향해 고개를 돌렸다. 그들의 눈에는 경악이 한가득 담겨 있었다.

스무 명의 병사들은 무사히 숲을 빠져나왔다. 그것도 예상했던 것보다 훨씬 빨리, 그리고 안전하게 빠져나왔다.

"두 분은 돌아가십시오. 앞으로는 우리끼리 가겠습니다."

병사의 말에 사라가 망설였다. 사실 포레인 시까지 데려다주는 게 옳다. 황무지는 숲과는 비교도 할 수 없을 정도로 안전하지만, 완전히 안전한 곳은 아니었다. 몬스터가 나타나기도 하고, 또 재수 없으면 도적을 만날 수도 있다.

사라는 한참을 망설이다가 결국 그들과 함께 포레인 시까지 가기로 결정을 내렸다. 어차피 그곳까지 가는 데 오랜 시간이 걸리는 것도 아니었다. 사라는 고개를 돌려 레이엘을 바라봤다. 정말로 든든했다.

'저 사람과 함께라면 금방 따라잡을 수 있겠지.'

원정대와 합류하는 것도 별로 걱정되지 않았다. 길잡이의 능력을 이제 확실히 깨달았으니 말이다.

"함께 가죠. 혹시 모르니까요. 그래도 안전히 포레인에 들어가시는 걸 봐야 마음이 놓일 것 같네요."

내색은 안 했지만 병사들은 그 말을 듣고 상당히 기뻤다. 아무리 황무지라지만 그래도 불안했다. 무슨 일이 벌어질지 모르는 상황에서 3클래스 마법사가 함께 있다는 건 굉장히 든든한 일이었다.

"그럼, 부탁드리겠습니다."

병사들은 인사를 한 후, 서둘러 움직였다. 그들도 길잡이의 능력은 확실히 알았다. 저런 사람이 원정대와 함께 있다면 동료들도 훨씬 안전해지지 않겠는가.

병사들의 발걸음이 조금씩 조금씩 빨라졌다.

사라와 레이엘이 병사들을 포레인 시에 무사히 데려다주고 다시 마수의 숲에 도착한 것은 밤이 다 되어서였다. 앞선 원정대와는 무려 하루의 차이가 난 셈이다. 하지만 사라는 전혀 걱정하지 않았다.

"이제 어쩌죠? 밤이 늦었는데 숲에 들어가기 전에 여기서 노숙을 하고 가는 게 낫지 않을까요?"

사실 사라는 밤을 새워서라도 움직여 일행과 합류하고 싶었다. 하지만 그렇게 하면 결국은 숲에서 버티지 못하고 짐이 되어 버린다는 걸 알기에 꾹 참을 뿐이었다.

"오히려 여기가 더 위험하다. 안으로 들어가는 게 좋아."

레이엘은 그렇게 말하며 숲으로 들어갔다. 사람 키만 한 수풀을 헤치고 숲으로 들어가니 어둠이 확 밀려왔다. 레이엘의 뒤로 사라가 바짝 따라 붙었다. 그녀는 두려운 눈으로 연방 주위를 살폈다.

레이엘은 걸음을 멈추고 잠시 주위를 둘러보더니, 이내 방향을 바꿔 걸음을 옮겼다. 사라는 레이엘이 갑자기 움직이자 기겁을 하며 황급히 뒤를 따랐다.

그렇게 얼마나 걸었을까. 왠지 숲이 점점 더 어두워지는 것 같아 사라의 불안감이 극에 달했을 때, 레이엘이 걸음을 멈췄다.

"여기가 좋겠군. 여기서 자고 내일 일찍 출발한다."

"여, 여기서요?"

사라는 불안한 눈으로 주위를 살폈다. 너무 어두웠다. 사라는 스스로가 이해하기 어려울 정도로 두려워했다. 그녀는 자신이 대체 왜 그러나 생각하다가 결국 답을 알아냈다.

"마나가……."

사라는 눈을 크게 뜨고 다시 주위를 살폈다. 이번에는 그냥 눈으로만 살피지 않고 가슴에 단단하게 뭉쳐 있는 마나까지 동원해 마법사의 눈으로 살폈다.

이 주변에 흐르는 마나는 지나치게 불안정했다. 이런 곳에서는 마법을 쓸 수 없다. 만일 그냥 무시하고 마법을 썼다간 금세 폭주해 몸이 터져 버릴 것이다.

사라는 몸을 부르르 떨었다. 그리고 두려운 눈으로 레이엘을 바라봤다. 레이엘은 얄미울 정도로 무표정했다. 하지만 신기하게도 그의 표정과 눈빛을 보고 있으니 마음이 차분하게 가라앉았다.

"이곳이 어떤 곳인지 알긴 하세요?"

레이엘이 고개를 끄덕였다.

"마나가 불안정해서 마음이 흔들리는 건가?"

사라의 눈빛이 거세게 흔들렸다.

"그, 그걸 알면서 이쪽으로 왔단 말인가요?"

"마법을 쓸 일은 없을 테니 걱정하지 마라."

레이엘은 그렇게 말하면서 언제 모았는지 나뭇가지를 잔뜩 쌓았다. 그리고는 불을 붙였다.

화르륵!

사라는 깜짝 놀랐다. 레이엘이 어떤 방법으로 불을 붙였는지 알 수가 없었기 때문이다. 마법을 쓴 건 절대 아니었다. 지금 이 공간은 마법을 쓸 수 없는 곳이었으니까. 그럼 뭔가 도구를 쓰거나 마찰을 이용했다는 뜻인데, 사라의 눈에는 아무것도 보이지 않았다.

"설마……, 정령?"

"하급일 뿐이다."

레이엘의 답에 사라의 눈이 화등잔만 해졌다.

"저, 정령사였어요?"

정령사는 정말로 흔치 않다. 마법사와는 달리 아주 특별한 재능이 필요하기 때문이다. 중급 정령사만 되더라도 왕궁의 요직을 차지할 수 있을 정도였다. 한데 고작 길잡이가 정령사라니, 사라는 지금 이 상황을 믿어야 할지 말아야 할지 갈피를 잡을 수 없었다.

사라가 놀라건 말건 모닥불은 활활 타올라 주위의 어둠을 밀어냈다. 그리고 따스한 온기가 사라와 레이엘의 몸을 부드럽게 감쌌다.

레이엘은 묵묵히 뭔가를 모닥불 위에 올렸다. 지글거리는 소리와 함께 구수한 냄새가 진동했다. 사라는 문득 자신이 오늘 먹은 것이 거의 없다는 사실을 깨달았다.

꼬르륵.

그녀는 갑자기 배에서 들린 소리에 얼굴을 붉혔다. 그런 그녀의 눈앞에 커다란 덩어리 하나를 꽂은 꼬치 하나가 내밀어졌다.

사라는 레이엘이 건네는 고깃덩어리를 말없이 받아들고 한 입 베어 물었다. 그녀의 눈이 다시 한 번 화등잔만 해졌다.

"마, 맛있어요!"

고기는 정말로 맛있었다. 무슨 고기인지는 알 수 없었지만 적당히 밴 육즙과 입 안 가득히 퍼지는 고기 특유의 맛이 환상적인 조화를 이루고 있었다. 몇 번 씹지도 않았는데 고기가 부드럽게 목으로 넘어갔다.

"공작가에서도 이 정도로 맛있는 건 쉽게 먹지 못하는데, 정말로 대단하네요. 이거 무슨 고기죠?"

"알 것 없다."

레이엘은 그렇게 말하며 묵묵히 자신의 몫을 먹어치웠다. 그리고 사라가 치사하다고 투덜거리는 모습을 보며 속으로 피식 웃었다. 만일 이 고기가 거대개미의 뇌로 만든 거라고 말하면 위액을 쏟을 때까지 게워낼 게 분명하지 않은가.

'때로는 모르는 게 약이지.'

거대개미는 마수의 숲에 사는 마수들 중에서도 상당히 위험한 것 중 하나다. 하지만 레이엘에게 있어서는 그저 사냥감 이상도 이하도 아니었다.

'확실히 나처럼 거대개미에 대해 잘 아는 사람은 없겠지.'

레이엘은 씁쓸한 표정으로 남은 고기를 마저 입에 털어 넣었다. 밤은 점점 깊어갔고, 모닥불은 다시 날이 밝을 때까지 끊임없이 어둠을 막아냈다.

다음날 아침 일찍 일어난 레이엘은 세상모르고 잠든 사라를 툭툭 건드려 깨웠다. 사라는 일단 잠들고 나니, 자기 전에 불안한 상태였다는 걸 믿을 수 없을 정도로 깊게 잤다. 누가 업어 가도 모를 정도였다.

깨우는 것 역시 만만치 않았다. 사라는 아침잠이 많은 타입이라 웬만큼 건드려서는 미동도 하지 않았다. 레이엘은 아무렇지도 않은 표정으로 손을 한 번 휘저었다.

좌아악!

허공에서 물이 쏟아졌다. 하급 물의 정령을 이용해 만들어 낸 물이었다. 물은 잠든 사라를 향해 그대로 쏟아졌다.

"꺄아악!"

사라는 깜짝 놀라 비명을 지르며 잠에서 깼다.

"떠날 시간이다."

레이엘의 말에 사라는 잠시 정신을 차리지 못하고 멍하니 있다가 이내 상황을 깨닫고 얼굴이 붉으락푸르락해져서 소리쳤다.

"이게 무슨 짓이에요! 옷 다 젖었잖아요!"

"시간이 없다."

레이엘은 그렇게 말하며 다시 손을 휘저었다. 놀랍게도 레이엘의 손짓에 따라 사라의 옷을 적셨던 물이 깨끗이 증발되어 사라졌다. 사라는 황당한 눈으로 자신의 옷이 말라가는 걸 보며 중얼거렸다.

"정령사란 원래 이렇게 대단한 거구나……."

사라는 정령사의 매력에 흠뻑 빠져 자신이 물세례를 받았다는 것까지 잊어 버렸다. 그녀는 신기한 눈으로 보송보송하게 말라 버린 자신의 옷을 여기저기 살폈다.

"서두르지."

레이엘은 움직일 생각을 않는 사라에게 그렇게 말하며 빵

한 조각을 내밀었다. 사라는 또 신기한 눈으로 빵과 레이엘을
바라봤다. 대체 언제 이런 걸 준비했는지 알 수가 없었다.

'분명 짐은 없는데……, 설마 아공간을 쓰는 건 아니겠지?'

사라는 말도 안 된다고 생각해 피식 웃으며 빵을 조금씩 떼
어 먹으며 걸었다. 레이엘은 그녀가 편안히 빵을 먹을 시간도
주지 않고 바로 움직였다.

사라는 레이엘에게 모든 걸 맡기고 편안히 걸었다. 레이엘
과 함께라면 아무 일도 없을 거라고 굳게 믿었다.

'정말로 든든하네.'

사라는 빵을 모두 먹은 후부터 틈이 날 때마다 레이엘을 힐
끔힐끔 쳐다봤다.

'얼굴도 저 정도면 어디 가서 빠지지는 않을 것 같고, 몸
은……, 정말 좋네. 그리고 능력도 대단하고…….'

사라의 표정이 점점 흐뭇해졌다. 레이엘은 숲에 들어온 순
간부터 눈에서 초점이 사라지는 경우가 거의 없었다. 집중하
는 그의 모습은 상당히 멋있었다. 그게 비록 길 안내에 불과하
다고 해도 말이다.

'뭐, 마수의 숲을 안내하는 거니까 평범한 길 안내는 아니
지. 그나저나 마수의 숲이라고 해서 걱정을 많이 했는데, 생각
했던 것보다 몬스터는 없네.'

사라는 문득 자신이 그동안 만났던 몬스터라고는 고작 흑표
범밖에 없다는 사실을 깨닫고는 고개를 갸웃거렸다. 포레인에

사는 모든 사람들은 마수의 숲이라는 말만 해도 경기를 일으킬 정도로 두려워했다. 그들은 하나같이 마수의 숲은 무시무시한 곳이라고 입을 모았다.

'하긴, 어디나 용병들은 과장이 심하니까.'

용병들은 대부분 허풍이 심했다. 자신이 겪은 일이 세상에서 가장 어렵다고 포장하고 과장하는 것이 일반적이었기 때문에 사라는 마수의 숲도 마찬가지라고 여겼다.

그런 그녀의 생각이 완전히 바뀐 건, 어둠이 슬슬 내려앉을 무렵이었다. 사라와 레이엘은 결국 앞서서 나간 원정대를 따라잡았다.

"대, 대체 무슨 일이 있었던 거죠?"

사라는 망연한 눈으로 사방을 둘러봤다. 정말로 처참했다.

남은 원정대원은 절반도 되지 않았다. 잃어버린 자들은 모두 죽었다. 아니, 먹혔다. 그들은 동료가 마수에게 통째로 씹어 먹히는 광경을 수도 없이 보며 사선을 헤쳐 나왔다. 그나마 기사들의 수가 많이 줄지 않아 다행이긴 했지만, 상황이 너무 심각했다.

제이슨의 표정에서 처음의 자신감과 당당함은 더 이상 찾아볼 수 없었다. 그가 지금까지 할 수 있었던 건, 고작 제니아를 보호하며 도망치는 게 전부였다.

"지, 지옥이야."

창백한 얼굴로 제이슨 옆에 앉아 있던 기사가 한 말이었다. 그 말에 주변에 있던 모든 사람들이 고개를 끄덕이며 동조했다. 그들이 겪은 하루 동안의 일은 정말로 지옥 같았다.

사라는 고개를 이리저리 돌리며 다급히 제니아를 찾았다. 지금 상황에서 가장 중요한 것은 그녀의 안전이었다. 제니아는 금방 찾을 수 있었다. 다행히 그녀는 무사해 보였다.

"아가씨!"

사라는 제니아를 부르며 달려갔다. 사라를 발견한 제니아의 표정이 살짝 밝아졌다.

"사라……."

"괜찮으신 거죠?"

제니아가 힘없이 고개를 끄덕였다. 눈앞에서 무수한 사람들이 죽어가는 잔인한 광경을 봤으니 놀란 것이 당연했다. 제니아는 아직도 놀란 가슴을 진정시키지 못했다.

"이제 안심하세요. 제가 왔잖아요."

사라는 그렇게 제니아를 안심시키며 다른 마법사들을 찾았다. 하지만 제니아 옆에 있던 자크릴 한 명을 제외하곤 누구도 눈에 띄지 않았다.

사라는 떨리는 목소리로 자크릴에게 물었다.

"저……, 다른 분들은……."

자크릴이 괴로운 표정으로 고개를 저었다.

"아무도 마법을 제대로 쓰지 못했다. 여기는 마법사의 무덤이나 다름없는 곳이야.”

자크릴은 말을 아꼈다. 사실 마법사 중 두 명은 억지로 마법을 쓰다가 마나가 역류해 몸이 터져 버렸다. 그 때문에 근처에 있던 병사 몇 명이 허무하게 죽었다. 그런 사실까지 사라에게 시시콜콜 얘기하고 싶지 않았다.

사라는 믿을 수 없다는 듯 잠시 고개를 저었다. 하지만 이내 의아한 마음이 들어 다시 물었다.

“마법을 못 썼다니요? 설마 제가 준 약초를 안 드신 건가요?”

자크릴이 고개를 옆으로 돌렸다.

“버렸다. 그게 뭔 줄 알고 함부로 먹는단 말이냐.”

“아아……!”

사라는 손으로 입을 가리며 신음을 흘렸다. 그리고 자신도 모르게 몇 걸음 뒤로 물러났다.

“어, 어째서……, 어째서 제 말을 안 들으신 건가요? 그 약초만 먹었어도…….”

“그만해라! 네가 뭘 안다고 그러느냐!”

자크릴은 결국 역정을 냈다. 그는 4클래스의 마법사, 고작 3클래스에 간신히 오른 사라에게 그따위 소리를 듣고 싶지 않았다. 만일 사라가 그 자리에 있었다면 그녀는 가장 먼저 죽었을 것이다.

사라는 자크릴의 말에 굳은 표정으로 마나를 움직였다. 그

녀의 입에서 가장 능숙하게 펼칠 수 있는 '라이트' 마법의 주
문이 흘러나왔고, 이내 눈부신 광구가 눈앞에 떠올랐다.

자크릴은 그 광경을 보고 놀란 눈으로 입을 벌렸다. 어찌 이
렇게 자연스럽게 마법을 쓸 수 있단 말인가. 그것도 이렇게 마
나의 흐름이 난폭한 상황에서 말이다.

"대, 대체 그게⋯⋯."

"자크릴님이 버린 약초에 담긴 효능이죠. 난폭한 마나를 부
드럽게 바꿔주는 약초예요. 그래서 이렇게 마법을 쓸 수 있죠.
제가 드릴 때도 분명히 말씀을 드렸을 텐데요."

사라의 눈에 분노가 일었다. 자신의 말만 제대로 들었어도
어쩌면 이보다 훨씬 피해가 적었을지 모른다고 생각하니 더
화가 났다.

자크릴은 크게 당황했다. 분명히 그런 말을 하긴 했다. 하지
만 그걸 어떻게 믿으란 말인가. 마나의 성질을 부드럽게 바꿔
주는 약초라니, 그런 게 있을 리 없지 않은가.

"사라, 진정해."

사라는 제니아의 차분한 말에 정신이 들었다. 어느 정도 냉
정을 되찾으니 지금 자신이 화를 내는 것보다 더 중요한 할 일
이 있다는 걸 깨달았다.

"아가씨, 지금부터라도 길잡이에게 제대로 길 안내를 부탁
해야 돼요. 더 희생이 커지기 전에요."

사라의 말에 제니아의 눈이 살짝 커졌다. 그리고 고개를 돌

려 멀찍이 떨어진 곳에 서 있는 레이엘을 바라봤다. 아무리 봐도 평범한 사내였다. 아니, 오히려 조금 미덥지 못했다. 저렇게 멍한 얼굴의 사람을 어찌 믿겠는가.

"사라……."

"아가씨가 무슨 말씀을 하시려는지 알아요. 하지만 저를 보면 아시잖아요. 저 사람과 둘이서 여기까지 왔어요. 이렇게 멀쩡하게요. 게다가 병사들을 포레인에 데려다주기까지 했어요. 이게 뭘 뜻하는지 잘 아시잖아요."

제니아는 그제야 새삼스러운 눈으로 다시 레이엘에게 시선을 돌렸다.

"그 무서운 마수들을 둘이서 대체 어떻게 물리친 거지?"

"마수는 아예 만나지도 않았어요."

사라의 눈이 반짝반짝 빛났다. 제니아는 놀란 눈을 감추지 못했다. 마수를 아예 안 만났다니, 이건 운이라고 하기엔 너무나 대단한 우연이었다.

"제가 보기에는 마수의 숲 안에도 길이 있는 것 같아요. 저 길잡이는 그 길을 알고 있는 게 분명하고요. 그러니 아가씨, 더 늦기 전에 어서……."

"알았어. 사라의 말을 믿을게."

제니아는 고개를 끄덕이고는 레이엘에게 다가갔다. 레이엘의 눈에 슬며시 초점이 돌아왔다. 제니아가 레이엘에게 다가가니, 제이슨이 퍼뜩 정신을 차리고는 황급히 다가왔다.

"아가씨! 설마 저 길잡이에게……!"

제니아는 손을 들어 제이슨의 말을 막았다. 그리고 단호한 눈빛으로 말했다.

"제이슨 경은 더 이상 말하지 마세요. 일단 길잡이를 고용한 이상, 그가 충분한 능력을 가졌다면, 이용해야겠어요."

제이슨은 더 이상 말을 하지 못했다. 과연 카라미스 공작가의 영애다웠다.

일순간 그녀의 작은 체구에서 뿜어져 나온 카리스마는 잠깐이나마 제이슨의 몸을 굳게 만들 정도였다.

제니아는 고개를 돌려 부드러운 눈으로 레이엘을 바라봤다.

"자, 이제 어떻게 하면 되지?"

제니아의 말에 레이엘은 잠시 주위를 둘러봤다. 그리고 한쪽을 손가락으로 가리켰다.

"일단 이쪽으로 가야 합니다. 서두르지 않으면 안 됩니다."

레이엘의 말이 끝나자, 제니아가 제이슨을 바라봤다. 제이슨은 살짝 분노한 표정으로 레이엘을 노려봤지만, 레이엘의 표정은 전혀 변하지 않았다.

제이슨은 날카로운 눈빛으로 레이엘을 한 번 더 노려본 후, 이내 몸을 돌렸다. 아무리 그가 라이온 기사단의 단장이라 하더라도 현 원정대의 책임자는 제니아였다. 제니아가 일단 결정한 사항을 그가 반대해 없던 걸로 만들 수는 없었다.

"출발한다! 서둘러!"

제이슨의 외침과 함께 병사들이 힘없이 움직이기 시작했다. 그들의 얼굴에는 피로가 가득했다. 이제 조금 있으면 밤이 된다. 벌써 주위에 어둠이 내려 깔리고 있었다. 그런데 또 움직이라고 하니 두려운 마음이 먼저 들었다.

"어두운데 걸어가다가 마수가 습격이라도 하면……."

누군가의 중얼거림이 공포를 만들어냈다. 그리고 그 공포는 순식간에 원정대 전체에 휘몰아쳤다. 병사들이 두려운 눈으로 제이슨을 바라봤다. 그것은 기사들 역시 마찬가지였다.

하지만 제이슨은 사나운 눈빛으로 그들에게 호통을 쳤다.

"아가씨의 명이다! 어서 움직여! 저 길잡이가 저쪽으로 움직여야 한다지 않나!"

제이슨의 말에 병사와 기사들이 레이엘을 노려봤다. 하지만 그들이 할 수 있는 건 아무것도 없었다. 결국 그들은 레이엘이 말한 곳으로 향할 수밖에 없었다.

"정말로 비겁한 사람이에요."

사라는 불만에 찬 눈으로 제이슨을 노려보며 중얼거렸다. 제이슨은 모든 병사와 기사들의 분노를 레이엘과 제니아에게 몰아 버렸다.

사라는 이번엔 걱정스런 눈으로 제니아를 바라봤다. 제니아는 생각보다 마음이 여린 사람이었다. 만일 공작가의 다른 자제가 왔다면 제이슨의 행동을 그냥 좌시하지 않았을 것이다.

"왜? 사라가 보기엔 내가 그렇게 못 미더워?"

"아, 아뇨. 아가씨. 절대 그런 게 아니에요."

제니아가 피식 웃었다.

"알아. 사라가 날 얼마나 생각해 주는지. 그러니까 이렇게 네 말대로 하고 있잖아."

제니아의 눈이 한순간 날카롭게 빛났다. 그녀의 시선은 레이엘에게 꽂혀 있었다.

"꼭 성과가 있길 바랄게."

사라가 환하게 웃었다.

"걱정하지 마세요. 반드시 성과가 있을 테니까요. 그렇죠? 레이엘?"

레이엘은 멍한 얼굴로 걷다가, 사라의 말을 듣고 고개를 돌려 그녀를 바라봤다.

"내 말대로만 한다면."

"그것 보세요. 괜찮다잖아요."

사라의 해맑은 웃음에 제니아도 결국 졌다는 듯 웃고 말았다. 사라는 묘하게 분위기를 밝게 만드는 재주가 있었다.

"그래, 기대하지. 그나저나 대체 얼마나 더 가야 하는 거지? 이제 슬슬 쉬고 싶은데 말이야."

제니아가 레이엘을 향해 물었다. 레이엘은 잠시 주위를 살폈다. 그리고 한 쪽을 손가락으로 가리켰다.

"저 나무 아래까지만 가면 불을 피울 수 있습니다."

레이엘의 말에 제니아가 제이슨 쪽을 바라봤다. 제이슨도 그리 멀리 있지 않았기에 레이엘의 말을 모두 들었다.

"빨리 빨리 움직여라! 저 나무 아래에 가서 쉰다! 오늘은 거기까지다!"

제이슨의 말에 병사들이 기운을 냈다. 그들은 발걸음을 더 빨리해 레이엘이 말했던 커다란 나무 아래에 도착했다. 병사들은 일단 진을 친 후, 일부는 모닥불을 피우고, 일부는 식사를 준비하며 정신없이 움직였다. 이렇게 움직이지 않으면 불안해서 미칠 것만 같았다.

"정말 괜찮은 거겠지?"

제니아는 거듭 확인했다. 레이엘은 그때마다 순순히 고개를 끄덕여 대답해 주었다. 처음에 사라와 약속한 부분이었으니까.

"좋아. 믿겠다."

제니아는 그렇게 말한 후, 쉴 준비를 하기 시작했다. 사라가 옆에서 그녀의 시중을 들며 제니아가 불편하지 않게 이런 저런 편의를 봐주었다.

병사들 몇이 힘을 모아 만든 그럴듯한 천막에 들어간 제니아는 안에 있는 간이침대에 몸을 뉘었다.

"하아."

눈을 감으니, 절로 한숨이 새 나왔다. 아무리 공작가의 딸이라지만 그런 흉험한 일을 겪었는데 아무렇지도 않을 리 없었다.

제니아는 가슴 깊은 곳에서 뭔가 울컥 솟아오르는 것을 느꼈다. 하마터면 눈물을 쏟을 뻔했다. 하지만 이를 악물고 그것을 꾹 눌러 참았다.

"아가씨. 괜찮으세요? 이것 좀 드세요. 힘이 나실 거예요."

제니아는 감았던 눈을 슬며시 떴다. 사라가 밝은 얼굴로 김이 모락모락 오르는 뭔가를 들고 있었다. 자세히 보니 찻잔이다. 어느새 따뜻한 차를 만들어 온 모양이었다.

"고마워."

제니아는 몸을 일으켜 사라가 건네주는 차를 받았다. 그리고 조심스럽게 후후 불어 한 모금을 마셨다.

청아한 향이 입 안에 감돌고, 따뜻한 것이 식도를 따라 배로 들어갔다. 몸에서 후끈 열이 오르는 것 같았다. 그리고 기분이 한층 안정되었다.

제니아는 살짝 놀란 눈으로 사라를 바라봤다. 처음 마셔보는 차였다.

"이게 무슨 차지?"

사라가 어색한 미소를 지었다.

"글쎄요. 저도 이름은 잘…… 그 길잡이가 준 차예요."

사실은 레이엘이 사라를 위해 준 차였다. 하지만 사라는 그것을 그대로 제니아에게 가져왔다. 냄새만 맡아도 보통 차가 아니라는 건 충분히 알 수 있었다.

"아무튼 어때요? 이제 힘이 좀 나시는 것 같아요?"

사라의 말을 듣고 가만히 생각해 보니 몸에 기력이 차오르는 것 같았다. 조금 전까지는 힘이 하나도 없고 온몸이 쑤셨는데, 고작 차 한 모금에 그런 느낌이 많이 사라졌다. 제니아는 다시 차를 몇 모금 더 마셨다. 그리고 차를 모두 마셨을 즈음, 몸이 완전히 쌩쌩해졌다.

"정말 대단한 차야. 이걸 길잡이가 줬다고?"

사라가 기쁜 눈으로 고개를 끄덕였다.

"예. 이제 푹 주무세요. 아마 오늘 밤에는 마수가 나타나지 않을 거예요."

사라의 말에 제니아는 조금 의아한 표정을 지었다. 대체 사라는 왜 이렇게 그 길잡이를 철석같이 믿는 건지 이해할 수가 없었다.

듣기로는 사라와 길잡이가 만난 건 며칠 전이었다. 한데 고작 그 며칠 사이에 어떻게 저런 굳건한 신뢰가 쌓일 수 있단 말인가.

'사라가 어수룩하든지, 아니면 그 사람이 대단하든지, 둘 중 하나인가?'

제니아는 이런 저런 생각을 하다가 이내 스르륵 잠이 들었다. 사실 레이엘이 준 차에는 숙면을 취할 수 있게 도와주는 풀도 섞여 있었다.

다음날이 될 때까지 마수는 나타나지 않았다. 병사들 중 절반 정도는 불안감 때문에 거의 뜬 눈으로 밤을 지새웠다. 하지만 아무런 일도 벌어지지 않자, 그들은 안도하며 조금 다른 눈으로 레이엘을 바라봤다.

레이엘은 결코 서두르지 않았다. 모든 사람의 준비가 끝날 때까지 기다렸다가 방향을 지시했다.

그렇게 시간이 지나면 지날수록 병사들은 레이엘을 조금씩 믿기 시작했다. 레이엘이 길을 지시하기 시작한 이후로 마수의 그림자조차 볼 수 없었다.

그렇게 또 하루가 지났다. 더할 나위 없이 평화로운 하루였다.

레이엘이 길 안내를 시작한 사흘째 아침이 되자, 병사들이 레이엘을 대하는 태도가 완전히 달라졌다. 아무리 바보라도 지금 상황이 레이엘 덕분이라는 걸 모를 수가 없었다. 사흘이라는 시간 동안 마수를 단 한 번도 보지 못했다. 그것도 이렇게 숲 깊은 곳에 들어왔는데 말이다.

병사들은 내심 길잡이의 대단함에 대해 다시 생각했다. 그리고 그것은 기사들 역시 마찬가지였다. 단 한 사람, 제이슨을 제외한다면.

제이슨은 레이엘의 위상이 점점 높아지는 게 못마땅했다. 아니, 사실 그 모든 화는 자신에게 내는 것이나 다름없었다.

처음부터 레이엘에게 길을 맡겼으면 아무런 희생 없이 원정을 성공할 수 있었는데, 자신의 고집 때문에 이렇게 되어 버렸다.

그래서 제이슨은 레이엘을 좋아할 수 없었다. 레이엘을 볼 때마다 자신의 치부를 들춰내는 것처럼 불편했다. 그리고 그런 레이엘을 데려온 사라를 볼 때도 비슷한 감정을 느꼈다.

하지만 아무리 못마땅하더라도 겉으로 내색할 수가 없었다. 그렇게 하기엔 레이엘의 입지가 너무 탄탄했다. 이제 마수의 숲 안에서라면 원정대원들은 레이엘이 돌을 씹어 먹으라 해도 들을 기세였다.

'이래서야 대체 누가 원정대의 책임자인지 알 수가 없군.'

제이슨은 속으로 그렇게 중얼거리며 레이엘을 슬쩍 노려봤다. 레이엘 주위에는 세 사람이 있었다. 사라와 제니아, 그리고 자크릴이었다.

자크릴은 레이엘이 건네준 잡초를 먹은 후로 완전히 그의 추종자가 되다시피 했다. 제이슨이 보기엔 정말 말도 안 되는 일이었지만, 그는 그 잡초를 먹은 후 5클래스에 들어섰다. 자크릴의 태도가 그렇게 변한 것도 무리는 아니었다.

'멍청한 마법사. 경지가 올라갔다면, 그건 네 노력의 대가지 고작 풀 쪼가리로 그게 가능하다고 여기는 건가? 만일 그랬다면 저 사라도 경지가 올라갔어야지.'

제이슨은 레이엘 주위에서 벌어지는 모든 게 짜증나고 못마땅했다. 심지어는 그가 모셔야 할 제니아조차 마찬가지였다.

레이엘이 나선 이후로 피해가 전혀 없고, 마치 마수의 숲에 소풍이라도 온 것 같은 분위기가 되었으니 당연했다.

사실은 제이슨도 저곳에 합류해 레이엘에게 치하를 했어야 옳다. 하지만 제이슨은 절대 그렇게 할 수 없었다. 제이슨의 눈에서 새파란 살기가 살짝 쏟아져 나왔다.

제이슨의 몸에서 살기가 뿜어져 나온 순간 레이엘의 눈에 초점이 돌아왔다. 그야말로 순식간의 일이었다. 레이엘은 잠시 제이슨을 살폈다. 살기는 나타나자마자 사라졌다. 하지만 그 정도면 제이슨이 과연 무슨 생각을 하는지 추측하는 데에는 아주 충분했다.

"이제 목적지에 거의 도착했습니다. 이쯤에서 잠시 쉬었다가 가시죠."

레이엘의 말에 제니아가 빙긋 웃으며 고개를 끄덕였다. 그리고 기사들에게 신호를 보냈다. 행렬이 멈췄다. 제니아는 그것을 만족스런 눈으로 바라봤다. 얼마 전까지는 제이슨이 모든 걸 알아서 했지만, 이제 제이슨은 오로지 기사들을 지휘하는 데 집중했다. 나머지 전체적인 움직임은 제니아가 조율했다.

제니아는 자신의 이 긍정적인 변화가 정말로 마음에 들었다. 더 이상 그녀는 공작가의 꽃이 아니었다. 그저 성이나 저택에 갇혀 사람들의 구경거리로 전락하는 신세에서 벗어나기 시작한 것이다.

'이번 임무만 완수하면⋯⋯.'

이번 임무는 정말로 중요했다. 제니아의 표정이 결연해졌다. 그리고 그 순간, 레이엘이 입을 열었다.

"이제 한 시간 정도만 더 가면 말씀하신 유적지가 나옵니다. 한데 그곳은 상당히 위험한 곳입니다. 충분한 주의가 필요합니다. 지금까지와는 전혀 다르니 미리 준비를 해야만 합니다."

"어떤 준비를 하면 될까?"

"일단 그 유적지 근처에는 거대개미가 출몰합니다."

"거대개미?"

제니아는 의아한 눈으로 사라를 바라봤다. 사라가 어색하게 웃었다. 그녀도 거대개미라는 마수가 있다는 말만 들었지 실제로 보거나 그에 대해 공부를 한 적이 없으니 아는 게 아무것도 없었다. 그것은 자크릴 역시 마찬가지였다.

"웬만한 기사 열 명이 달려들어도 한 마리를 잡기 어렵습니다."

제니아의 눈이 화등잔만 해졌다.

"그렇게 강한 마수도 있어?"

"그보다 더 강한 놈도 많습니다. 하지만 일단 그 유적지 근방에서 주의해야 할 마수는 거대개미와 카르 정도가 있습니다."

“카르? 그건 또 뭐지?”

“인간형 마수입니다. 온몸이 새까만 털로 뒤덮여 있는데, 1미터 정도 되는 날카로운 손톱으로 공격합니다.”

“그 정도라면 기사들로 충분히 이길 수 있겠네.”

“아마 쉽지 않을 겁니다.”

레이엘은 그렇게 말하고는 품에서 주머니 하나를 꺼냈다. 그 안에는 풀이 잔뜩 들어 있었는데, 사라에게 줬던 잡초와는 조금 달랐다.

“이건 뭐지?”

“즙을 내서 몸에 발라야 합니다. 아직 많이 있으니 병사들을 시켜 충분히 즙을 내도록 시키십시오.”

레이엘의 말에 제니아는 군소리 없이 병사들에게 즙을 내도록 지시를 내렸다. 병사들은 난데없는 일에 어리둥절했지만, 이내 그것이 레이엘이 시킨 일이라는 걸 듣고는 더 열심히 즙을 냈다.

이윽고 모든 사람이 즙을 몸에 발랐다. 직접 몸에 바를 필요까지는 없었고, 풀의 향이 계속 퍼지기만 하면 되기에 그저 옷에 바르거나 해도 충분히 효과가 있었다.

준비가 끝나자, 다른 때와 달리 레이엘이 앞장섰다. 병사들은 긴장한 눈으로 그 뒤를 조심스럽게 따랐다. 그리고 기사들이 제니아를 둘러싸고 보호하며 천천히 이동을 시작했다.

사사사삭!

벌써 여기저기서 풀 스치는 소리가 들려왔다. 병사들은 그때마다 흠칫 흠칫 놀랐지만 레이엘이 아무렇지도 않게 걷는 모습을 보고는 안심하며 마음을 가라앉혔다.

언뜻언뜻 새까만 뭔가가 보이기도 했지만 그들은 그냥 무시하고 걸어갔다. 하지만 레이엘의 설명을 미리 들은 제니아나 사라는 그것이 거대개미라는 걸 알 수 있었다.

거대개미는 얼핏 보기에도 덩치가 사람 가슴까지 올 정도로 컸다. 길이는 아직 확인하지 않았으니 모르지만 대충 예상하기로 5미터는 충분히 될 것 같았다.

"다 왔습니다."

레이엘의 말에 제니아가 반색하며 걸음을 서둘렀다. 기사들이 황급히 대형을 다시 만들며 그녀를 둘러쌌다. 제니아는 레이엘 옆으로 다가가 그 앞에 펼쳐진 광경을 보고는 눈을 크게 떴다. 웅장한 유적지의 모습은 그녀의 탄성을 자아냈다.

"저, 정말 대단한 곳이야!"

제니아는 잠시 감탄하며 유적지 곳곳을 눈으로 살피다가 이내 임무를 떠올리고는 표정을 지우고 유적지 안으로 걸어 들어갔다.

"여기서부터는 카르가 나올 확률이 높으니 조심해야 합니다."

레이엘의 당부가 뒤따랐지만 제니아는 그저 건성으로 고개를 끄덕이고는 발걸음을 서둘렀다. 얼마 들어가지 않아 그녀는 기대했던, 하지만 보고 싶지 않았던 흔적들을 발견했다.

유적지 곳곳에 핏자국이 있었다. 그리고 사람이 썼던 것이 분명한 무기나 장비들도 보였다. 결정적으로 카라미스 공작가의 문장인 포효하는 사자의 얼굴이 새겨진 방패가 눈에 띄었다.

"아아……!"

제니아는 천천히 걸어가 방패를 집어 들었다. 그리고 그 주위에 떨어진 많은 것들을 하나하나 살폈다.

제니아 뒤에 서 있던 제이슨이 병사들을 향해 소리쳤다.

"뭣들 하느냐! 어서 들어오지 않고!"

병사들은 황급히 유적지 안으로 우르르 들어왔다. 그리고 긴장한 눈으로 사방을 경계했다. 상당히 위험한 곳이다. 여기서부터는 잠시도 긴장을 놓을 수 없었다.

제니아는 고개를 돌려 사라와 자크릴을 바라봤다. 마법사가 모두 죽지 않아서 정말로 다행이라 생각하며 그들을 향해 살짝 눈짓을 보냈다.

자크릴이 정중히 고개를 숙인 후, 품에서 작은 완드를 꺼냈다. 끝에 주먹만 한 보라색 보석이 박혀 있었다. 자크릴이 완드를 들어올리고 주문을 외우기 시작하자, 완드 끝에 달린 보라색 보석에서 광채가 일어났다.

파앗!

자크릴을 중심으로 보랏빛 파동이 사방으로 퍼져 나갔다.

그 파동은 유적지 전체를 관통하는 것도 모자라 수십 미터나 더 퍼져 나갔다.

자크릴의 눈매가 꿈틀거렸다. 원하는 반응을 발견하지 못했기 때문이다. 자크릴은 다시 주문을 외웠다.

보랏빛 파동이 또 퍼져 나갔고, 자크릴의 눈가가 더욱 깊이 찌푸려졌다.

그렇게 몇 번을 더 하자, 결국 자크릴은 더 이상 마법을 쓰기 어려운 상태가 되었다. 만일 자크릴이 여전히 4클래스였다면 두 번도 쓰기 버거울 정도로 힘든 마법이었다.

"후우. 아무래도 이곳에는 없는 것 같습니다."

자크릴의 말에 제니아가 창백해진 얼굴로 소리쳤다.

"그럴 리가 없어요! 여기 이렇게 아버님의 흔적이 남아 있는데!"

자크릴은 한숨과 함께 고개를 저었다. 그리고 사라를 바라봤다. 고작 3클래스에 불과한 그녀라면 방금 전 자크릴이 한 탐색 마법을 한 번 쓸 수 있을 뿐이다. 자크릴은 그녀에게 자신의 완드를 넘겼다.

사라는 그 완드를 받아 주문을 외웠다. 보랏빛 파동이 다시 한 번 유적지를 휩쓸었다. 사라는 씁쓸한 표정으로 고개를 저었다.

제니아는 망연한 얼굴로 털썩 주저앉았다. 임무는 실패였다. 그녀의 눈에서 그동안 참고 참았던 눈물이 주르륵 흘러내렸다.

사라는 옆에 서서 안쓰러운 눈으로 그 광경을 지켜봤다. 제니아가 어떤 마음으로 여기까지 왔는지, 또 왜 이런 임무를 받아야만 했는지 누구보다 잘 아는 그녀로서는 그런 표정을 지을 수밖에 없었다. 그리고 도움이 되지 못한다는 사실이 너무나 안타까웠다.

사라가 그런 모든 눈빛을 담아 고개를 돌려 레이엘을 바라봤다. 레이엘은 유적지에 들어온 순간부터 예의 그 공허한 표정과 눈빛으로 그저 가만히 보기만 했다. 아직도 레이엘은 그대로였다.

"어떻게 도울 방법이 없을까요?"

사라의 말에도 레이엘의 표정은 변화가 없었다. 사라는 더 간절한 눈빛으로 레이엘을 바라봤다. 그리고 자신의 모든 마음을 담아 천천히 말했다.

"제발 도와주세요."

그녀는 그렇게 말하면서도 자신이 왜 이러는지, 무슨 말을 하고 있는 건지 명확히 인지하지 못했다. 그저 간절히 바라고 있을 뿐이었다. 고작 길잡이에 불과한, 하지만 신비로운 능력을 가진 레이엘에게 말이다.

그 순간, 레이엘의 눈에 초점이 돌아왔다.

"찾는 게 정확히 뭐지? 공작가의 인장인가?"

레이엘의 물음에 사라를 비롯한 모두가 소스라치게 놀랐다.

그들의 임무는 극비였다. 심지어는 병사들과 기사들도 모르는 일이었다. 그것에 대해 아는 사람은 제니아와 제이슨, 그리고 마법사들뿐이었다.

제이슨이 즉시 검을 뽑았다.

챙!

"네놈의 정체가 뭐냐! 어떻게 그 사실을 알고 있지?"

레이엘은 아무렇지도 않은 표정으로 말했다. 마치 너무나 당연한 걸 왜 묻느냐는 듯했다.

"방금 펼친 탐색마법, 인장을 찾는 마법 아니었나?"

"그걸 알아봤다고? 대체 어떻게?"

자크릴은 잠시 놀란 듯 그렇게 말했지만 이내 한숨과 함께 고개를 저었다. 인장 탐색은 마법에 대해 조금만 지식이 있어도 누구나 알 수 있었다. 그 보랏빛 파장 때문이었다.

"후우, 제이슨 경, 검을 치워주시오. 아무래도 너무 성급하신 듯하오."

제이슨은 잠시 갈등했다. 이런 기회가 다시 오기는 쉽지 않을 것이다. 지금 상황을 잘만 이용하면 큰 문제없이 길잡이를 죽일 수 있을 것 같았다. 하지만 결국 냉정하게 생각하면 레이엘이 필요했다. 그들에게는 아직 더 중요한 일이 남아 있었다. 바로 귀환이었다.

"후우."

제이슨은 한숨과 함께 검을 치웠다. 검집이 검을 삼키자, 사라가 나직이 안도의 한숨을 내쉬었다. 사라는 제이슨만 보면 살얼음판을 걷는 것처럼 아슬아슬했다.

레이엘은 잠시 생각에 잠겼다. 그리고 사라를 바라보며 입을 열었다.

"아무래도 수지가 맞지 않아. 이번 의뢰비는 꽤 비싸다."

사라의 눈에 기쁨이 어렸다. 의뢰비라면 얼마든지 낼 용의가 있었다. 물론 그 돈은 제니아가, 아니, 카라미스 공작가가 부담하겠지만 말이다.

"좋아. 원하는 걸 말해 봐."

제니아가 흔쾌히 묻자, 레이엘이 곧장 대답했다.

"3000골드."

그 말에 제이슨의 눈이 찢어질 듯 커졌다.

"말도 안 되는 소리! 3000골드가 누구 애 이름인 줄 아느냐!"

1골드면 보통 평민이 세 달을 살아갈 수 있는 돈이다. 30골드만 있어도 포레인 정도 되는 도시에 작은 상점을 열 수 있었다. 3000골드면 보통 사람은 상상도 할 수 없는 거금이었다.

제이슨이 난리를 치든 말든 레이엘은 전혀 신경 쓰지 않았다. 레이엘은 오로지 사라만 바라볼 뿐이었다.

사라는 안절부절못하고 제니아를 바라봤다. 과연 제니아가 3000골드라는 거금을 선뜻 주려고 할지 걱정이 되었다.

하지만 그녀의 걱정과는 달리 제니아는 아주 가벼운 마음으로 승낙했다.

"좋아. 주지. 3000골드. 단, 우리 공작가에 직접 와서 받아가. 그 정도 거금을 들고 여기까지 다시 올 수는 없으니까 말이야. 그렇게 할 거야?"

레이엘은 고개를 끄덕였다. 3000골드가 생기는 일이다. 그 정도 수고쯤이야 얼마든지 할 수 있었다.

사실 레이엘에게 돈은 그렇게까지 큰 의미가 없었다. 레이엘은 자신이 원하는 대부분의 것을 마수의 숲에서 얻을 수 있었다.

하지만 돈이 아예 필요 없는 건 아니었다. 3000골드쯤 있으면 앞으로 돈에 대한 건 아무런 신경도 쓸 필요가 없게 될 것이다.

레이엘은 계약이 성립된 즉시 움직였다. 성큼 성큼 걸어 유적의 중심부로 간 레이엘은 근처의 흔적을 차분히 살폈다. 수많은 발자국과 마수들의 흔적, 그리고 오래전에 생긴 것이 분명한 싸움의 흔적들이 고스란히 그의 뇌리에 그려졌다.

레이엘이 찾는 건, 이곳에서 싸운 사람들 중 가장 높은 지위를 가진 자의 흔적이었다. 그런 걸 찾는 건 상당히 어려운 일이었지만, 불가능한 건 아니었다.

한동안 주변을 살피던 레이엘의 눈에서 일순 광채가 흘렀다. 흔적을 발견한 것이다.

레이엘은 흔적을 꼼꼼히 살핀 후, 몸을 일으켰다. 그리고 하

늘을 바라봤다. 유적지의 하늘에는 걸리는 것이 아무것도 없
었다.
　숲의 다른 곳에 으레 있는 나무가 없으니 당연했다. 새파란
하늘이 그의 눈에 그대로 담겼다. 레이엘의 눈에 다시 한 번
광채가 일어났다.
　"후우. 그럼 시작해 볼까?"

제3화 카라미스 공작가의 인장
Ray-El

　사라는 불안한 눈으로 주위를 살폈다. 레이엘은 모든 일행을 지금 이곳에 데려다주고 혼자 길을 떠났다. 다른 사람이 있으면 방해가 된다는 이유였다.

　'물론 그 말이 틀린 건 아니겠지만…….'

　그래도 섭섭한 건 어쩔 수 없었다. 적어도 자신은 데리고 가줄 거라 여겼다. 왜 그런 생각을 했는지는 모르지만.

　병사들은 편안하게 쉬고 있었다. 기사들 역시 마찬가지였다. 불안한 표정을 짓고 있는 건 제니아와 제이슨 정도였다. 자크릴은 이번 기회에 5클래스 마법을 조금이라도 익히려고 공부 중이었다.

사라는 문득 자크릴이 부러워졌다. 고작 잡초를 먹었을 뿐인데 단번에 5클래스로 올라섰다.

물론 자크릴이 4클래스의 막바지에 있었다는 건 잘 알고 있었다. 하지만 그렇게 갑자기 5클래스로 올라가게 될 줄은 전혀 예상치 못했다.

"하아."

느는 것은 한숨뿐이었다. 이곳에서 머문 지 벌써 이틀이 지났다. 제니아가 불안해하는 것도 당연했다. 공작가의 인장을 찾아가지 못하면 그녀는 팔려간다. 그것이 이번 임무에 부여된 약속이자 포상이었다.

사라는 안쓰러운 눈으로 제니아를 잠시 바라봤다. 하지만 이내 다시 생각의 흐름이 레이엘에게로 향했다. 레이엘은 어디서 뭘 하는지 올 생각을 하지 않는다.

"하아."

몇 번째인지 모를 사라의 한숨이 다시 허공에 흩어졌을 때, 그들이 있는 곳으로 한 사람이 들어섰다. 사라의 시선이 반사적으로 그에게로 향했고, 그리고 그녀의 얼굴이 그 어느 때보다도 환해졌다.

"레이엘!"

사라는 후다닥 달려갔다. 보는 사람이 없었다면 단번에 안기기라도 할 기세였다. 하지만 그녀에게 그 정도 분별은 아직 남아 있었다.

"성공했어요?"

사라의 물음에 레이엘은 말없이 품에서 뭔가를 꺼내 휙 던졌다. 사라는 화들짝 놀라며 그것을 조심스럽게 받아 들었다. 그것은 보랏빛 보석이 박힌 반지였다.

"이, 인장이……!"

공작가의 인장이었다. 신비로운 보랏빛의 보석에서 은은한 광채가 끊임없이 흘러나왔다. 보석의 표면에는 공작가의 문양과 더불어 마법진이 세공되어 있었다. 아무나 함부로 만들 수도, 손댈 수도 없는 물건이었다.

어느새 달려온 제니아가 사라의 손에서 인장을 빼앗듯 받아 들었다. 제니아의 눈에 뿌연 습막이 차올랐다.

드디어 인장을 되찾은 것이다. 제니아는 고마운 눈으로 레이엘을 바라봤다. 하지만 레이엘의 표정은 벌써 공허함으로 가득 차 있었다.

제니아는 다시 인장을 조심스럽게 살폈다. 그리고는 더할 나위 없이 소중하게 그것을 챙겼다. 드디어 원정대의 임무가 끝났다.

이제는 돌아가는 일만 남았다. 그리고 그것은 크게 어렵지 않을 것이다. 마수의 숲을 제집처럼 활보할 수 있는 길잡이가 함께 있으니까.

다음날, 제이슨은 아침부터 붉으락푸르락한 얼굴로 인상을 썼다.

"닷새? 지금 나랑 장난을 하자는 거냐?"

제이슨이 이렇게 화를 내는 건 레이엘 때문이었다. 레이엘은 이곳에서 닷새를 기다려야 한다고 말했다. 하지만 제이슨은 물론이고 제니아까지 그 말을 들을 수 없었다. 그들은 한시라도 빨리 공작가로 돌아가야만 했다.

"카르의 왕이 움직였다고 말했을 텐데."

레이엘의 말에 제이슨의 분노가 더 커졌다.

"감히 누구에게 그따위로 말을 하는 것이냐!"

제이슨은 금방이라도 검을 뽑을 것처럼 기세가 흉흉했다. 하지만 레이엘의 표정은 담담하기만 했다. 그것이 제이슨이 보기에는 마치 너 따위는 안중에도 없다고 말하는 것 같았다.

"잠깐만요!"

사라는 제이슨이 뭔가 일을 벌일 것 같은 분위기에 급히 나섰다. 그리고 제니아와 제이슨의 시야에서 레이엘을 막아섰다.

"기다려 주세요. 이유가 있다고 하잖아요."

"이유는 무슨 이유! 이제 와서 돈을 더 올려 받겠다는 속셈 아니냐!"

제이슨의 말에 제니아도 비슷한 생각을 했는지 살짝 눈을 빛냈다. 이렇게 일이 다 끝난 마당에 그런 얘기를 들었으니 당연했다.

사실 그들은 레이엘이 길을 안내해 주지 않으면 곤란했다. 레이엘의 능력은 이제 충분히 알고 있으니까.

"하아. 좋아. 조건을 말해 보도록. 웬만하면 수용을 해줄 테니까."

제니아의 말에 사라는 설마 하는 표정으로 레이엘을 바라봤다. 그녀만큼은 레이엘이 돈 때문에 이런 일을 벌이는 게 아니라는 걸 믿었다.

레이엘의 얼굴에 난감한 표정이 어렸다. 사라는 그것을 보고 깜짝 놀랐다. 지금까지 그의 얼굴에서 표정다운 표정을 본 건 지금이 처음이었다. 레이엘은 머리를 벅벅 긁었다.

"이것 참, 고작 닷새를 참기 어렵다는 건가?"

레이엘의 태도에 제이슨이 또 발끈했지만 이번에는 레이엘이 조금 더 빨랐다.

"인장은 카르의 서식지에 있었다. 그 조그만 반지를 단숨에 찾을 수 있었을 리가 없잖아. 거기를 잔뜩 헤집었지. 덕분에 카르의 왕이 움직였어. 이젠 그가 돌아가기만을 기다리는 수밖에 없어. 나도 지금 정상이 아니라고."

레이엘은 그렇게 말하며 웃옷을 벗었다. 그 갑작스러운 행동에 제니아와 사라가 깜짝 놀라 뒤로 한 걸음 물러났지만, 이내 드러나는 레이엘의 상체를 보고는 눈을 크게 떴다.

온통 상처투성이였다. 어젯밤에 치료를 했는지 짓이긴 풀이 여기저기 발라져 있었다. 하지만 쉽게 나을 상처로 보이지 않았다. 상처는 크고 깊었다.

"카르의 왕만 놓고 보면 괜찮은데, 그놈은 꼭 다른 놈들을 데리고 다니거든. 꽤 귀찮고 위험해. 그러니 그들이 돌아갈 때까지 기다리는 게 좋아."

레이엘이 그렇게까지 말했지만 제니아는 여전히 고민했다. 고작 닷새였다. 레이엘의 말대로라면 닷새만 더 기다리면 된다. 하지만 그녀의 조급한 마음은 그걸 좀처럼 허락하지 않았다.

그리고 제이슨은 얼굴에 노골적인 비웃음을 띠었다.

"그래서? 네가 당했으니 우리도 당할 거라는 건가? 네가 살아남았을 정도라면 우리 기사들이 나서면 충분히 해결할 수 있다. 그러니 잔말하지 말고 떠날 준비나 하도록."

제이슨의 말을 듣고 나니 제니아의 마음도 크게 흔들렸다. 레이엘의 능력이 필요한 건 그가 마수들이 없는 길을 찾아주기 때문이지, 전투력을 기대한 것이 아니다. 전투는 기사와 병사들이 하면 된다.

레이엘은 조금 더 자세히 설명해 줄 수 있었지만 굳이 그럴 필요를 느끼지 못했다. 그에게 의뢰를 한 사람은 사라였다. 현 상황에서 레이엘에게 가장 중요한 사람은 사라뿐이었다. 레이엘이 사라를 바라봤다.

"네 생각은?"

사라는 레이엘이 자신에게 묻자 화들짝 놀랐다. 그녀는 머뭇거리다가 주위의 시선이 한데 모이자 당황하며 더듬더듬 얘기를 시작했다.

"저, 저는……, 그, 그러니까 레이엘의 말대로 하는 게 나을 것 같긴 한데……."

사라의 말에 제이슨의 표정이 험악해졌다. 고작 평민 마법사 따위가 자신의 말에 반대 의견을 냈다는 사실이 마음에 들지 않았다.

"지금 네가 무슨 말을 하고 있는지는 알고 있느냐?"

제이슨은 사라를 노려보며 그렇게 말한 후, 이번에는 조금 공손한 표정으로 제니아를 바라봤다.

"아가씨. 일단 이 근처에 있다는 마수들을 저희가 처리하면 되지 않겠습니까?"

제이슨의 말에 제니아가 반색을 하며 고개를 끄덕였다. 그리고 고개를 돌려 레이엘을 쳐다봤다. 레이엘의 표정이 대번에 사라져 버렸다.

"하긴, 그렇게 하면 빨리 출발할 수 있겠군. 카르의 왕도 온몸에 수백 명의 피를 흠뻑 뒤집어쓰면 만족하고 돌아갈 테니까."

레이엘은 아주 담담하게 그렇게 말했다. 제니아의 얼굴이 금세 창백해졌고, 제이슨의 얼굴이 붉으락푸르락해졌다. 결국 제이슨이 검을 뽑았다.

챙!

"감히! 네놈이 협박을 하는 것이냐!"

레이엘은 전혀 당황하지도 겁먹지도 않았다.

"카르가 위험하다는 말을 하는 겁니다."

"네놈에게 상처를 입혔다고 위험하단 말이냐! 네 눈에는 여기 있는 기사들이 보이지도 않느냐!"

레이엘은 설득을 포기했다. 생각해 보면 이렇게 열심히 이들의 목숨을 지켜줘야 할 의무는 없었다. 더구나 계속 자신을 못마땅한 눈으로 보고 시비를 거는 제이슨까지 억지로 보호할 생각은 전혀 없었다.

레이엘은 뒤로 몇 걸음 물러났다. 제이슨은 그것을 보며 코웃음을 쳤다. 마음 같아선 팔이라도 하나 자르고 싶은데, 그렇게 했다가 나쁜 마음을 먹고 길 안내를 제대로 하지 않으면 곤란했기에 이쯤에서 검을 거뒀다.

"앞으로 주제 모르고 나서지 말도록."

제이슨이 고개를 돌려 제니아를 바라봤다. 제니아의 표정은 여전히 약간 창백했다. 그녀는 조금 전에 레이엘이 한 말이 아직도 귓가에 생생했다.

'수백 명의 피……'

제니아는 주위를 둘러봤다. 아직 백 명이 넘은 병사와 이십여 명의 기사들이 남아 있었다.

이들마저 마수에게 잃을 수는 없었다. 이들은 카라미스 공작가의 힘이자, 그녀의 힘이기도 했다. 그녀는 결국 고개를 저었다.

"기다리기로 해요."

제니아의 말에 제이슨의 표정이 형편없이 구겨졌다. 그는 사나운 표정으로 제니아를 노려봤다. 일개 기사단장이 공작가의 영애에게 감히 취할 수 없는 행동이었다.

"그럴 수 없습니다."

제니아의 눈이 화등잔만 해졌다. 제이슨은 그녀의 눈을 똑바로 보며 자신의 의견을 말했다.

"제게는 이번이 마지막 기회입니다. 여기서 닷새를 더 기다리라고요? 그랬다가 모든 게 끝나면 어쩝니까? 공작가의 새로운 인장을 마탑에 의뢰하기 전에 임무를 마쳐야 합니다. 닷새? 너무 늦습니다. 우린 벌써 많은 시간을 허비했습니다."

제니아는 제이슨의 말에 이를 악물고 그를 노려봤다. 하지만 한편으로는 그를 이해할 수 있었다. 제이슨도 나름대로 필사적이었다. 라이온 기사단 역시 마찬가지였다. 그들은 더 이상 물러날 곳이 없었다.

전대 카라미스 공작, 즉 제니아의 아버지와 함께 마수의 숲으로 들어온 자들이 바로 라이온 기사단이었다. 제이슨은 라이온 기사단의 부단장이었다가 그들의 죽음으로 인해 단장으로 승격해서 이곳으로 온 것이었다.

라이온 기사단은 주군을 지키지 못하고 몰살당한 불명예를 안고 있었다. 제이슨은 이번 기회에 그 불명예를 깨끗이 씻기로 작정했다. 전대 공작이 잃어버린 인장을 되찾는 것은 상당한 의미가 있는 일이었다. 그리고 충분히 불명예를 씻어낼 수 있을 만한 공이었다.

한데 만일 인장을 찾아갔는데 이미 마탑에 새로운 인장의 제작을 의뢰했다면 상당히 곤란해진다. 빛바랜 공이 되는 것이다.

또한 공작가 역시 타격을 입을 것이다. 귀족가의 인장, 특히 공작가의 인장이라는 것은 그리 쉽게 만들 수 있는 게 아니었다. 들어가는 재료도 재료이거니와, 만드는 방법도 까다롭기 그지없어 마탑에서도 한 번 제작을 하려면 수많은 마법사들을 동원해야만 한다.

그러니 그 가격이 얼마나 대단하겠는가. 공작가의 기둥이 휘청할 정도로 막대한 돈이 들어간다.

제니아는 조용히 한숨을 내쉬었다. 제이슨의 눈에서 타오르는 불길을 확인하고 나니 그의 마음을 돌릴 수 없다는 걸 깨달았다. 그는 자신이 반대하면 독단적으로 움직일 것이 분명했다.

"하아. 어쩔 수 없군요. 좋아요. 가서 마수를 없애세요. 병사는 얼마나 필요하신가요?"

제이슨의 안색이 밝아졌다. 명령을 무시하고 가지 않아도 되어 마음의 짐을 던 것이다. 제이슨은 정중히 고개를 숙였다.

"감사합니다. 병사는 마수를 견제할 수 있을 정도면 충분합니다. 50명이면 넉넉할 것 같습니다. 그리고 마법사도 한 명 있어야 할 듯합니다.”

제니아가 고개를 끄덕였다.

“허락하겠어요. 자신은 있는 거겠죠?”

“물론입니다.”

제이슨은 다시 한 번 공손히 예를 표한 후, 병사들을 차출했다. 그리고 남아 있는 모든 기사를 이끌고 출진 준비를 했다. 자크릴이 환한 표정으로 따라갔다. 그는 새로 5클래스에 올라서며 익힌 마법들을 써볼 수 있겠다며 희희낙락한 얼굴로 떠났다.

50명의 병사와 기사들이 모두 빠져 나가자, 갑자기 휑한 느낌이 들었다. 제니아는 그 광경을 물끄러미 바라보다가 이내 가볍게 한숨을 내쉬었다.

레이엘은 그 모든 과정을 지켜봤다. 어차피 관심도 없는 사람들이고 정도 없는 사람들이었다. 그들이 죽든 말든 레이엘과는 상관이 없었다.

하지만 누군가가 죽는다는 건 그리 쉬운 문제가 아니었다. 그리고 그렇게 간단히 넘길 수 있는 문제도 아니었다. 레이엘의 눈에서 서서히 초점이 사라져 갔다.

사라는 옆에서 그 모습을 힐끗 쳐다보다 의아한 표정을 지었다.

‘대체 왜 저렇게 멍하게 있는 걸까? 저러니까 사람들이 다

바보로 보잖아.'

사라는 그렇게 레이엘을 바라보며 상념에 잠겼다가 이내 정신을 차렸다. 그리고 제니아에게 다가가 그녀의 안색을 살폈다.

"아가씨. 그렇게 서 계시지 말고 앉아서 쉬세요. 아마 금방 끝날 거예요. 그렇죠, 레이엘?"

레이엘은 사라의 말에 고개를 끄덕였다.

"카르의 왕이 카르 열 마리를 데리고 다니니까 아마 금방 끝나겠지."

레이엘의 말에 사라는 묘한 표정을 지었다. 뭔가 어감이 이상했기 때문이다. 하지만 별로 깊이 생각하지 않고 다시 제니아를 바라보며 말했다.

"그것 보세요. 아가씨. 금방 끝날 거라고 하잖아요. 그러니 쉬세요."

하지만 제니아의 얼굴은 눈에 띌 정도로 창백해졌다. 레이엘의 말에 숨은 뜻을 이해했기 때문이다.

"그렇게 금방 끝날 건데 왜 닷새나 기다리자고 했지? 처음부터 기사들을 움직이자고 했으면 됐을 텐데."

레이엘의 눈에 다시 초점이 돌아왔다. 그리고 그의 얼굴에 미소가 그려졌다. 사라는 처음 보는 레이엘의 미소에 눈이 화등잔만 해졌다.

무표정할 때는 몰랐는데 이렇게 미소를 지으니 정말로 얼굴이 달라 보일 정도로 아름다웠다.

'미소가 예쁜 사람이 있다고 하더니, 이런 거로구나.'

사라가 멍한 눈으로 레이엘의 미소에서 아름다움을 봤을 때, 제니아는 그 미소에서 차가운 동정을 봤다. 레이엘의 미소는 아름답긴 했지만 놀라울 정도로 냉정했으며, 슬펐다.

"이미 답을 알고 있을 텐데요. 저들을 보내겠다고 마음을 먹었을 때부터 이렇게 될 줄 알고 있었던 것 아니었습니까?"

레이엘의 말에 제니아의 얼굴이 더더욱 창백해졌다.

"미, 믿을 수 없다. 웃기지 마라! 그들은 라이온 기사단이다! 고작 마수 열 마리에 당할 자들이 아니란 말이다!"

제니아의 말에 사라는 크게 놀랐다. 그리고 레이엘을 바라봤다. 레이엘의 얼굴에서 더 이상 미소를 찾아볼 수 없었다. 그의 얼굴에 남은 건 그저 공허함뿐이었다.

"서, 설마……. 아니죠? 그들이 그렇게 쉽게 당할 리가 없어요. 그렇죠?"

레이엘은 대답하지 않았다. 그리고 한 시간이 지난 후, 레이엘의 눈에 다시 초점이 돌아왔다.

"이제 출발합니다."

제니아는 그 말에 털썩 주저앉았다. 다리에 힘이 풀려 움직일 수가 없었다. 그녀의 눈에서 주르륵 눈물이 흘러 내렸다. 그리고 고개를 세차게 저었다.

"아니야. 난 아직 못 믿겠다. 조금만 더 기다려. 그들은 반드시 돌아올 테니까."

제니아의 말에 레이엘은 고개를 끄덕였다. 어차피 이곳에서 며칠 더 기다려도 상관은 없었다. 고작 몇 시간 더 기다린다고 달라지는 것은 아무것도 없었다.

그렇게 하루가 지나고 나서야 제니아는 상황을 받아들였다. 그리고 힘없이 레이엘을 따라 움직이기 시작했다.

레이엘은 일부러 조금 더 돌아가는 길을 택했다. 카르와 기사들이 싸웠던 곳을 피해 가기 위함이었다. 아마 그곳은 그리 처참하지는 않을 것이다.

카르는 시체를 남겨두지 않으니 말이다. 하지만 기사나 병사들의 장비는 그대로 있을 것이다. 그 흔적을 보면 일행 모두가 괴로워할 테니 굳이 그 길을 통과해 갈 필요는 없지 않은가.

그렇게 그들은 다시 마수의 숲에서 빠져 나왔다. 그리고 마수의 숲에서 가장 가까운 도시, 포레인에 도착했다.

남은 인원은 마법사 한 명, 병사 63명이 전부였다. 처참했다.

제니아는 쓴웃음을 지으며 남은 인원을 바라봤다. 그녀를 더 괴롭게 하는 것은 이렇게 처참한 피해를 입었는데도 마음 한구석에는 다행스런 감정과 임무를 성공한 데 대한 기쁨이 자리 잡았다는 사실이었다.

포레인에 도착해서 제니아가 가장 먼저 한 일은 카라미스 공작가로 소식을 전하는 것이었다.

포레인은 마탑의 지부가 있는 몇 안 되는 도시 중 하나였다. 마탑의 지부에서는 마법으로 원하는 곳에 간단한 문장을 전달할 수 있었다.

— 임무 성공. 목표물을 찾았음.

제니아가 공작가로 보낸 문장이었다. 아마 공작가는 이 한 문장 때문에 발칵 뒤집혔을 것이다. 제니아의 오라버니이자, 공작가의 장남인 세이드 카라미스는 인장이 없어 정식 공작위에 오르지 못했다.

아마 지금쯤 카라미스 공작가에서는 일단의 병사와 기사를 보내 제니아를 마중 나가는 한편, 세이드를 정식 공작으로 만들기 위한 준비를 시작했을 것이다. 제니아가 공작가에 도착함과 동시에 모든 것이 완료될 수 있도록 만반의 준비를 끝낼 것이다.

제니아는 문장을 전달한 후, 마탑 지부에서 나오자 갑자기 피로가 몰려왔다. 그동안 너무나 많은 일을 겪었음에도 여러 가지 이유로 그것을 모두 가슴에 억눌러 놓기만 했다. 이젠 슬슬 그 스트레스도 풀어줘야 했다. 그렇지 않으면 평생 가슴에 상처로 남을 테니까 말이다.

마탑 지부에서 나오니 안절부절못하고 있는 사라가 보였다.

제니아는 희미하게 웃었다.

"사라, 병사들이 아직도 못 쉬고 있잖아. 어서 숙소를 잡도록 해."

"예. 아가씨."

사라는 제니아의 안색이 괜찮아 보이자 안심하고 서둘러 움직였다. 63명이나 되는 병사가 한꺼번에 묵을 수 있는 여관이 흔할 리 없었다. 서두르지 않으면 방이 없어 병사들을 나눠야 하는 불상사가 벌어질 수도 있었다.

병사가 300명이나 있을 때야 셋으로 나눴지만, 지금은 수가 적으니 그렇게 하는 건 곤란했다. 어쨌든 여기는 용병의 도시라고도 불리는 포레인, 어떤 일이 벌어질지 알 수 없는 곳이었다.

사라가 발 빠르게 움직인 덕분에 일행은 적당한 숙소를 잡을 수 있었다. 제니아는 여관에서 가장 좋은 방에 묵었고, 사라는 그 옆방에 머물렀다.

그리고 레이엘은 다시 돌아갔다.

사라는 침대에 누우니 잠이 마구 쏟아졌다. 마수의 숲이라는 건 아무런 사건을 겪지 않아도 사람을 피곤하게 만들었다. 숲의 마나가 워낙 난폭해서 그냥 가만히 서 있어도 힘들었다. 특히 마법사에겐 더더욱 힘든 곳이었다.

'그나마 그 잡초, 아니지, 약초가 있었으니까 이 정도지 아

니었으면 정말 큰일 날 뻔했지 뭐야.'

레이엘이 준 풀 쪼가리는 정말로 효과가 뛰어났다. 만일 그게 아니었다면 아마 지금쯤 그 난폭한 마나를 이기지 못해 목숨이 위태로울 수도 있었다.

'마수의 숲이라……'

마수의 숲은 정말로 무서운 곳이었다. 그리고 또 신비로운 곳이기도 했다. 마수의 숲에 대해 생각하다 보니 자연스럽게 그 흐름이 레이엘에게로 흘러갔다.

갑자기 잠이 몽땅 달아나 버렸다. 고작 레이엘을 떠올린 것만으로 그렇게 되었다. 사라는 벌떡 자리에서 일어났다. 레이엘이 보고 싶었다.

"하아. 내가 대체 왜 이러지?"

사라는 다시 자리에 누웠다. 일단 레이엘이 떠오르고 나니, 뇌리에서 그의 모습이 사라지지 않았다. 그리고 그와 관계된 일들이 하나하나 이어졌다.

사라는 이제 곧 4클래스에 올라설 수 있을 것 같았다. 이제 3클래스 초입에 불과하던 그녀가 갑자기 이렇게 된 것은 마수의 숲에 흐르던 난폭한 마나와, 레이엘이 건네준 잡초 덕분이었다.

그 두 가지는 그녀의 감각을 활짝 열어주었다. 4클래스 끝자락에서 헤매던 자크릴이 단번에 5클래스로 올라선 것도 충분히 이해가 갔다.

레이엘이 가끔 끓여주던 차는 정말로 좋았다. 비록 대부분을 제니아에게 갖다 바치느라 정작 사라는 얼마 맛을 못 봤지만, 그것만으로도 그 차가 얼마나 좋은 건지 충분히 알 수 있었다.

'지금 뭘 하고 있을까?'

사라는 다시 몸을 일으켰다. 그리고 침대에서 나가 창가로 걸어갔다. 커튼을 젖히니 달빛이 방 안에 부드럽게 스며들었다.

"이제 아가씨도 괜찮겠지."

사라는 그렇게 중얼거리며 창밖을 바라봤다. 달빛에 물든 포레인 시의 전경이 그대로 눈에 들어왔다. 저기 어딘가에 레이엘이 있다고 생각하니 마음 한편이 따스해졌다.

"어차피 같이 공작가로 가야 하는데, 굳이 따로 지낼 필요 없잖아."

사라는 굳이 함께 여관에서 머물자는 걸 거절하고 돌아가 버린 레이엘이 못내 섭섭했다. 하지만 내일부터는 또다시 함께할 수 있다고 생각하니 금세 기분이 나아졌다.

사라는 생글생글 웃는 얼굴로 다시 침대에 누워 잠을 청했다. 어서 자고 일어나 다시 레이엘을 보고 싶었다.

다음날, 잠을 자는 둥 마는 둥 하고 새벽같이 일어난 사라는 뛰다시피 레이엘에게로 향했다. 처음 레이엘을 만난 그 자리에 도착한 사라는 연방 두리번거리며 레이엘을 찾았다. 하지만 아무리 살펴봐도 레이엘을 발견할 수 없었다.

생각해 보면 너무 대책 없이 달려오긴 했다. 이곳은 누군가가 살 만한 곳이 아니었다. 레이엘을 처음 만난 자리는 그저 큰 나무 아래에 있는 그늘이었다.

사라는 한숨을 내쉬며 레이엘이 앉아 있던 곳으로 가 조심스럽게 엉덩이를 깔고 앉았다.

서서히 해가 떠오르고 있었다. 그녀는 과연 어디로 가야 레이엘을 만날 수 있을지 곰곰이 생각하다가 뭔가가 떠오른 듯 밝은 얼굴로 일어났다.

이번에 그녀가 향한 곳은 용병길드였다.

용병길드에 도착한 사라는 다짜고짜 레이엘이 어디 있냐고 물었다. 하지만 그녀의 귀에 들려온 답은 예상을 까마득히 초월해 버렸다.

"수, 숲으로 돌아갔다고요? 그게 무슨 말이죠?"

사라의 물음에 용병길드의 데스크를 관리하는 베티는 그것도 모르냐는 듯 눈을 동그랗게 뜨며 대답했다.

"레이엘은 숲에 살고 있어요. 몰랐나요?"

이번에는 사라의 눈이 커질 차례였다.

"마, 마수의 숲에서 살고 있다고요?"

"뭐, 깊은 곳은 아니고, 안전한 곳이라고는 하지만 모르지요. 다른 사람도 아니고 그 길잡이 레이엘이니까요. 어디서 뭘 하고 있든 놀랄 일도 아니죠."

베티의 말에 사라는 정신을 차릴 수 없었다. 그리고 그제야 처음 레이엘을 소개받을 때 들었던 말들이 떠올랐다. 운이 좋았다는 둥, 그날이 아니면 레이엘을 만날 수 없을 거라는 둥. 당시에는 그 말들을 그냥 그런가 보다 하고 넘겼지만, 지금 와서 떠올리니 모든 게 맞아 떨어졌다.

'설마 마수의 숲에서 살고 있을 줄이야……'

사라는 잠시 멍하게 서 있다가 퍼뜩 정신을 차렸다. 그냥 숲으로 돌아갔다면 공작가에는 어떻게 갈 셈이란 말인가? 아직 레이엘은 의뢰비 3000골드를 받지 않았다.

"언제 돌아온다는 얘기도 없었나요?"

"글쎄요. 다시 숲으로 갔으니, 한 달이나 두 달쯤 있다가 다시 나오겠죠? 왜 그러시죠? 아, 혹시 당신이 사라?"

사라의 눈이 혼란으로 흔들렸다. 그녀는 잠시 어지러워진 머릿속을 정리하고는 고개를 끄덕였다.

"예. 제가 사라예요. 한데……"

베티가 빙긋 웃으며 말했다.

"안 그래도 오면 전해달라는 부탁을 받았어요. 당신 덕분에 레이엘을 볼 수 있었으니 이거 감사해야 하나요? 후훗."

사라는 당황스런 표정으로 베티를 바라봤다. 레이엘은 작정을 하고 떠난 것이다.

"아무튼 레이엘은 이제 돌아간다고 했어요. 의뢰비는 포기하겠대요. 그리고 당신에게 실력과 신용이 뛰어난 용병들을 소개해 주라고 했어요. 병사들 많이 잃었다면서요?"

베티의 말에 사라는 망연한 얼굴로 고개를 푹 숙였다. 갑자기 기운이 쭉 빠졌다. 설마 그냥 돌아갈 줄은 몰랐다. 그리고 3000골드나 되는 거금을 포기할 거란 생각은 아예 못했다.

"어떻게 할까요? 용병 보내드려요? 지금 바람이 머무는 여관에 있죠?"

사라는 힘없이 고개를 들고 베티를 가만히 쳐다봤다. 그리고는 한숨과 함께 대답했다.

"하아. 그건 제가 결정할 수 있는 문제가 아니에요. 우리 아가씨께 여쭤보죠."

"레이엘의 부탁으로 모은 용병들이라 신용은 아주 확실해요. 아마 일도 철저할 테니까 걱정 말아요. 어쨌든 여기 포레인 시에서 상주하는 용병들 중에서 한두 번 레이엘에게 목숨을 빚지지 않은 사람은 없으니까 말이에요."

사라는 그냥 돌아가려다가 살짝 놀란 눈으로 베티를 바라봤다. 레이엘의 숨겨진 일면을 또 발견한 것 같아 왠지 기분이 이상해졌다. 따뜻하면서도 허전한, 말로 표현하기 곤란한 기분이었다.

"아가씨께 잘 말씀드려 보죠."

사라는 그 말을 남기고 용병길드를 나섰다. 그녀는 한동안 멍하니 하늘을 바라보다가 이내 여관으로 발걸음을 옮겼다.

그날 오후, 제니아는 용병 50명을 고용해서 출발했다. 제니아의 표정은 밝았고, 사라의 표정은 어두웠다.

제니아는 홀가분한 마음으로 포레인 시를 떠날 수 있었다. 생각지도 못한 길잡이의 도움으로 공작가의 인장을 무사히 찾은 것도 모자라, 그의 도움으로 뛰어난 용병들까지 고용할 수 있었다.

더구나 의뢰비로 책정했던 3000골드를 아끼게 되었다. 라이온 기사단을 모두 잃고 병사들을 잃은 것만 제외하면 성공적인 원정이었다.

'나도 이제 당당할 수 있어.'

제니아의 마음은 이제 그것 하나만으로 꽉 차 있었다. 그래서 그녀는 이 모든 것에 사라가 연관되어 있다는 걸 미처 생각하지 못했다.

사실 레이엘을 고용한 것도 사라였고, 그에게 대금을 지불한 것도 사라였다. 그리고 레이엘이 도움을 준 이유도 사라 때문이었다.

그 사라의 얼굴은 어둡기 그지없었다. 그녀의 분위기가 좋지 않으니 그녀에게 접근하는 사람도 없었다. 병사들은 물론이고, 용병들도 마찬가지였다.

용병들은 자신들이 이렇게 움직이게 된 이유가 사라 때문인 걸 잘 알고 있었다. 레이엘과 관계된 사람에게는 항시 조심해야 한다는 불문율을 어길 간 큰 용병은 이곳에 한 명도 없었다.

"사라, 왜 그렇게 축 처져 있어? 기운을 내. 이제 일도 다 끝났잖아."

제니아가 보다 못해 한 마디를 했지만, 사라는 그저 씁쓸하게 웃으며 고개를 끄덕일 뿐이었다. 결국은 제니아도 포기하고 사라에게서 조금 멀어졌다. 그녀는 지금 다른 일로 머리가 가득했기에 사라에게 더 이상 신경을 쓸 여유가 없었다.

사라는 행렬에서 홀로 조금 떨어져 걸었다. 그녀는 공작가까지 가는 여정 내내 틈만 나면 뒤를 돌아봤다.

그녀의 눈빛에 어떤 짙은 감정이 담겨 있다는 걸 발견한 사람은 거의 없었다.

그렇게 카라미스 공작가의 원정이 끝을 향해 달려갔다.

제4화 방문자
Ray-El

카라미스 공작가에서 벌인 마수의 숲 원정이 끝난 지 여섯 달이 지났다. 제니아를 따라갔던 용병들도 다시 포레인 시로 돌아왔고, 덕분에 카라미스 공작가의 근황에 대한 소문이 슬며시 돌았다.

카라미스 공작가는 무사히 새로운 공작을 세웠고, 가장 큰 공을 세운 제니아는 공작가의 주요 인물로 급부상했다. 그리고 그걸 기회로 공작가에서는 제니아에 대한 정략혼을 추진했다.

함께 갔던 용병들은 막대한 보상을 받았는데, 정략혼이 한창 추진되는 와중에 돌아와서 그 결과가 어떻게 되었는지는 몰랐다. 덕분에 그에 대한 추측이 난무했다.

포레인 시는 평소와 전혀 다름이 없었고, 또한 그에 속한 모든 사람들 역시 마찬가지였다. 그들은 사방에서 모여든 소문을 이리저리 퍼트리고 각색하고 때로는 추측하며 술안줏거리로 삼았다.

포레인에서 가장 큰 술집인 '호수의 품'에는 오늘도 손님들로 바글거렸다. 호수의 품은 큰 술집인 만큼 소문의 온상이기도 했다.

하지만 때로는 소문을 가장한 쓸 만한 정보들도 곧잘 얻을 수 있기에 정보를 얻으려는 사람들도 자주 찾았다.

딸랑.

문에 달린 방울이 소리를 냈다. 당연히 그 소리는 왁자한 사람들의 대화소리에 묻혀 거의 들리지 않았지만 술집의 주인은 그렇지 않았다.

"레이엘?"

술집 주인의 말에 상당히 많은 사람들의 시선이 입구로 향했다. 그곳에는 정말로 레이엘이 서 있었다.

"이게 어쩐 일이야? 술은 안 마시는 거 아니었나?"

레이엘이 예의 그 무표정한 얼굴로 술집 주인에게 다가가며 대답했다.

"이제부터는 마시기로 했어."

레이엘의 무뚝뚝한 대답에도 술집 주인은 사람 좋은 미소를
지으며 반가이 맞아 주었다.

"아무튼 잘 왔네. 이리로 앉게. 내가 그동안 아껴놨던 비장
의 술을 내주지. 아무에게도 팔지 않으려 했던 건데, 자네라면
얘기가 다르지. 내 제대로 대접해 줄 테니까 마음껏 마시게."

술집주인은 그렇게 말하고는 술 창고로 달려갔다. 잠시 후,
레이엘의 앞에 술 두 병이 놓였다. 잔에 따르니 호박색 액체가
찰랑거리며 향긋한 향을 풍겼다.

"호오. 이거 정말 대단한 향이로군. 내게도 그거 한 병 갖다
주게. 값은 섭섭지 않게 치르지."

누군가가 다가와 말했지만 술집 주인은 단호히 고개를 저었
다.

"아까도 말했다시피 이건 파는 술이 아니야. 그리고 이젠
더 없다고. 이게 전부야. 또 빚으려면 몇 년은 걸린다고."

술집 주인은 그렇게 말하며 레이엘을 바라보고는 씨익 웃었
다.

"어서 먹어 봐. 그리고 마음에 들면 얘기하게. 나중에 또 만
들어 줄 테니까."

레이엘의 얼굴에 잠시 미소가 번졌다. 하지만 너무 빨리 나
타났다가 사라져 그것을 본 사람은 술집 주인이 전부였다.

술집 주인은 만족스런 표정으로 고개를 끄덕였다. 레이엘의
얼굴에 미소를 만든 것만으로 지금 이 두 병의 술은 그 값을

충분히 했다.

레이엘은 술잔에 담긴 술을 천천히 마셨다. 술은 달콤하고 향긋했다. 레이엘의 기억 속에서도 거의 찾기 어려울 정도로 훌륭한 술이었다.

"좋군."

레이엘은 그 말을 끝으로 다시 술을 마시기 시작했다. 잠시 조용해졌던 분위기가 서서히 달아오르기 시작했다. 술집에 있던 손님들은 이내 레이엘의 존재를 잊고 다시 자신들의 세상에 빠져들었다.

술 두 병을 모두 비운 레이엘은 크게 고개를 끄덕이며 바 위에 금화 다섯 개를 내려놓았다. 술집 주인의 눈이 화등잔만 해졌다.

"이게 뭐야? 돈은 됐다니까! 게다가 이거 너무 많아!"

"충분히 그 정도는 받을 가치가 있는 술이었다."

레이엘은 그 말을 끝으로 자리에서 일어났다. 그리고 주점에서 막 나가려는데 귓가에 들려오는 누군가의 대화소리에 발걸음을 잠시 멈췄다.

대화의 내용은 카라미스 공작가에 대한 것이었다. 제니아의 정략결혼이 결정되었다는 얘기였다. 자브리안 백작가의 장남과 혼례를 올리기로 했는데, 자브리안 백작가는 크롬 왕국 내에서 세 손가락 안에 드는 부자였다.

레이엘은 잠시 그 얘기를 듣다가 이내 자신과는 상관없다는 듯 술집 문을 열고 밖으로 나갔다. 레이엘의 뒤로 술집 주인의 인사가 들려왔다. 꼭 다시 오라는 말도 함께 들려왔다. 레이엘은 손을 한 번 들어주고는 문을 닫고 차가운 밤공기를 들이마셨다.

오늘은 술을 마시기 위해 이곳에 왔다. 그동안 스스로에게 가한 금제 중 하나였는데, 그것을 오늘 풀었다.

원래 계획은 오늘 술을 마시고 근처 여관에 방을 잡고 편안히 잠을 자는 것이었는데, 방금 전에 들은 말이 계속 마음에 남았다.

"정략이라……."

만일 그 얘기가 사실이라면 제니아는 정말 제대로 이용을 당한 셈이었다. 레이엘이 알기로 제니아가 마수의 숲에 원정을 온 이유가 정략에 의해 팔려가지 않기 위함이었다.

한데 임무에 성공하고도 다시 정략에 휘말린다면 카라미스 공작가는 제니아를 확실하게 우려먹은 셈이었다.

레이엘이 제니아에 대해 뭔가 정이라도 있을 리 없었다. 레이엘이 떠올린 것은 사라였다. 사라는 제니아를 위해 혼신의 힘을 다했다. 한데 그 모든 것이 물거품으로 변해 버린 것이다.

"후우. 나와는 관계없는 일이지."

레이엘은 발걸음을 돌렸다. 원래 가려고 했던 여관이 아닌, 도시 밖, 마수의 숲으로 향했다. 아무래도 오늘은 이곳에서 머물 기분이 아니었다.

칠흑 같은 밤이었다. 하늘에 있는 세 개의 달 모두가 구름에 가려 시야에 도움을 주는 빛이 거의 없었다.

레이엘은 능숙하게 걸어 도시를 벗어났다. 포레인 시 밖으로 나오면 지평선이 보일 정도로 넓게 펼쳐진 황무지가 나타난다. 그 황무지를 지나가면 마수의 숲이 나온다.

막 걸음을 옮기려는 레이엘의 감각에 사람들의 기척이 걸려들었다. 레이엘 말고도 이 시간에 도시를 벗어나려는 자들이 있었던 것이다.

레이엘은 걸음을 멈추고 고개를 돌렸다. 포레인 시는 거대한 성벽으로 감싸여 있긴 했지만 성문을 지키는 사람은 없었다. 그리고 문도 항상 개방되어 있었다. 도시의 특성상 당연했다.

레이엘의 눈에 성문에서 불빛 하나가 튀어나오는 모습이 보였다. 마법으로 만든 불빛이었다. 그 불빛 뒤로 두 명의 사람이 나타났다. 그들은 뭐가 그리 급한지 거의 뛰다시피 움직이고 있었다.

그나마 불빛이 있으니 낫겠지만, 그래도 한밤중에 이런 황무지를 저렇게 급하게 뛰어가면 넘어질 확률이 높았다. 아니나 다를까 한 사람이 꽈당 넘어졌다.

"꺄악!"

넘어진 사람이 가느다란 목소리로 비명을 질렀다. 여자였다. 그녀는 황급히 입을 막고 자리에서 일어났다. 그리고 도시 안쪽에서 소란스러운 소리가 들려왔다. 그러자, 옆에 있던 여자가 넘어진 여자를 부축해 일으키며 말했다.

"아가씨, 서두르셔야 해요. 잘못하면 잡히겠어요!"

두 여인은 서둘러 움직였다. 그녀들의 발치를 비춰주는 미약한 마법 불빛에 의지해 뛰어가는 모습이 상당히 위태로워 보였다.

레이엘의 입가에 살짝 미소가 떠올랐다가 사라졌다. 레이엘은 그 두 사람이 누구인지 단번에 알아봤다. 정말로 놀라운 인연이었다. 조금 전에 소문을 듣자마자 이렇게 만났으니 말이다.

'정략혼을 앞두고 도망쳤군. 그럼 저기에서 일어나는 소란은 두 사람을 잡으려는 병사들인가? 아니, 기사들일 수도 있겠군.'

레이엘은 그를 아는 다른 사람이 봤으면 기절에 가까울 정도로 놀랄 만큼 부드러운 표정을 지으며 두 여인에게 다가갔다.

두 여인 중 레이엘을 먼저 발견한 것은 사라였다. 멀리서 누군가 다가오는 걸 확인하고는 위협하듯 소리쳤다.

"다가오지 말아요! 다가오면 불덩이를 날려주겠어요!"

사라의 말에 레이엘이 피식 웃었다. 그리고 할 수 있으면 해보라는 듯 더 빠르고 당당하게 다가갔다. 사라는 어쩔 줄 모르는 표정으로 제니아를 바라봤다.

"뭐해? 당장 마법을 써!"

제니아의 단호한 말에 사라도 어쩔 수 없이 주문을 외웠다. 상당히 빠른 속도였지만 레이엘보다 빠를 수는 없었다. 레이엘은 어느새 두 여인 앞에 나타나 손을 한 번 휘젓는 것으로 사라의 주문을 중간에 흩어 버렸다.

"아……!"

사라는 눈앞에 나타난 레이엘의 모습에 깜짝 놀랐다. 그리고 이내 눈에 눈물이 글썽글썽 맺혔다.

"흐읏."

사라가 갑자기 레이엘에게 달려들어 그를 끌어안았다. 레이엘은 잠시 멍한 표정으로 그런 사라를 내려다봤다. 하지만 이내 표정을 지워 버린 레이엘은 고개를 돌려 제니아를 쳐다봤다.

제니아는 안도의 한숨을 내쉬며 레이엘에게 당당히 말했다.

"의뢰를 하지. 나를 도와라."

제니아는 서둘러 보석 하나를 꺼내 레이엘에게 내밀었다. 레이엘은 물끄러미 그 보석을 보다가 여전히 자신을 끌어안고 눈물을 흘리고 있는 사라를 억지로 떼어냈다.

사라는 눈물을 닦으며 얼굴이 새빨개졌다. 아무리 그래도 갑자기 이렇게 끌어안고 울어 버렸으니 너무나 부끄러웠다. 사라는 그 부끄러움을 이겨내기 위해 억지로 입을 열었다.

"저……, 도, 도, 도와주세요."

사라의 말에 레이엘이 고개를 돌려 뒤를 바라봤다. 어느새 성문에서 수많은 사람들의 기척이 느껴졌다.

"일단 출발해야겠군."

여기 있다가 눈에 띄면 레이엘도 무사하지 못할 게 뻔했다. 일단은 피하는 게 정답이었다.

레이엘은 사라와 제니아의 손을 잡았다. 그리고 달리기 시작했다.

"꺄악!"

두 여인은 거의 동시에 비명을 질렀다. 몸이 위로 붕 떠올랐기 때문이다. 그리고 이내 레이엘이 너무 빠른 속도로 달려 자신들의 몸이 자연스럽게 위로 떠올랐다는 걸 깨닫고는 놀란 입을 다물지 못했다.

바람이 쌩쌩 지나갔다. 머리카락이 마구 흐트러졌고, 옷이 미친 듯이 나부꼈다. 그리고 호흡도 조금 곤란해졌다. 만일 바람을 정면에서 받았다면 더 괴로웠을 것이다.

그렇게 얼마나 달렸을까. 레이엘이 천천히 속도를 줄였다. 그러자 공중에 떠올랐던 두 사람이 서서히 아래로 내려오기 시작했다. 레이엘은 두 사람이 자연스럽게 땅에 닿을 수 있도록 조절해서 둘을 내려놓았다.

사라와 제니아는 땅에 닿자마자 열심히 발을 놀려 달려야 했다. 그렇게 하지 않으면 넘어져 구를 것 같았다. 결과적으로 탁월한 선택이었다. 두 사람은 레이엘의 손을 잡고 잠시 달리다가 천천히 멈출 수 있었다.

"대, 대체 어떻게 한 거죠?"

사라가 놀라서 물었지만 레이엘은 굳이 대답하지 않았다. 그저 빨리 달렸을 뿐이었다. 이제 여기서 한 시간만 더 걸어가면 바로 마수의 숲이었다. 레이엘은 두 여인을 물끄러미 쳐다봤다.

사라와 제니아는 서로의 얼굴을 바라보며 눈빛을 교환했다. 그리고 사라가 나서서 얘기를 시작했다.

"쫓기고 있어요. 도와주세요. 마수의 숲에서 살고 계신다고 들었어요. 저희가 잠시 같이 살아도 될까요?"

아무리 공작가의 기사와 병사들이라도 마수의 숲 안에 있으면 쫓아올 수 없을 것이다. 카라미스 공작가는 이제 마수의 숲이 얼마나 무서운 곳인지 잘 알고 있으니 말이다.

제니아가 옆에서 보충했다.

"열흘만 함께 지낼 수 있게 해주면 대가로 이걸 주지."

제니아의 손에는 아까 꺼냈던 보석이 들려 있었다. 상당히 커다란 루비였다.

레이엘은 무표정한 얼굴로 제니아를 가만히 쳐다봤다. 제니아는 당당한 표정을 짓고 있었지만 그 눈빛 깊은 곳에서는 두려움이 물결치고 있었다. 그것을 들여다 본 레이엘은 말없이 돌아섰다.

제니아가 발끈해 뭐라고 말하려는 순간, 레이엘이 먼저 말했다.

"따라와라."

레이엘의 말에 제니아와 사라가 서로의 얼굴을 바라봤다. 그리고 황급히 레이엘의 뒤를 따라갔다. 그들은 이내 마수의 숲에 도착할 수 있었다.

"서둘러라! 아직도 찾지 못했느냐!"

카라미스 공작가의 기사단 중, 가장 강력하다는 드레이크 기사단의 단장인 제레인은 수하들을 닦달했다. 여기에 올 때까지 제니아를 잡지 못한 것도 화나는 일인데, 거의 다 잡았던 종적을 또 놓쳐 버렸다.

"후우. 결국 그곳으로 간 건가?"

아직도 찾지 못했다면 답은 거의 정해져 있었다.

마수의 숲.

라이온 기사단을 삼켜 버린 무서운 곳으로 간 것이다. 만일 그곳이 듣던 것과 같은 곳이라면 제니아는 살아남지 못할 것이다.

그건 정말로 곤란한 일이었다. 제니아는 자브리안 백작가로 가야만 했다. 카라미스 공작가를 위해서.

"그만! 일단 수색을 중지한다. 오늘은 이만 쉬고 내일 다시 흔적을 찾아 추격을 계속하도록!"

제레인의 명에 따라 병사와 기사들이 일사불란하게 움직였다. 그들은 황무지에 천막을 세우고 불을 피웠다. 최고의 기사단과 병사들답게 그런 준비를 하는 것도 빨랐다.

그들은 그렇게 밤을 맞이했다.

다음날, 제레인은 기사와 병사를 모두 풀어 최대한 흔적을 찾도록 명령했다. 그리고 그렇게 애쓴 덕분에 제대로 된 흔적을 찾을 수 있었다. 두 여인의 흔적이었는데, 그것은 분명히 마수의 숲 쪽으로 향해 있었다.

"결국 우려했던 결과가 나왔군. 부디 아직 숲에 들어가지 않았기만을 바라야겠어."

제레인은 서둘러 출발했다. 제니아가 숲에 들어가기 전에 잡고 싶었다. 제레인은 제니아와 사라가 부디 중간에서 하룻밤을 지냈기만을 바랐다. 만일 그렇지 않았다면 벌써 숲에 들어갔을 테니까.

마수의 숲까지는 모두 황무지이자 벌판이었기 때문에 숨을 곳이 없었다. 숲에 들어가지만 않았다면 무조건 걸릴 수밖에 없었다.

두 사람의 흔적을 쫓아 이동하던 제레인은 갑자기 둘의 흔적이 사라져 버려 당황했다. 하지만 이내 사라의 마법 때문이라고 결론짓고 더욱 발걸음을 서둘렀다. 이렇게 흔적을 지우는 마법까지 썼다면 분명 근처에서 밤을 지새웠을 확률이 높다고 판단했기 때문이다.

하지만 제레인의 바람에도 불구하고 그들은 숲에 도착할 때까지 결국 제니아를 볼 수 없었다.

"끄응. 문제로군."

제레인은 잠시 고민했다. 라이온 기사단은 마수의 숲에서 몰살을 당했다.

드레이크 기사단은 라이온 기사단과 비교당하는 것 자체가 모욕이라고 여길 정도로 강력했지만, 그래도 마수의 숲에 들어가는 것은 꺼림칙했다.

사실 제레인은 아직 마수의 숲이 얼마나 위험한 곳인지 제대로 인식하지 못했다. 그랬기에 이렇게 들어갈지 말지 고민을 하는 것이다. 만일 알고 있다면 고민할 것도 없이 그대로 돌아갔을 것이다.

제레인이 고민하고 있을 때, 기사 하나가 다가와 조심스럽게 입을 열었다.

"단장님, 지난번에 여기 왔던 병사 하나가 함께 왔는데, 길잡이를 고용하는 편이 낫다고 합니다."

"길잡이?"

"예. 그들이 마수의 숲에 대해서는 빠삭하다고 하더군요. 아가씨를 이 넓은 숲 안에서 찾으려면 길을 잘 아는 사람이 필요하지 않겠습니까?"

제레인은 과연 그렇다고 생각하며 고개를 끄덕였다. 말을 타고 서둘러 다녀오면 금세 길잡이까지 고용해서 데려올 수 있을 것이다.

"좋아. 네가 지금 당장 다녀와라. 최고의 길잡이를 고용해 오도록."

"알겠습니다."

기사는 말을 타고 순식간에 멀어졌다. 제레인은 그 모습을 가만히 지켜보다가 병사들과 기사들에게 쉴 준비를 하라고 명령을 내렸다.

"후우. 정말 속 썩이는군."

제레인은 숲을 바라보며 짜증을 냈다.

"대체 어디까지 가려는 거지?"

제니아가 결국 짜증을 참지 못하고 소리쳤다. 그들은 밤에 잠도 못 자고 계속 걸어야 했다. 그렇게 아침이 되었는데도 레이엘은 걸음을 멈추지 않았다. 결국 그들은 그 상태 그대로 다시 날이 어두워질 때까지 걸었다.

제니아와 사라는 기진맥진할 정도로 지쳤다. 사라는 그래도 꾹 참고 걸었지만, 제니아는 그렇게 하지 못했다.

일단 마수의 숲에 이 정도 들어왔으면 추격에서는 벗어났다고 봐도 된다. 그런데도 이렇게 혹사당하고 있으니 점점 불만이 커졌다.

레이엘은 걸음을 멈췄다. 그리고 주변을 살폈다. 두 사람의 걸음에 맞춰서 왔기에 그리 멀리 오지는 못했지만 그래도 이젠 제법 깊이 들어와 웬만한 길잡이도 쉽게 찾아내지 못할 듯했다.

"잠깐 쉬었다가 다시 간다."

"또 간다고? 대체 무슨 속셈이야? 설마 날 어찌 해보겠다는 건 아니겠지?"

레이엘은 그 말에 피식 웃었다. 제니아는 그 웃음을 보고는 발끈했지만 더 이상 입을 열지 않았다. 굳이 레이엘을 자극해봐야 좋을 게 없다는 걸 깨달았기 때문이다. 지금 이곳은 마수의 숲이고, 레이엘이 마음만 먹으면 상당히 곤란한 상황에 빠질 수도 있었다.

"떠들 기운이 있으면 당장 움직이지."

제니아의 얼굴이 살짝 창백해졌다. 그녀는 그대로 바닥에 주저앉았다.

레이엘은 그 모습에 다시 한 번 피식 웃고는 근처 나뭇등걸에 앉았다. 그러면서도 주위를 살피는 일을 게을리 하지 않았다.

사라는 조심스럽게 레이엘에게 다가갔다. 무려 여섯 달 만이었다. 그동안 궁금한 것을 한가득 쌓아놨는데, 이제 만났으니 그것을 모두 풀어낼 수 있다고 생각해 왠지 기분이 좋아졌다.

"저……, 잘 지내셨나요?"

사라의 말에 레이엘의 눈이 살짝 커졌다. 설마 이런 말을 들을 줄은 전혀 생각도 못했다. 레이엘은 가볍게 고개를 끄덕였다.

"그럭저럭."

"공작가까지 함께 가기로 하서 놓고선 왜 그냥 가셨어요? 아니, 고마워요. 여러 가지로 신경 써 주셔서."

레이엘은 대답하지 않았다. 공작가에 따라가지 않은 건 의뢰비를 받아선 안 된다고 생각했기 때문이었다. 그가 강요한 것은 아니었지만 어쨌든 백 명에 가까운 사람이 죽었으니까.

레이엘은 자신을 빤히 바라보는 사라의 눈길이 조금 부담스러웠다.

그 눈빛에 담긴 열망과 감정들을 너무나 쉽게 알아볼 수 있었기에 더 그랬다. 사라는 맑은 영혼을 가진 여인이었다.

'나랑은 다르게 말이지.'

레이엘은 씁쓸하게 웃었다. 찰나의 순간 지나가 버린 웃음이었지만 그를 빤히 바라보고 있던 사라가 그것을 놓쳤을 리 없었다.

"왜 그러세요? 아, 제가 너무 레이엘의 기분을 생각하지 않고 혼자서만 말했네요. 미안해요."

레이엘은 고개를 저었다.

"됐다."

그렇게 말하며 레이엘은 품에서 뭔가를 주섬주섬 꺼냈다.

레이엘의 품에서 나온 것은 놀랍게도 작은 주전자였다. 그리고 조그만 주머니였다. 그 주머니에는 정체를 알 수 없는 가루가 들어 있었다. 사라는 그 가루가 아마 차의 일종이 아닐까 짐작했다.

어느새 레이엘 앞에 모닥불이 타올랐다. 주변에 있는 나뭇가지를 그러모으는 것부터 불을 붙이고 그 위에 주전자를 올려놓는 것까지가 순식간에 끝나 버렸다.

사라와 제니아는 멍한 눈으로 그 광경을 지켜봤다.

쪼르륵.

두 여인이 다시 정신을 차린 것은 차를 따르는 소리 덕분이었다. 레이엘은 또 어디서 꺼냈는지 찻잔에 차를 따르고 있었다. 향긋한 냄새가 확 퍼져 나갔다.

사라는 레이엘이 건네는 찻잔을 머뭇거리며 받아들었다. 그리고 그것을 제니아에게 전해주었다. 제니아는 당연하다는 듯 그것을 받아 마셨다.

레이엘은 그 광경에 살짝 눈살을 찌푸렸지만 이내 상관하지 않고 차를 또 따라 사라에게 주었다. 사라는 기쁜 얼굴로 그것을 받아 조금씩 마셨다.

차의 효능은 놀라웠다. 몸에 쌓였던 피로가 그대로 녹아나는 느낌이 들었다. 그리고 서서히 졸음이 밀려왔다.

"네 시간만 자고 다시 이동한다."

레이엘은 그렇게 말하고는 대충 잠자리를 만들었다. 레이엘의 능숙한 손놀림에 금세 두 명이 간단히 잘 수 있는 자리가 생겨났다. 땅을 고르고 그 위에 풀잎을 푸짐히 깔자, 그럭저럭 편히 잘 수 있는 간이침대가 만들어졌다.

사라는 그 위에 누워 신기한 표정으로 레이엘을 바라봤다. 그리고 이내 잠에 빠져들었다. 레이엘이 준 차에는 약한 수면 성분이 들어 있었는데, 피로에 절은 두 사람은 덕분에 그대로 곯아 떨어졌다.

레이엘은 복잡한 눈빛으로 잠든 사라의 얼굴을 바라보았다. 그리고 이내 살짝 한숨을 쉰 후, 자리에서 일어나 주변에 뭔가 를 뿌리기 시작했다.

아무리 숲의 길이라고 하지만 이렇게 오래 머무는 건 위험 한 일이었다. 충분히 대비를 하지 않으면 낭패를 겪을 수도 있 었다. 혼자라면 아무 상관없겠지만 지금은 지켜야 할 사람이 둘이나 있었다.

주변에 검은 가루를 뿌린 레이엘은 잠시 눈을 감고 정신을 집중했다. 그리고 눈을 번쩍 떴다.

화악!

레이엘의 눈에서 밝은 광채가 뻗어 나왔다. 그 광채는 주변 에 뿌려진 검은 가루를 일제히 타오르게 했다. 진짜 불이 아니 라, 불처럼 보이는 다른 것이었다.

우우웅.

검은 가루에서 일어난 불길이 크게 치솟더니 이내 세 사람이 있는 곳을 부드럽게 감싸 안았다.

레이엘은 그들의 주변을 붉고 푸른 불길이 장악하는 걸 바라보며 편안한 자세로 나무에 기대 앉아 지그시 눈을 감았다.

제레인은 기사가 데려온 길잡이들을 보며 눈살을 찌푸렸다. 최고의 길잡이를 데려오라고 했는데, 마치 포레인에 있는 모든 길잡이를 데려온 것 같지 않은가.

"지금 뭘 하자는 거지?"

제레인의 목소리가 낮게 깔리자, 길잡이를 데려온 기사가 황급히 나서서 변명을 했다.

"최고의 길잡이는 지금 포레인에 없다고 합니다. 그래서 차선책이라도 쓰려고 했는데, 알아보니 길잡이들의 실력이 다 그만그만한 모양입니다."

제레인은 고개를 저으며 손으로 이마를 짚었다.

"그래서 지금 질로 안 되니까 양으로 때우겠다는 멍청한 소리를 하려는 건 아니겠지?"

"아닙니다. 최대한 알아보니, 포레인의 길잡이들은 대부분 그 최고의 길잡이에게 숲에 대해 배운 자들이었습니다."

"그래서?"

"길잡이마다 특기가 다르고 숲의 길을 파악하는 부분도 다 달랐습니다. 그래서 이렇게 모아 놓으면 좀 더 확실히 수색할 수 있다고 판단했습니다."

기사의 말에 제레인이 그제야 찌푸렸던 인상을 풀었다. 그리고 내심 최고의 길잡이에 대해 궁금해졌다. 기사의 말대로라면 그 최고의 길잡이 한 명이 여기 모인 모든 길잡이를 합한 것보다 낫다는 뜻 아닌가.

"그거 안타깝군. 그나저나……."

제레인은 길잡이들을 슬쩍 노려봤다. 모두 열세 명이나 되었는데, 하나같이 불안에 떨고 있었다. 그러면서도 눈에 언뜻언뜻 탐욕이 스쳐가는 게 보였다.

"쯧, 쓰레기들이군. 뭐, 어쩔 수 없지. 네가 알아서 하도록."

제레인은 길잡이를 데려온 기사에게 모든 걸 맡겼다. 그는 제니아만 찾아서 돌아가면 된다. 제레인은 슬슬 초조해지기 시작했다. 과연 제니아가 아직도 숲에서 살아남았을지 솔직히 장담할 수 없었다.

제레인은 길잡이 한 명을 지목하며 물었다. 가장 나이가 많아 보이는 길잡이였다.

"여자 두 명이 숲에 들어갔다. 한 명은 제법 쓸 만한 마법사인데, 얼마나 버틸 수 있겠나?"

길잡이는 머뭇거리며 잠시 고민하다가 대답했다.

"상황에 따라 다릅니다. 마수의 숲은 깊이 들어가면 들어갈수록 엄청나게 위험해집니다. 만일 숲의 초입에서 어찌어찌 버틴다면 반나절은 죽지 않을 수 있을 것입니다. 그리고 혹시라도 운이 좋아 안전지대에 들어간다면 하루는 버틸 수 있습니다.”

“안전지대? 그런 곳도 있나?”

“마수들이 전혀 침범하지 않는 곳이 다수 존재합니다.”

“그럼 그 지역을 거점으로 수색하면 되겠군.”

길잡이가 난감한 표정을 지었다.

“그건 곤란합니다. 안전지대는 시간이 지나면 사라집니다. 레이엘에게 듣기로는 마나의 흐름이 어쩌고 했던 것 같은데, 전 그런 복잡한 것까지는 모릅니다.”

“시간이 지나면 사라진다고? 그럼 꽤 쓸모없는 곳이로군.”

“하지만 몇 군데는 주기적으로 생기곤 합니다. 저희들이 길잡이를 할 수 있는 것도 그곳을 알고 있기 때문입니다.”

길잡이는 그렇게 말하며 다른 길잡이들을 씁쓸한 표정으로 바라봤다. 사실 길잡이들은 각자 자신만의 포인트를 몇 군데씩 가지고 있었다.

그것은 그들의 밥줄이나 다름없었다. 한데 이렇게 함께 일을 하게 되면 자신들의 포인트를 다른 길잡이에게 보여주게 된다.

상당히 꺼려지는 상황이었지만 어쩔 수 없었다. 밥줄은 나중 문제고 지금은 눈앞에 보이는 칼이 더 무서웠다.

“어쨌든 가능성이 있긴 있단 말이군. 그럼 출발한다.”

제레인은 일단 희망을 가지고 명령을 내렸다. 드레이크 기사단과 병사들이 일사불란하게 움직였다. 그들은 길잡이의 안내를 받으며 신중하게 마수의 숲으로 들어갔다.

사라는 천천히 눈을 떴다. 눈을 떴는데도 앞이 잘 보이지 않았다. 사방에 어둠이 내려앉아 있었다.

'아직 밤이네.'

몸이 날아갈 것처럼 개운했다. 그래서 꽤 오래 잔 것 같았는데 실제로는 얼마 자지 않은 모양이었다.

사라는 몸을 일으켜 일단 레이엘을 찾았다. 나무에 기대앉은 레이엘을 어렵지 않게 찾을 수 있었다. 사라는 안도의 한숨을 내쉬었다.

'하긴, 그냥 도망갈 사람은 아니지.'

사라는 고개를 돌려 아직도 잠에 빠져 있는 제니아를 안쓰러운 눈으로 바라봤다. 제니아도 잠에서 깨려는지 몸을 뒤척이고 있었다. 이내 제니아의 눈꺼풀이 살짝 떨리다가 위로 슬며시 올라갔다.

제니아는 사라의 얼굴을 보고는 살짝 웃었다. 그리고 몸을 일으켰다. 그녀 역시 놀랄 정도로 가벼워진 몸에 기분 좋은 표정을 지었다.

"이제 좀 살 것 같아."

"저도요."

두 여인이 동시에 고개를 돌려 레이엘을 바라봤다. 레이엘은 그제야 눈을 떴다. 그리고 자리에서 일어나 모닥불 위에 뭔가를 설치했다. 사라는 그제야 아직도 모닥불이 활활 타오르고 있다는 걸 깨달았다. 자신들이 자는 동안 레이엘이 계속 불을 지켜준 것이다. 새삼 고마웠다.

레이엘은 나뭇가지에 고기를 꿰어 모닥불에 고정시켰다. 고기가 노릇노릇 익어가며 고소한 냄새가 단숨에 두 여인의 후각을 사로잡았다.

사라와 제니아는 갑자기 배가 요동치며 소리를 내자 살짝 얼굴을 붉혔다.

"그때 먹었던 그 고기로군요."

사라가 환하게 웃으며 레이엘이 내미는 고기를 받아들었다. 레이엘은 말없이 또 다른 고기를 제니아에게도 건넸다. 두 여인은 허겁지겁 고기를 먹어치웠다. 말도 못하게 맛있었다.

레이엘은 그녀들이 고기를 정신없이 먹는 모습을 가만히 보다가 자신도 고기 하나를 잡고 천천히 먹기 시작했다. 거대개미의 뇌도 이제 거의 다 떨어졌다.

'슬슬 몇 마리 더 잡아야겠군. 겸사겸사 갑옷도 몇 개 만들어서 팔고, 더듬이 가루는……'

레이엘은 사라를 힐끗 쳐다봤다. 거대개미의 더듬이는 그 값어치가 상상을 초월할 정도로 컸다. 마법사들에게 상당히 유용하기 때문이다.

거대개미는 더듬이를 이용해 상황을 파악한다. 거대개미의 더듬이는 마나에 상당히 민감한 물질로 이루어져 있기 때문에 주변 마나의 흐름을 읽어 상황을 파악하는 것이 가능하다. 그런 거대개미의 더듬이를 가루로 만들어 장복하면 마나에 대한 감각이 민감해져 마법을 수련하는 데 큰 도움이 된다.

보통 하루에 한 스푼씩 6개월을 먹으면 4클래스에 막 들어선 사람이 5클래스로 올라설 수 있다는 것이 정설이었다. 물론 사람마다 조금씩 차이가 있고, 클래스가 높아지면 훨씬 많은 양이 필요하긴 하지만, 그래도 굉장한 물건임에는 틀림없었다.

레이엘은 문득 거대개미의 더듬이를 사라에게 주면 어떨까 하는 생각을 하다가 고개를 저었다. 대체 자신과 무슨 관계가 있다고 그렇게까지 해준단 말인가. 하지만 레이엘의 눈은 사라에게서 쉽게 떨어지지 않았다.

"후우."

레이엘은 한숨을 한 번 내쉰 후, 다시 고기를 먹었다.

식사는 금방 끝났다. 두 여인이 워낙 게걸스럽게 먹어서 고기가 순식간에 사라진 것이다. 두 여인은 그것을 모두 먹은 후, 잠시 부끄러워했지만 그래도 만족스런 표정을 감추지 못했다. 그만큼 맛있었다.

"슬슬 출발하지. 아직 갈 길이 머니까."

"대체 얼마나 더 깊이 들어가려고 그러는 거지?"

레이엘은 대답하지 않고 몸을 돌렸다. 어차피 그가 출발하면 제니아도 군소리 없이 따라갈 수밖에 없었다. 이곳은 안전한 세상이 아니라 마수의 숲이었으니까.

레이엘은 일정한 속도로 끊임없이 걸었다. 제니아와 사라는 그것을 쫓아가는 것만도 버거울 지경이었다.

사실은 레이엘도 상당히 사정을 봐주면서 천천히 가는 것이었지만 제니아나 사라는 그런 배려를 전혀 느낄 수 없을 정도로 힘들었다.

그렇게 얼마나 걸었을까. 어느새 다시 날이 밝아왔다. 그래도 레이엘은 멈추지 않았다. 배가 고파왔다. 제니아가 뭔가 불만을 표하려 할 때, 레이엘이 잠시 걸음을 멈추고 두 여인에게 육포를 내밀었다.

그리고 다시 걷기 시작했다. 두 여인은 육포를 씹으며 쉬지 않고 발을 놀려야 했다. 발이 퉁퉁 부었고, 온몸이 저릿저릿했다. 비 오듯 흘린 땀에 온몸이 끈적끈적했으며, 거칠어질 대로 거칠어진 숨소리가 숲을 크게 울렸다.

다시 해가 지기 시작했다. 그녀들이 발을 멈춘 것은 중간에 레이엘이 육포를 전해줄 때뿐이었다. 그나마 곧장 걸었기 때문에 멈춘 거라고 할 수도 없었다.

그렇게 다시 어둠이 찾아왔을 때, 레이엘이 사람 키만 한 수풀을 헤치고 나아가기 시작했다. 두 여인은 수풀에 가려지는 레이엘을 보며 화들짝 놀라 그 뒤를 쫓아 달려갔다. 자칫 놓치기라도 하면 정말로 큰일이었다.

두 여인이 뛰어든 수풀은 그리 무성하지 않았다. 뛰어들기가 무섭게 다시 수풀 밖으로 나갈 수 있었다. 그리고 눈앞에 펼쳐진 광경에 자신도 모르게 탄성을 자아냈다.

"아아……!"

"밖이야……."

지금까지 하늘을 보기가 어려웠는데, 이곳은 하늘을 가리는 것이 아무것도 없었다. 상당히 넓은 공터가 나타난 것이다.

그 공터 한가운데에 통나무로 만든 집이 있었다. 드디어 도착한 것이다. 확실히 확 트인 곳으로 나오니 그렇게 어둡지 않았다. 숲 안에서는 이쯤 되면 눈앞을 확인하기도 어려울 정도로 깜깜했는데, 여기서는 집 근처에 뭐가 있는지도 보였으니까.

'저건……, 모루?'

통나무집 옆에는 역시 통나무로 만든 작은 구조물이 있었는데, 대충 보아하니 거의 대장간이나 다름없었다. 사라는 새삼스러운 눈으로 레이엘을 바라봤다. 대체 얼마나 많은 재주를 가지고 있단 말인가.

"오늘 밤은 편히 쉬어라."

레이엘은 그렇게 말하고 통나무집으로 향했다. 멍하니 서 있던 두 여인은 화들짝 놀라 황급히 레이엘의 뒤를 따랐다.

사라는 두근거리는 가슴을 진정시키며 집 안으로 들어갔다. 그리고 눈을 크게 떴다. 생각했던 것보다 집이 상당히 넓었다. 밖에서 본 것보다 적어도 두 배는 넓은 것 같았다.

"지, 집이 상당히 넓네요."

사라는 그렇게 중얼거리며 안을 둘러봤다. 침대가 보였고, 직사각형 모양으로 생긴 커다란 통도 보였다. 그리고 통에 매달린 기이한 모양의 물건을 보며 고개를 갸웃거렸다. 쇠로 만든 것 같았는데, 길쭉한 관이 달려 있었다. 그리고 그 관은 집 밖으로 이어져 있었다.

"그러고 보니 손님이 방문할 거라는 생각은 한 번도 해본 적이 없어서 조금 불편할 수도 있겠군."

레이엘의 말에 사라가 고개를 돌려 그를 바라봤다. 레이엘은 생각에 잠겨 있었다.

그렇게 있을 때, 제니아가 침대로 걸어가 털썩 주저앉으며 말했다.

"씻고 싶어. 물은 어디 있지?"

제니아의 말과 행동에 사라가 어색한 웃음을 지으며 레이엘을 바라봤다. 아무리 공작가의 영애지만 지금은 도움을 받는 입장이었다. 사라는 미안한 표정을 지었다.

레이엘은 제니아가 무슨 말과 행동을 하건 거의 신경 쓰지 않았다. 어차피 정이 없었기 때문이다. 만일 사라가 아니었다면 그녀를 여기까지 데려오지도 않았을 것이다.

"그래도 조금 거슬리는 건 어쩔 수 없군."

레이엘은 그렇게 중얼거리며 직사각형 모양의 통으로 걸어갔다. 그리고 거기 달려 있는 쇳조각들을 이리저리 건드렸다.

순간 놀라운 일이 벌어졌다.

쏴아아!

그곳에서 물이 쏟아지기 시작한 것이다. 사라는 놀라 동그래진 눈으로 그 광경을 지켜봤다.

'마, 마법인가?'

가만히 살펴보니 집 밖으로 연결된 관을 통해 물이 들어오는 듯했다.

"아무래도 난 나가 있어야겠군. 그럼 씻어라."

레이엘이 밖으로 나가자, 제니아가 잠시 상황을 살피다가 옷을 벗기 시작했다. 그리고 목욕통 안에 들어가 몸을 씻기 시작했다. 잠시 후, 사라도 옷을 벗고 목욕에 동참했다.

물은 계속 나왔기 때문에 더러운 물에 씻을 필요는 없었다. 게다가 놀랍게도 물은 따뜻했다.

두 여인은 힘든 여정에 쌓인 피로가 말끔히 사라지는 걸 느끼며 목욕을 즐겼다.

한결 말끔해진 두 여인이 침대에 나란히 앉아 있는 모습은 꽤 그럴 듯했다. 레이엘은 대충 손을 휘저어 정령을 부려 목욕통을 정리하고는 침대 앞에 의자를 가지고 가 앉았다.

"이제 진짜 얘기를 시작해 보지."

레이엘의 말에 제니아가 몸을 움찔 떨었다.

"어쩔 셈이지?"

“어쩌긴. 열흘 동안만 지내다 간다고 하잖아. 그리고 왜 말을 놓는 거지? 내가 누군지 모르는 거야?”

“내 인내를 시험하지 마라. 조만간 전쟁이 있을 거라서 신경이 날카로운 편이니까.”

“저, 전쟁?”

제니아가 두려운 눈으로 말을 더듬었다. 난데없이 전쟁이라는 말을 들으니 한편으로는 황당하면서 다른 한편으로는 의문이 들었다. 대체 마수의 숲에서 사는 사람이 어디서 누구와 전쟁을 한단 말인가.

“조만간 카르의 왕과 싸워야 한다. 누구의 의뢰를 받은 덕분이지.”

레이엘의 말에 제니아가 발끈하려다가 입을 다물었다. 만일 그게 사실이라면 그건 상당히 미안한 일이었다.

“그보다 어쩔 셈이냐고 물었다. 설마 고작 열흘 동안 숨는다고 일이 해결될 거라 믿는 건 아니겠지?”

제니아는 대답을 하지 못했다. 레이엘은 이해할 수 없다는 듯 물었다.

“대체 뭐가 문제지? 정략혼 때문에 일을 이렇게 키울 필요는 없는 거 아닌가? 게다가 널 쫓아온 기사들, 만일 숲에 들어온다면 다 죽을 텐데?”

제니아의 얼굴이 어두워졌다. 그건 그녀도 바라지 않는 일이었다. 드레이크 기사단은 카라미스 공작가의 기둥이었다.

그들이 모두 죽는다면 카라미스 공작가는 정말로 큰 타격을
입을 것이다.

"나야 상관없는 일이지만."

레이엘은 그렇게 말하며 사라를 바라봤다. 사라는 눈을 동
그랗게 뜨고 제니아와 레이엘을 번갈아 바라보고 있었다. 그
녀는 그저 제니아를 돕기 위해 일을 벌였을 뿐 자세한 내용은
생각조차 해보지 않았다.

"역시 아무 생각이 없었군."

레이엘은 당연하다는 듯 고개를 끄덕이고는 다시 제니아를
바라봤다.

"원한다면 지금이라도 숲 밖으로 데려다 줄 수 있다."

레이엘의 말에 제니아가 흠칫 놀랐다. 그녀는 잠시 생각에
잠겼다가 이내 몸을 부르르 떨었다.

"으윽! 싫어! 생각하기도 싫어! 그 벌레 같은 놈은! 내가 왜
그딴 변태자식에게 시집을 가야 하는 건데! 내가 가문에 세운
공이 얼마나 큰데!"

제니아의 외침에 사라가 깜짝 놀라 그녀를 처다봤다. 그리
고 제니아의 눈에 맺힌 눈물을 봤다. 제니아는 사라의 품에 얼
굴을 묻고 갑자기 엉엉 울기 시작했다.

사라는 당황한 얼굴로 그녀를 살며시 끌어안았다. 그리고
레이엘을 바라봤다.

레이엘은 냉정한 눈으로 그 광경을 보다가 중얼거렸다.

“좋지 않은 일을 겪었던 모양이군. 뭐, 강제로 당하기라도 했나?”

레이엘의 말에 제니아가 몸을 부르르 떨었다.

“정말인가 보군.”

“아니야! 완전히 당한 건 아니라고!”

제니아의 외침에 레이엘은 한숨을 내쉬며 자리에서 일어났다. 그리고 주방으로 걸어가 찻잔과 주전자를 꺼냈다. 향긋한 차향이 방 안을 가득 메웠다.

제니아는 울먹이며 눈앞에 내밀어진 찻잔을 받아들었다. 그리고 후후 불어가며 조금씩 그것을 마셨다. 마음이 천천히 가라앉았다. 제니아의 눈이 레이엘에게로 돌아갔다. 레이엘은 어느새 다시 의자에 앉아 있었다. 제니아의 눈빛이 살짝 흔들렸다.

“고, 고마워.”

레이엘이 빙긋 웃었다. 제니아는 그 웃음이 참으로 아름답다고 생각하며 멍하니 바라봤다.

제5화 카르의 왕
Ray-El

　길잡이 열세 명의 위력은 대단했다. 처음에는 서로 노하우를 빼앗기지 않으려고 눈치를 봤지만, 기사들이 눈을 부라리며 검을 뽑자, 결국은 자신들의 능력을 계속 뽑아낼 수밖에 없었다.

　보통 숲의 길잡이를 고용하는 경우는 세 가지 중 하나였다. 하나는 마수의 사냥이었다. 용병들은 원하는 사냥감을 정한 후, 그것을 비교적 안전하게 사냥하기 위해 길잡이를 고용했다.

　두 번째는 잃어버린 사람을 찾기 위함이었다. 물론 시체인 경우가 대다수였다. 그가 무엇을 하러 갔는지에 따라 보수가 결정되고 길잡이가 일을 맡을지 말지도 결정되곤 했다.

그리고 마지막이 유적지에 가는 일이었다. 마수의 숲에는 꽤 많은 유적지가 있었는데, 그중 세 개 정도가 길잡이들에 의해 완전히 공개되어 있었다.

물론 상당한 위험을 감수해야 한다. 유적지에는 보통 무서운 마수들이 나타나곤 했다.

엄밀히 따지면 지금 길잡이들이 하는 일은 두 번째에 해당했다. 열세 명의 길잡이 모두 이런 일에 경험이 있었기에 일단 능력을 풀기 시작하자 진척이 빨랐다.

길잡이들이 가장 먼저 한 것은 흔적을 찾는 일이었다. 마수의 숲은 나무로 하늘이 온통 가려져 있어서 상당히 어둡다. 그런 어둠 속에서 흔적을 찾는 건 상당히 힘든 일이었다.

제레인은 길잡이들이 찾아낸 흔적을 다시 한 번 살피면서 내심 고개를 끄덕였다. 만일 기사들끼리 왔다면 결코 이런 걸 발견해내지 못했을 것이다. 제레인은 길잡이들을 바라봤다. 그들은 자신들끼리 의견을 나누고 있었다.

"그런데 이거 두 사람이 아닌 것 같지 않아?"

"하긴, 이걸 보면 희미하긴 하지만 한 명이 더 있는 것 같은데?"

"설마 길잡이인가?"

"그런데 이거 흔적이 너무 희미하지 않아? 발걸음이 상당히 가벼운 모양이야."

길잡이들은 모두 고개를 끄덕였다. 만일 이곳이 이렇게 무른 땅이 아니었다면 흔적이 아예 남지 않았을 것이다.

"레, 레이엘?"

길잡이 중 하나가 그렇게 중얼거리자, 모두들 동의한다는 듯 고개를 끄덕이며 심각한 표정을 지었다. 만일 정말로 이게 레이엘의 흔적이라면 자신들 모두가 힘을 합해 봐야 아무런 소용이 없었다.

"그래도 할 수 있는 데까지는 해봐야 하나?"

길잡이 하나가 제레인의 눈치를 힐끗 살피더니 고개를 끄덕였다.

"아무래도 그래야 할 것 같아. 뭐, 선금도 일단 두둑이 받았으니까."

길잡이들은 예외 없이 한 사람당 3골드의 수당을 받았다. 만일 의뢰에 성공한다면 5골드를 추가로 받기로 했다. 위험을 감수할 만한 일이었다.

길잡이들이 그렇게 의견을 나누고 있을 때, 제레인이 갑자기 다가왔다.

"레이엘이라는 자가 아가씨를 데리고 갔다고?"

제레인의 물음에 길잡이들이 난감한 표정을 지었다. 자신들끼리 조용히 얘기했는데, 들은 모양이었다.

"그……, 아직 확실치 않습니다."

"레이엘이라는 자에 대해 얘기해 보도록."

　제레인은 이미 확신을 가지고 있었다. 처음부터 이상했던 일이다. 제니아와 사라가 대체 왜 굳이 이쪽으로 도망을 쳤는지 말이다.

　이곳으로 오면 마수의 숲으로 도망갈 수밖에 없다. 그건 죽으러 가는 길이나 다름없었다.

　제레인이 판단하기에 제니아는 삶에 대한 애착이 컸다. 어느 정도냐 하면 그녀가 가진 자유에 대한 갈망만큼이나 컸다. 한데 들어가면 죽을 게 분명한 마수의 숲으로 도망을 쳤다? 처음부터 계속 마음에 걸렸던 일이었다.

　그 이상한 일의 답이 지금 나왔다. 레이엘이라는 자였던 것이다. 그자를 믿었기에 제니아는 마수의 숲으로 들어온 것이다. 제레인의 눈빛이 차가워졌다. 그 눈빛에 길잡이들은 몸을 부르르 떨었다. 마치 뱀 앞에 선 개구리처럼 몸에 오한이 들었다.

　"그, 그러니까 길잡이들 중 최고입니다."

　제레인이 품에서 금화 하나를 꺼내 방금 말을 꺼낸 길잡이에게 던졌다. 그러자 길잡이들의 눈이 화등잔만 해지며 앞다투어 애기를 꺼냈다.

　"마수의 숲을 제집처럼 활보할 수 있는 길잡이입니다. 심지어는 마수의 숲에서 살고 있습니다."

　"우리에게 길잡이에 대한 기술을 가르쳐준 사람이기도 합니다. 나이는 어리지만……"

"마수를 사냥하기도 하는 것 같습니다. 포레인에 들를 때마다 무기점에 갑옷이나 무기를 팔곤 합니다."

"마탑에 물건을 파는 것도 본 적이 있습니다."

"용병들 중에 그의 도움을 받지 않은 사람은 아마 한 명도 없을 겁니다."

"우리도 그에게 목숨을 빚졌습니다."

그 말을 끝으로 길잡이들은 입을 다물었다. 자신들이 하는 말이 과연 레이엘에게 득이 될까? 그건 절대 아닐 것이다. 그들은 금화 한 닢에 혹해 그렇게 말을 쏟아낸 뒤에야 레이엘이 그들의 은인이라는 걸 기억해낸 것이다.

"호오. 흥미로운 길잡이로군. 그러니까 그놈을 믿고 여기까지 왔단 말이로군."

제레인의 표정이 환해졌다. 마음속에 남았던 의문도 해소되었고, 불안감도 말끔히 씻겨 나갔다.

제니아가 죽었으면 어쩌나 얼마나 노심초사했는지 모른다. 한데 그렇게 유능한 길잡이가 함께한다면 아직도 충분히 살아 있을 것이다.

"안내해라. 그놈의 집으로."

"예?"

"마수의 숲에서 살고 있다고 하지 않았느냐. 그곳으로 안내하란 말이다."

길잡이들이 일제히 난감한 표정을 지었다. 당연했다. 이중에서 레이엘의 집이 어디인지 아는 사람은 한 명도 없었다. 그들은 그저 레이엘의 거처가 그들의 활동 영역보다 훨씬 깊은 곳에 위치해 있을 거라고 짐작할 뿐이었다.

"저, 저희는 그곳이 어딘지 모릅니다. 그저 깊은 곳에 있을 거라고 추측만……."

"됐으니 일단 출발해라. 어떻게든 거길 찾아내라. 아니면 다 죽는다."

제레인은 그렇게 말하고는 기사들에게 눈짓을 했다. 열세 명의 기사가 달려와 각자 한 명씩 길잡이 뒤에 섰다. 허튼 짓을 하면 바로 목을 베어 버리겠다는 무언의 협박이었다.

길잡이들의 얼굴이 창백해졌다.

"나리, 저희의 능력이 모자랍니다. 저희들은 각자의 영역 밖으로 나가면 그저 마수의 먹잇감에 불과합니다."

"우리가 지켜줄 테니 걱정 마라. 설마 카라미스 공작가의 드레이크 기사단이 그 정도 능력도 없다고 생각하는 건 아니겠지?"

길잡이들은 더 이상 아무런 대꾸도 할 수 없었다. 그들의 얼굴에 체념이 어렸다. 그저 드레이크 기사단이 정말로 강해서 마수들로부터 자신들의 목숨을 지켜주기만을 바랄 뿐이었다.

"출발!"

제레인의 힘찬 외침과 함께 기사와 병사들이 일제히 걸음을 내디뎠다. 그리고 그 뒤를 따라 힘없이 고개 숙인 열세 명의 길잡이가 움직였다.

"나가시려고요?"

사라가 불안한 눈으로 물었다. 레이엘은 문을 나서려다 말고 고개를 돌려 침대에서 상체만 일으켜 앉은 사라를 바라봤다. 제니아는 아직도 깊은 잠에 빠져 있었다.

"금방 다녀오마."

레이엘은 그렇게 말하며 자신이 굳이 그런 말을 해줄 필요가 있었을까를 잠시 고민했다. 하지만 이내 고개를 저으며 잡생각을 털어 버렸다.

레이엘은 다시 한 번 사라를 바라본 후, 문을 열고 나갔다. 사라의 불안한 눈빛이 계속 뇌리에 남아 있었다.

밖으로 나온 레이엘은 고개를 들어 하늘을 바라봤다. 구름 한 점 없이 맑고 푸른 하늘이 끝없이 펼쳐져 있었다. 순간 가슴이 탁 트이는 것 같았다.

레이엘은 눈을 빛내며 다시 걸음을 옮겼다. 오늘은 거대개미를 잡아야 하는 날이었다.

거대개미는 숲에서 가장 수가 많은 마수였다. 마음만 먹으면 하루에 수백 마리라도 발견할 수 있을 정도로 수가 많았다. 하지만 거대개미를 보려면 마수의 숲 깊이 들어가야만 했다. 거대개미는 어느 정도 이상은 절대 나오지 않았다.

그 이유를 너무나 잘 알고 있는 레이엘은 그것을 적절히 활용했다.

레이엘이 살고 있는 지역은 거의 완벽한 거대개미의 영역이었다. 하지만 그 어떤 거대개미도 레이엘의 집이 있는 공터 근처로 오지 않는다.

레이엘은 바닥에 난 풀 하나를 뽑았다. 이것도 이름 없는 잡초였다. 하지만 레이엘에게는 상당히 중요한 물건 중 하나였다. 그 잡초는 거대개미가 싫어하는 향을 내뿜는다. 인간의 경우로 말하자면 더러운 오물과 비슷했다.

레이엘이 머무는 공터에는 그 풀이 지천에 널려 있었다. 레이엘이 일부러 가져다 심은 것이다. 번식력이 강하고 질긴 생명력을 가진 잡초였기에 공터에 잔뜩 퍼트리는 건 어렵지 않았다.

하지만 공터 밖에 심는 건 쉽지 않았다. 그 잡초는 이 근처에서는 자생하기 어려웠다. 토질이나 공기, 그리고 마나의 질이 완전히 달랐기 때문이다.

레이엘은 그것을 마법으로 해결했다. 환경을 바꾸는 건 아무리 마법을 이용한다고 해도 결코 쉽지 않은 일이었지만 레이엘에게는 가능한 일이었다.

레이엘은 공터 주변에도 잔뜩 그 풀을 가져다 심었다. 덕분에 거대개미는 레이엘이 머무는 곳 근처에는 아예 얼씬도 하지 않았다.

머무는 곳이 거대개미의 영역 한가운데였기에 레이엘의 사냥감은 대부분 거대개미였다. 거대개미는 버릴 게 하나도 없는 마수였다.

일단 껍질은 단단하기 그지없어 갑옷이나 무구를 만드는 데 아주 유용했다. 거대개미의 껍질은 오라를 잔뜩 머금은 검으로 내리쳐도 흠집 하나 나지 않을 정도로 단단했다.

여섯 개의 다리 역시 마찬가지였다. 게다가 그 다리에 듬성듬성 난 털은 잘 가공하면 바늘로 쓸 수 있었다. 그리고 그냥 툭툭 잘라내면 훌륭한 암기가 된다. 털에는 역방향의 돌기가 수도 없이 나 있어, 한 번 몸에 박히면 살을 도려내지 않는 한 결코 빠지지 않았다.

더듬이는 굉장한 마법 재료였다. 체액은 마법을 이용해 잘 가공하면 마나포션이 된다.

그리고 가장 중요한 뇌가 있다. 이것은 굉장한 맛을 자랑하는 고기였다. 어쩌다가 운이 좋으면 뇌 한가운데 마정석이 박힌 경우도 있었다.

거대개미를 천 마리 정도 사냥하면 그중 한 마리에는 마정석이 있었는데, 이것은 일반적으로 마법사들이 쓰는 마나스톤과 거의 비슷했다. 마나를 머금은 돌이었다. 그것을 이용해 각종 마법 물품을 만들 수 있었다.

레이엘은 공터 밖으로 나가며 기척을 지웠다. 이것은 고도의 은신술이었다. 거대개미와 정면으로 싸울 필요가 없기 때문에 이렇게 몸을 숨긴 채, 덫을 놓아 잡았다.

레이엘은 적당한 자리에 덫을 만들었다. 땅을 파고 길쭉한 창을 꽂았다. 그리고 창대 끝에 끈을 연결했다. 그냥 끈이 아니었다. 거대개미의 더듬이 가루를 가공해서 끈에 꼼꼼히 덧씌운 마법의 로프였다.

그렇게 창 다섯 개를 세심히 계산한 위치에 설치한 후, 레이엘은 나무 위에 올라가 로프 끝을 잡았다. 이제 로프에 마나를 흘리기만 하면 바닥에 파묻힌 창이 순식간에 솟아오를 것이다.

이제부터는 인내와의 싸움이었다. 레이엘은 숨소리조차 죽인 채 마치 나무와 하나가 된 듯 미동도 않고 기다렸다. 레이엘의 눈에서 초점이 서서히 흐려졌다.

그렇게 얼마나 시간이 지났을까. 멀리서 땅이 울리는 소리가 들려왔다.

두두두두두.

레이엘의 눈에 초점이 다시 돌아왔다. 그리고 그와 동시에 수백 마리의 거대개미가 지축을 울리며 나타났다.

'사냥을 가는군.'

거대개미들은 이렇게 한꺼번에 사냥을 해서 커다란 마수 몇 마리를 잡는다. 그리고 그것을 이용해 수십 일을 버틴다. 거대개미는 먹는 양은 적고 일은 많이 하는 종족이었다.

두두두두두.

거대개미들이 우르르 지나갔다. 그리고 그들의 후미가 보이는 순간, 레이엘은 로프에 마나를 흘려 넣었다.

푹푹푹푹푹!

다섯 번의 파육음이 동시에 울렸다. 그리고 거대개미들이 모두 지나가 버렸다. 그 자리에 남은 것은 턱 부분이 창에 꿰뚫려 즉사한 거대개미 다섯 마리뿐이었다.

레이엘은 서둘러 움직였다. 시간이 없었다. 일단 안전한 곳으로 피해 거대개미의 턱 부분이 굳기 전에 작업을 끝내야만 했다.

레이엘은 거대개미 옆에 다가가 손을 휘저었다. 그러자 거대한 검은 공간이 나타났고, 거대개미가 한 마리씩 그 안으로 사라졌다.

아공간에 거대개미를 모두 넣은 레이엘은 다시 빠르게 거처로 돌아갔다. 이제부터는 작업만이 남았다.

사라는 불안한 눈으로 방 안을 서성였다. 어느새 제니아가 일어나 배고프다고 투덜거렸다. 하지만 사라는 그 말에 전혀 신경을 쓸 수 없었다.

사라는 방 안을 서성이다가 문을 열고 나가 공터를 살펴보는 것만 계속 반복했다.

"정신 사나워. 좀 가만히 있어."

제니아가 결국 사라에게 그렇게 말했지만, 사라는 그 말을 듣는 둥 마는 둥했다. 사라의 표정이 워낙 불안해 보였기에 제니아도 더 이상 뭐라고 하지 않았다. 사실 제니아도 불안한 건 마찬가지였다.

"대체 어디 간 거야?"

제니아가 그렇게 투덜거렸을 때, 고소한 냄새가 두 여인의 코를 간질였다. 사라는 그 냄새가 무엇인지 대번에 알 수 있었다.

"레이엘!"

사라는 문을 활짝 열고 밖으로 나갔다. 아니나 다를까 레이엘이 공터 한가운데에서 고기를 굽고 있었다.

사라와 제니아는 어느새 레이엘 옆에 붙어서 고기가 익기만을 기다렸다. 너무나 배가 고팠다. 어제와 마찬가지로 고기가 익자 허겁지겁 그것을 먹어 배를 채웠다.

레이엘은 두 여인이 배를 채우는 모습을 물끄러미 쳐다봤다. 그리고 고기를 모두 먹자, 말없이 손가락을 들어 한 쪽을 가리켰다.

사라와 제니아의 시선이 레이엘의 손가락을 따라 움직였다. 그곳에는 꼬챙이에 꿴 고기들이 잔뜩 있었다. 아무리 배부르게 먹어도 그것을 모두 먹어치우려면 최소한 열흘은 걸릴 것 같았다.

고기를 가만히 쳐다보던 사라의 표정에 또 불안감이 깃들었다.

"서, 설마……. 설마 또 가시려는 건가요?"

레이엘이 고개를 끄덕였다.

"말했잖아. 전쟁 중이라고."

"하지만……."

"오래 걸리지는 않을 거야. 저 고기를 모두 먹기 전에 돌아오지."

사라는 불길한 예감이 들었다. 분명히 카르의 왕과 싸우러 간다고 했다.

카르의 왕은 예전 라이온 기사단을 몰살시킨 마수였다. 그런 마수와 레이엘이 싸워 이길 수 있을 리 없었다.

"가, 가지 마세요."

레이엘은 사라의 얼굴을 바라보며 부드럽게 미소 지었다. 사라는 잠시 멍한 표정으로 레이엘을 바라봤다.

"난, 네가 생각하는 것보다 강해."

레이엘은 그 말을 남기고 돌아섰다. 그의 허리춤에는 검이 잔뜩 매달려 있었다. 무엇으로 만든 검인지 재질이 참으로 특이했다. 금속은 분명 아닌 것 같았다.

'저건 마치……, 뼈?'

사라가 그렇게 검의 재질을 추측하는 사이 어느새 레이엘은 공터 밖으로 나가 버렸다. 또 떠나간 것이다.

"들어가자."

제니아의 말에 사라는 불안한 눈으로 그녀를 바라봤다.

"지금은 그런 표정 지어 봐야 아무 소용없어. 그냥 무사하길 바라면서 기다려야지."

제니아의 말이 옳았다. 지금은 그렇게 해야만 한다. 하지만 사라는 끊임없이 올라오는 불안감을 떨쳐낼 수가 없었다. 가슴이 계속 두근거렸다. 마치 당장이라도 무슨 일이 벌어질 것만 같았다.

사라는 깊이 숨을 들이마셨다가 천천히 내쉬었다. 그리고 통나무집 안으로 들어갔다.

'좋아. 힘내자. 일단 지금 할 수 있는 일을 하는 거야. 내 경우는……, 마법 수련이겠지.'

사라는 억지로 결연한 표정을 지었다. 하지만 그녀의 눈에 남은 불안감은 결국 사라지지 않았다.

레이엘은 카르의 서식지로 향했다. 이곳 마수의 숲에는 백여 종의 마수가 존재한다. 그 크기도 그만큼 다양하다. 하지만 인간형 마수의 경우는 딱 세 종류밖에 없었다. 그리고 그들은 다른 마수들과는 상당히 달랐다.

이들은 어떤 면에서는 정말로 인간과 닮았다. 카르의 경우에는 진형을 짤 줄 안다. 카르는 열 마리만 모여도 상대하기가 상당히 어렵다.

진형을 짜서 덤비기 때문이다. 카르가 사용하는 진형은 두 가지인데, 하나는 단일 개체를 상대하기 위한 진형이고, 다른 하나는 다수의 개체를 상대하기 위한 진형이었다. 둘 모두 상당히 효과적이었다.

레이엘이 그동안 카르의 왕을 피해온 것도 그 때문이었다. 카르의 왕은 혼자서도 엄청나게 강하다. 한데 다른 카르들과 진형까지 짜서 덤벼드니 아무리 레이엘이라고 해도 쉽게 상대할 수가 없었다.

카르의 날카롭고 긴 손톱은 마치 인간들이 쓰는 검과 비슷했다. 손톱 길이를 자유자재로 조절할 수 있었기에 더 상대하기가 까다로웠다. 그들은 마치 정말로 검술을 익힌 것처럼 손톱을 정교하게 다룰 줄 안다.

카르의 왕이 데리고 다니는 열 마리의 카르는 카르들 중에서도 손꼽힐 정도로 강한 놈들이었는데, 그들은 놀랍게도 각자 다른 형태의 손톱을 쓴다. 즉, 무기가 다르다는 뜻이다. 심지어 그들 중 둘은 활을 쓸 정도였다. 이러니 얼마나 상대하기가 어렵겠는가.

사실 카르의 경우는 그리 놀랄 만한 것도 아니다. 다른 인간형 마수의 경우 마법을 쓰는 놈도 있고, 심지어는 정령을 쓰는 놈들도 있었다.

자르와 케르테르가 그들이다.

자르는 마법을 쓰는 마수였다. 자르의 왕은 인간으로 치면 거의 8클래스에 육박할 정도로 대단한 마법사였다. 그리고 케르테르의 왕은 최상급 정령 넷을 동시에 부린다.

그런 마수들이 바글바글한 마수의 숲을 인간이 정복할 수 없는 건 너무나 당연한 일이었다.

그렇게 인간형 마수는 마치 인간과도 비슷한 양상을 보이기 때문에 다른 마수들과 달리 상대하기가 까다롭기 그지없었다. 그리고 레이엘에게만 국한된 것이지만, 그들이 다른 마수와 다른 점은 바로 꿈이었다. 다른 마수의 꿈은 모두 꿔 봤지만, 인간형 마수의 꿈은 한 번도 꾼 적이 없었다.

덕분에 레이엘은 카르를 비롯한 인간형 마수와의 싸움에는 언제나 목숨을 내걸고 경험을 축적해 왔다.

"하긴, 그랬으니 지금까지 버텨온 걸지도 모르지. 아니었다면 아마 미쳐 버렸을 테니까."

레이엘은 그렇게 중얼거리며 씁쓸한 표정을 지었다. 아직도 자신이 정상이라고 생각하지 않는다. 그렇게 상념에 젖어 걸음을 옮기는 사이 어느새 레이엘은 카르의 영역에 들어섰다.

'이제부터는 진짜로 정신 바짝 차리지 않으면 곤란하지.'

레이엘은 눈을 빛내며 은신술을 펼쳤다. 레이엘의 몸이 조용히 숲에 녹아들었다. 그리고 찐득찐득하게 몸에 달라붙는 마나의 길에서 벗어나 진짜 숲으로 들어섰다.

카르들이 여기저기 돌아다니는 모습이 보였다. 그들은 하나같이 흉흉한 눈으로 사방을 둘러보며 움직였다. 마치 경계를 서는 듯한 움직임이었다.

레이엘은 기척을 죽이며 서서히 움직였다. 카르의 왕을 죽이는 건 결코 쉬운 일이 아니다. 그 주위에 있는 저 수많은 카르들을 함께 상대해야 하기 때문이다.

레이엘은 기회를 포착하기 위해 끈질기게 기다렸다. 그리고 그 인내심이 빛을 발하는 일이 벌어졌다. 수많은 카르들이 움직이기 시작한 것이다.

'사냥? 아니야. 이건 사냥이 아니야. 사냥 때와는 움직임이 달라.'

레이엘은 눈을 빛내며 카르들의 움직임을 자세히 살폈다. 영역에 있던 카르 중 적어도 절반 이상이 밖으로 나간 것 같았다. 레이엘은 그제야 이들의 움직임이 무엇 때문인지 깨달았다.

'카라미스 공작가!'

카라미스 공작가의 기사단이 숲에 들어온 것이다. 아니, 숲에 들어와 제니아를 추적하는 것이 분명했다. 그들은 카르의 영역 한 부분을 건드렸을 것이다. 그렇지 않다면 카르가 이렇게 우르르 몰려가지 않을 테니까.

카르는 마수답게 본능적으로 움직이지만, 때로는 놀라울 정도의 조직력을 보여주기도 한다.

이렇게 적이나 침입자가 출몰했을 경우가 그렇다. 카라미스 공작가의 기사들은 강력하고 수도 많다. 아마 카르들도 신중하게 상대하려 할 것이다.

'물론 결국은 카르의 승리겠지만. 기사들이 과연 얼마나 카르에게 피해를 줄지 궁금하군.'

레이엘은 부디 기사들이 카르들을 효과적으로 상대해 큰 피해를 안겨주길 바랐다.

'뭐, 시간만 끄는 걸로 운명을 다하겠지만.'

레이엘은 그렇게 생각하며 천천히 움직이기 시작했다. 카르와 레이엘은 이미 전쟁에 돌입한 상황이었다. 어쩌면 카르의 왕은 지금 들어온 기사단과 자신이 한패라고 여겨 카르들을 잔뜩 움직였을지도 모른다. 아니, 그럴 가능성이 컸다.

'이거 생각지도 못한 기회가 되겠는데?'

만일 레이엘과 한패라고 판단했다면 카르를 이렇게 많이 움직인 것도 충분히 이해가 가는 일이다. 레이엘은 그만큼 강력한 적이었으니까.

레이엘은 눈을 빛내며 다음 움직임을 기다렸다. 레이엘이 굳이 오늘 이렇게 여기까지 온 이유가 바로 그 때문이었다. 잠시 후, 일단의 카르들이 또 움직이기 시작했다. 이번에는 정말로 처음 예상했던 바로 그것이었다.

'사냥이다.'

레이엘의 눈이 번득였다. 오늘은 카르들이 사냥을 가는 날이었다. 남은 카르 중 대부분이 또 사냥을 위해 움직였다. 이제 영역 안에 남은 것은 카르의 왕을 비롯한 극소수에 불과했다. 이건 하늘이 내려준 기회였다.

레이엘은 조심스럽게 움직였다. 굳이 정면에서 싸울 필요는 없었다. 하나씩 적을 줄여가는 것이 가장 효과적인 방법이었다. 레이엘의 은밀한 움직임은 카르들조차 쉽게 감지하지 못했다.

레이엘은 카르의 영역 안에서 신중하게 움직이며 남은 카르가 얼마나 되는지 확인했다. 카르의 왕과 그의 친위대 열 마리, 그리고 군데군데 흩어져 있는 일곱 마리의 카르가 전부였다.

레이엘의 몸이 그림자처럼 움직였다. 그리고 무리에서 가장 멀리 떨어진 카르의 뒤에 유령처럼 솟구쳤다.

서걱!

간단히 카르의 목이 떨어졌다. 카르는 목을 자르는 것만으로는 죽지 않는다. 레이엘의 단검이 카르의 심장을 단번에 꿰뚫었다.

이로써 카르의 생명이 사라졌다. 카르는 생명을 두 개 가진 마수였다. 그래서 더 상대하기가 까다로웠다. 만일 심장을 뚫어 완전한 죽음을 주지 않는다면 나중에 다시 자신의 목을 붙이고 멀쩡해질 것이다.

'확실히 마수는 마수야.'

레이엘은 이런 일을 겪을 때마다 이들이 마수라는 것을 다시 한 번 확인한다.

카르와 같은 인간형 마수는 외모가 조금 특이하긴 하지만 인간과 지나치게 닮았다. 그래서 죽일 때마다 마치 살인을 하는 기분이었다.

‘죽는 것에는 익숙하지만, 묘하게도 죽이는 것에는 익숙하지 않단 말이야.’

레이엘은 속으로 그렇게 중얼거리며 다른 카르를 향해 몸을 날렸다. 카르에게서 흘러내린 피 냄새가 퍼지는 걸 막기 위해 그 위에 약초 가루를 뿌려둔 상태였다. 아마 30분 정도는 냄새가 퍼지지 않을 것이다.

레이엘의 움직임은 은밀하면서도 신속했다. 그리고 과감했다. 순식간에 흩어진 일곱 마리의 카르들이 모두 죽었다. 이제 남은 건 한데 뭉쳐 있는 열 마리의 카르와 카르의 왕뿐이었다.

그들에게 방심이란 건 없었다. 어느 방향으로 가더라도 숨을 수 없게 각자 방향을 나눠 사방을 주시하고 있었다. 레이엘은 머리끝까지 치고 올라온 긴장감을 억지로 흩어 버렸다. 이제부터가 진짜 시작이었다.

레이엘은 바닥에 납작하게 엎드렸다. 수풀이 무릎 어림까지 자라 있었기에 그렇게 엎드리면 눈에 띄진 않는다. 하지만 부자연스러운 수풀의 움직임이 보이면 카르들은 단번에 의심할 것이다.

레이엘의 선택은 바람을 이용하는 것이었다. 정령을 이용해 바람의 방향을 조금씩 이리저리 바꾸면 수풀의 움직임도 바람에 따라 바뀐다. 그리고 그것을 이용해서 조금씩 움직이면 아무리 감각이 뛰어난 카르들이라도 쉽게 발견할 수 없다.

레이엘은 이것을 위해 열흘을 투자했다. 열흘 동안 연습해서 이루어낸 성과였다. 덕분에 몸에도 많은 변화가 있었다. 그동안 알기만 하고 미처 얻지 못했던 여러 가지를 몸에 각인시킬 수 있었다.

레이엘이 카르의 왕 근처에 도착한 것은 거의 30분이 다 흘러서였다. 어차피 레이엘이 노린 것은 한 마리나 두 마리였다. 이들의 정교한 협공에 균열을 만들기 위한 작전이었다.

피 냄새가 확 퍼지기 시작했다. 카르들의 눈동자에서 흉포한 빛이 뿜어져 나왔다. 그리고 그 순간 레이엘의 손에서 단검 다섯 개가 동시에 날아갔다.

퍼버버버버벅!

단검들은 정확히 카르 친위대 다섯의 심장에 박혔다. 카르들의 눈동자에서 일순간 생기가 사라졌다. 한 번의 죽음을 경험하며 겪는 찰나의 멈춤이었다.

그 순간 레이엘이 몸을 띄웠다. 그리고 그의 손에서 롱소드가 초승달 모양의 궤적을 그리며 움직였다.

서걱! 서걱!

카르 두 마리의 목이 떨어져 나갔다. 대성공이었다. 레이엘은 몸을 뒤로 날려 자신을 향해 짓쳐드는 다섯 자루의 검을 간신히 피해내며 데굴데굴 몸을 굴렸다.

핏! 핏! 핏!

검을 완전히 피하지 못해 가슴과 어깨 부분에서 피가 튀었다. 하지만 일단은 무시해도 좋을 가벼운 상처였다. 정말로 이 이상 더 좋을 수 없을 정도로 굉장한 성공이었다. 한 마리만 죽이면 만족이었는데, 둘을 죽였다.

카르들의 눈에서 광기 어린 살기가 번득였다. 그리고 카르의 왕이 천천히 걸어가 바닥에 누워 피를 흘리는 두 마리 친위대를 꾹 밟았다.

퍽! 퍽!

그대로 터져 나가 사방에 피와 살점을 튀기는 카르의 시체를 보며 레이엘은 눈살을 찌푸렸다. 그는 카르의 왕이 지금 왜 이런 행동을 했는지 알고 있었다. 그는 레이엘에게 공포를 심어주려 한 것이었다.

레이엘은 섬뜩하게 웃으며 카르의 왕에게 달려들었다. 레이엘의 손에 들린 롱소드에서 눈부신 빛이 일어났다.

쩡! 쩡! 쩡!

카르의 왕은 검 모양의 손톱을 휘둘러 레이엘의 검을 막아냈다. 그리고 근처에 있던 친위대들이 레이엘에게 일제히 달려들었다.

도끼와 검 등이 레이엘의 몸 이곳저곳을 노리고 날아왔다.

레이엘은 어느새 왼손에 투명한 방패를 들고 있었다.

쩌저저정!

방패는 카르들의 그 무시무시한 공격을 모두 막아내고도 멀쩡했다. 카르 친위대의 공격력은 엄청나서 웬만한 강철 방패라도 단숨에 우그러뜨리거나 잘라 버리는데 레이엘의 방패에는 흠집조차 내지 못했다.

레이엘은 당연하다는 듯한 표정으로 다시 검을 휘둘렀다.

서걱!

친위대 하나의 팔이 잘렸다. 하지만 그게 다였다. 팔이 잘린 친위대는 잘린 팔을 들고 훌쩍 뒤로 물러났다. 그리고 그 팔을 다시 붙인 후, 달려들었다.

보통 사람이었다면 그 광경에 질려서 의욕이 꺾이겠지만 레이엘은 그렇지 않았다. 카르에 대해서는 지독할 정도로 많이 겪어봤다. 이쯤은 애교였다.

레이엘은 이리저리 검을 휘둘렀다. 레이엘의 검이 기묘한 곡선을 그리며 움직였다. 친위대들은 검의 생소한 움직임에 미처 따라가지 못했다. 그리고 그 순간 레이엘의 검에서 맑은 기운이 솟아나왔다. 그것은 마치 투명하고 푸른 검이 자라난 듯한 광경이었다.

촤촤촤촤촤악!

친위대 다섯의 팔다리가 단숨에 잘려 나갔다. 레이엘의 몸이 그들 사이로 파고들었다. 검이 푸른 잔상을 남기며 움직였다.

서걱! 서걱! 서걱!

친위대 셋의 목이 날아갔다. 레이엘은 그들의 심장에 검을 박으려다가 황급히 뒤로 물러났다. 어느새 달려든 카르의 왕이 검을 내리쳤기 때문이다. 레이엘의 눈이 커다래졌다.

“검강?”

레이엘은 황당한 표정으로 훌쩍 뒤로 물러났다. 카르의 왕이 겨눈 검에는 레이엘이 만든 것과 똑같은 투명한 검이 솟아나와 있었다.

그리고 그 주변에 있는 친위대들의 분위기도 흉흉하게 달아올랐다. 레이엘은 이 싸움이 결코 쉽게 끝나지 않을 거라 여기며 다시 검을 들어올렸다.

“오라도 아니고 검강이라니. 이거야 원.”

레이엘은 쓴웃음을 지으며 다시 카르의 왕에게 달려들었다. 어쨌든 지금은 싸워 이기는 것밖에 답이 없었다. 시간도 모자랐다. 사냥을 갔거나 기사단을 상대하기 위해 나간 카르들이 돌아오면 정말로 문제가 커질 테니까 말이다.

레이엘의 검 끝에 솟아난 푸르스름한 검강에서 눈부신 빛이 뿜어져 나왔다.

“크윽. 이런 젠장!”

제레인은 낭패한 몰골로 정신없이 뛰었다. 그런 제레인의 뒤를 수십의 기사와 두 명의 길잡이가 따라 달리고 있었다. 병사들은 한 명도 남지 않았다. 그리고 기사들도 지금 남은 게 전부였다. 거의 전멸에 가까운 피해였다.

“으으. 지독한 놈들.”

그들을 습격한 마수는 정말로 무시무시했다. 마치 검처럼 생긴 손톱으로 병사와 기사들을 말 그대로 학살했다. 그들은 노련한 기사들보다 훨씬 더 검을 능숙하게 사용했다.

드레이크 기사단장인 제레인은 당연히 카라미스 공작가에서 가장 강한 기사였다. 그리고 크롬 왕국에서도 세 손가락 안에 꼽히는 실력자였다. 한데 그런 제레인이 고작 마수 열 마리의 합공을 물리치지 못했다.

제레인이 그런 상황이니 다른 기사나 병사들이야 말할 것도 없었다. 그들은 길잡이를 보호하기 위해 필사적으로 애썼지만 결국 몇 명을 제외하곤 모두 죽어 버렸다.

"죽어도 다시 살아나는 마수라니⋯⋯."

그들을 공격한 마수는 팔다리가 잘려도 다시 붙었고, 심지어는 목이 잘려도 그것을 다시 붙이고 달려들었다. 도저히 죽일 방도가 없었다.

그렇게 일방적으로 거의 당하다시피 한 결과 열 마리의 마수를 죽일 수 있었지만 그게 전부였다. 그들에게 몰려든 마수의 수는 오십 마리가 훨씬 넘었다.

제레인은 뒤늦게 남은 사람을 수습해 도망을 쳤다. 그나마 제레인의 실력이 뛰어났기에 도망칠 기회라도 만들 수 있었지 그렇지 않았다면 벌써 모두 죽었을 것이다.

그렇게 도망치긴 했지만 마수들의 속도는 믿을 수 없을 정도로 빨랐다. 도망치는 와중에 그나마 남아 있던 병사는 모조리 죽었고, 기사들도 십여 명이나 죽어나갔다. 그리고 길잡이도 최종적으로 두 명을 제외하곤 모두 죽어 버렸다. 처참한 상황이었다.

제레인은 정신없이 달리다가 문득 낌새가 이상해 고개를 돌려 쫓아오는 마수들을 살폈다.

"응?"

마수들은 더 이상 쫓아오지 않았다. 제레인은 서서히 속도를 줄이다가 이내 멈춰 섰다. 저 멀리서 마수들이 가만히 서 있었다.

그러더니 마수들이 갑자기 움직이기 시작했다. 제레인은 깜짝 놀라 다시 도망치려 했지만 그럴 필요가 없었다. 마수들이 전혀 다른 방향으로 움직였기 때문이다.

"무, 무슨 일이지?"

뭔가 불길한 예감이 들었지만 일단은 다행이었다. 더 이상 마수들에게 쫓기지 않아도 됐으니까. 하지만 그렇게 안도하며 쉴 수 있는 시간은 별로 없었다. 길잡이들이 불안감을 표했기 때문이다.

"카르들이 물러간 건 좋지만, 이렇게 깊이 들어오면 거대개미를 만날 수도 있습니다."

"거대개미? 그런 마수도 있었나?"

제레인은 별로 심각하게 여기지 않았다. 개미라는 이름만으로 그렇게 판단한 것이다. 하지만 길잡이들의 얼굴은 벌써 새파랗게 질려 있었다.

"거, 거대개미는 카르보다 더 위험합니다. 그놈들은 절대 상대할 수 없습니다. 으헉!"

길잡이 하나가 말하다가 갑자기 기겁을 했다. 멀리서 스쳐 가는 검은 그림자를 봤기 때문이다. 아주 잠깐이었지만 형태는 대충 확인했다. 그것은 거대개미가 틀림없었다.

"어서! 어서 피해야 합니다! 거대개미가 근처에 나타났습니다!"

길잡이들은 그렇게 외치며 거의 패닉에 가까운 상태에 빠졌다. 제레인은 우왕좌왕 정신을 못 차리는 길잡이들에게 마나를 가득 담아 소리쳤다.

"그만!"

길잡이들은 화들짝 놀라며 정신을 차렸다. 제레인이 그들을 보며 차갑게 말했다.

"안전한 곳으로 안내해라. 어서."

제레인의 말에 길잡이들이 다급히 움직였다. 하지만 그들의 얼굴은 이미 절망으로 가득했다. 이렇게 깊이 온 데다가 정신없이 도망가느라 위치 자체가 가늠이 되지 않았다. 마수의 숲에서는 방향을 가늠하는 것이 상당히 어려웠다.

하지만 길잡이들은 일단 걸음을 옮길 수밖에 없었다. 자신들이 쓸모없다는 사실을 안다면 제레인이나 기사들이 그들을 보호해 줄 리가 없으니까 말이다.

사사사삭!

풀 스치는 소리가 계속해서 들려왔다. 거대개미가 분명했다. 아직 그들을 사냥감으로 찍고 움직이는 것 같지는 않지만 조만간 그렇게 될 것이 분명했다. 길잡이들의 걸음이 점점 빨라졌다.

촤아악!

풀 찢는 소리가 들리며 거대개미 한 마리가 나타났다. 그 엄청난 크기에 제레인은 깜짝 놀랐다. 덩치가 거의 제레인의 키와 비슷했다. 새까만 눈을 번들거리며 다가오는 모습은 상당히 위협적이었다.

제레인은 망설임 없이 달려들었다. 어차피 한 마리였다. 빨리 처리하고 가면 그만이었다.

쩡!

제레인은 힘없이 튕겨 나가는 자신의 검을 보며 뭔가가 잘못되었다는 걸 깨달았다. 거대개미의 속도는 전혀 줄지 않았다.

제레인은 필사적으로 몸을 날렸다. 제레인이 방금 전까지 서 있던 자리를 개미가 휩쓸고 지나갔다. 오라를 덮은 검으로 쳤는데 흠집 하나 나지 않았다.

"도망쳐!"

제레인의 판단은 빨랐다. 기사와 길잡이들이 일제히 달렸다. 제레인도 그들과 함께 달렸다. 거대개미가 그들을 쫓아왔지만 다행히 한 마리였다.

만일 다른 거대개미가 함께 있었다면 훨씬 위험했을 것이
다.

그렇게 얼마나 달렸을까. 어느새 거대개미의 수가 조금씩
늘어나기 시작했다. 그리고 또 희생자가 나왔다. 길잡이 한 명
이었다. 집게처럼 생긴 거대개미의 입에 물려 허리가 뚝 끊어
졌다.

그 뒤로 기사 몇 명이 그렇게 죽었다. 그리고 어느 순간 거
대개미들이 일제히 물러났다.

제레인은 거친 숨을 몰아쉬며 거대개미가 물러나는 모습을
망연한 얼굴로 바라봤다. 너무나 참혹했다. 이제 남은 건 고작
길잡이 하나와 기사 열두 명이 전부였다. 카라미스 공작가의
드레이크 기사단은 끝났다.

"후우. 이제 어째야 하지?"

제레인의 눈빛이 암울해졌다. 그는 반사적으로 길잡이를 바
라봤다. 길잡이도 거의 제정신이 아니었다. 그는 한 사람의 이
름을 계속해서 부르고 있었다.

"레, 레이엘, 레이엘을 찾아야 돼. 레이엘이라면 날 숲 밖으
로 데려다줄 거야. 레, 레이엘을……."

길잡이가 실성한 사람처럼 혼자 중얼거리는 소리를 들은 제
레인의 표정이 굳어졌다. 결국 레이엘이라는 자를 찾는 수밖
에 없다는 결론이 나왔다. 문제는 과연 그를 찾을 수 있느냐
하는 것이었다.

“좋아. 일단 움직인다.”

제레인은 결국 지금은 움직이는 것밖에 답이 없다고 판단했다. 일단 거대개미가 물러난 방향으로 가면 다시 만날 확률이 높으니 반대 방향으로 향했다. 당연한 선택이었고, 결과적으로 그 선택은 옳았다.

조금 더 걸어가 사람 키만 한 수풀을 헤치고 나아가자, 넓은 공터가 나타났다. 그리고 새파란 하늘이 보였다. 제레인은 온몸에 내리쬐는 햇볕에 가슴이 울컥할 정도로 감동했다.

“차, 찾았다!”

길잡이가 외쳤다. 제레인은 고개를 돌려 길잡이를 쳐다봤다. 길잡이는 희열에 가득 찬 눈으로 한 곳을 바라보고 있었다. 제레인은 길잡이의 시선을 따라 고개를 돌렸다. 그리고 그림처럼 서 있는 통나무집 한 채를 볼 수 있었다.

“여기는 평화롭군.”

평화로웠다. 마수의 숲이라고는 생각할 수 없을 정도로 말이다.

*   *   *

쾅! 쾅! 쾅!

폭음이 울릴 때마다 카르들이 사방으로 밀려났다. 그 중심에는 카르의 왕과 레이엘이 있었다. 카르의 왕은 믿을 수 없을 정도로 강했다. 그동안 레이엘이 판단했던 것보다 훨씬 강했다. 무엇보다도 상당한 수준의 검법을 익혔기에 상대하기가 까다로웠다.

'이건 내가 익힌 것보다 더 대단한 검법인 것 같은데?'

레이엘이 익힌 검법도 뛰어난 기사들조차 비교를 불허할 정도로 대단한 것이었다. 한데 카르의 왕이 펼치는 검법은 훨씬 화려하고 정교하면서도 파괴력이 뛰어났다.

카르의 왕과 레이엘의 싸움이 상당히 격했기 때문에 왕의 친위대들이 섣불리 접근을 하지 못했다. 벌써 두 마리가 접근해 도우려다가 목숨을 잃었다. 검강과 검강 사이에 끼어 몸이 곤죽이 되었기에 여벌의 생명도 전혀 효과가 없을 정도로 처참히 죽어 버렸다.

'마나가 바닥이군.'

위기였다. 보아하니 카르의 왕은 아직도 여력이 충분한 것 같았다. 마나가 얼마나 많은 건지 저렇게 무지막지한 검강을 펼치면서도 전혀 힘든 기색이 없었다.

레이엘은 이대로 가다가는 죽음밖에 남는 게 없다는 걸 깨달았다. 이젠 정말로 모험을 걸어야 할 때였다.

'내가 더 우위에 있는 건?'

답은 뻔했다. 마법과 정령이었다. 카르의 왕은 비록 뛰어난 검법을 가지고 있긴 하지만 다른 능력은 전혀 없었다. 물론 그 하나만으로도 충분히 강하지만 말이다.

레이엘은 정신을 더욱 집중했다. 레이엘의 정령술은 보통의
정령술과는 상당히 달랐다. 레이엘은 카르의 왕이 움직이는
경로를 계속해서 머리에 담았다. 그의 보법을 유추하기 위함
이었다.

'지금!'

카르의 왕이 발을 내딛는 순간, 레이엘은 단숨에 달려들어
그를 공격했다. 카르의 왕은 레이엘의 공격을 막으려 했다. 하
지만 그 순간, 발을 디디려는 바닥이 움푹 들어갔다.

아주 미묘하지만 순간적으로 균형이 흐트러졌다. 레이엘은
그 기회를 놓치지 않았다. 아니, 처음부터 이렇게 될 것을 알
고 공격을 했기에 노리던 것을 이룰 수 있었다.

서걱!

왼팔이 떨어져 나갔다. 카르의 왕은 자신의 왼팔이 잘렸는
데도 전혀 당황하거나 고통스러워하지 않았다. 어차피 팔은
다시 갖다 대면 붙는다.

레이엘은 뒤로 슬쩍 물러나며 카르의 왕이 휘두른 검을 피
했다. 그리고 그 순간 바람이 휭 불어 떨어진 카르의 팔을 멀
리 날려 버렸다.

레이엘은 냉정한 눈으로 카르의 왕에게 달려들었다. 카르의
왕은 마치 폭풍처럼 검을 몰아쳤다. 레이엘의 몸 곳곳에서 피
가 튀었다. 레이엘은 과감하게 웬만한 공격은 몸으로 받아내
며 상대의 품으로 파고들었다.

푸욱!

팔 하나가 사라진 건 상당한 패널티였다. 순간적으로 균형 감각에 미묘한 차이가 오기 때문이다. 레이엘은 그것을 놓치지 않고 단숨에 승부를 벌였다. 그리고 성공했다.

레이엘의 검은 심장을 정확히 꿰뚫었다. 카르의 왕은 심장이 뚫린 채로 다시 검을 휘둘렀다. 하지만 그것은 난폭하기만 할 뿐 위협적이진 않았다. 레이엘은 몸을 비틀며 어깨에 상처 하나를 남기고 그것을 피해냈다. 그리고 레이엘의 검이 날카로운 궤적을 그렸다.

서걱!

결국 목이 날아갔다. 카르의 왕은 목이 잘린 채 가만히 서 있었다. 그의 심장에서는 피가 콸콸 쏟아져 나왔다.

털썩!

결국 몸이 바닥에 쓰러졌다. 카르의 왕이 죽은 것이다. 그와 동시에 친위대들이 일제히 레이엘에게 달려들었다. 마치 왕의 죽음으로 이성을 잃은 듯한 행동이었다. 그들이 휘두르는 검은 더 이상 정교한 검법의 식을 따르지 않고 있었다.

레이엘은 침착하게 그들의 검을 상대했다. 비록 몸에 몇 개의 상처를 더 얻긴 했지만 치명상은 하나도 없었다. 그렇게 친위대까지 모두 정리할 수 있었다.

털썩!

"허억! 허억!"

레이엘은 거칠게 숨을 몰아쉬었다. 정말로 힘든 싸움이었다. 그가 숨을 크게 들이마시자, 난폭한 마나가 폐를 통해 온몸에 차올랐다.

레이엘은 잠시 숨을 멈춰 그것을 온몸 구석구석에 보냈다. 서서히 힘이 차올랐다.

여기서 이렇게 시간을 낭비하고 있을 때가 아니었다. 이제 조만간 카르들이 돌아올 것이다. 왕을 잃었다는 사실을 알면 어떻게 될지 알 수 없다.

'대충 추측은 할 수 있겠지만.'

방금 전 친위대의 행동을 보면 다른 카르들의 반응도 추측할 수 있었다.

아마 카르들은 미칠 것이다. 그리고 이 마수의 숲은 그렇게 뿔뿔이 흩어져 날뛰는 마수들이 살아남을 수 있을 정도로 녹록한 곳이 아니었다.

레이엘은 몸을 일으켰다. 그리고 마지막으로 목이 잘린 카르의 왕을 한 번 쳐다봤다.

마수 중에 가장 사냥가치가 없는 것이 바로 카르였다. 가죽도 쓸모가 없고, 뼈도 마찬가지였다. 손톱은 죽고 나면 평범하게 변하기 때문에 더더욱 쓸모가 없었다. 카르의 왕 역시 다른 카르들과 마찬가지였다.

'저렇게 누워 있으니 꼭 사람의 시체 같군.'

레이엘은 눈살을 찌푸리며 몸을 돌렸다. 그리고 막 자리를 벗어나려는 순간, 그를 부르는 소리가 들렸다.

"잠깐 기다려. 크르륵."

가래 끓는 소리가 섞인 목소리였다. 레이엘은 깜짝 놀라 목소리가 들린 쪽을 바라봤다. 그리고 믿을 수 없다는 눈빛을 보였다. 방금 말한 것은 목만 남은 카르의 왕이었다.

"움직일 수가 없으니 네가 이리로 와라. 크륵."

목에서 흐른 피가 흥건했다. 하지만 카르의 왕은 더없이 평온한 표정이었다. 레이엘은 멍한 눈으로 그 광경을 바라보다가 흠칫 놀랐다.

'평온한 표정이라고? 얼굴이……!'

레이엘의 눈이 화등잔만 해졌다. 카르의 왕은 더 이상 카르가 아니었다.

그것은 분명히 사람의 얼굴이었다. 그것도 이십대 후반이나 되었음직한 젊은 사내의 모습이었다.

"시간이 없으니 간단히 말하지. 크르륵. 고맙다는 말을 하고 싶었다. 이 지옥의 사슬을 끊어줘서."

레이엘이 의아한 표정을 지었다. 그리고 천천히 카르의 왕에게 다가갔다. 그의 얼굴에는 부드러운 미소가 감돌았다.

"죽을 때가 되어서야 제정신이 되다니, 이것 참. 아무튼 부탁 하나만 하지. 다른 카르들도 모두 죽여줘. 어차피 이제 미쳐서 마수들의 밥이 되겠지만, 최소한 양지바른 곳에 묻어주면 고맙겠군."

레이엘은 묵묵히 고개를 끄덕였다. 그리고 가장 궁금한 것을 물었다.

"카르들은 원래 인간인가?"

"크르륵. 그렇지. 인간이었지. 인간이었다가 마수가 된 가련한 족속들이지. 미쳐 버렸거든."

카르의 왕은 레이엘을 뚫어지게 쳐다봤다. 그리고 눈동자를 굴려 자신의 몸이 있는 쪽을 바라봤다.

"다행히 아직 저쪽은 늦지 않은 모양이군. 마지막 선물이라고 생각하고 가져가. 내 단전에 보면 구슬이 하나 나올 거야. 아마 도움이 될 거다. 자르나 케르테르를 상대하려면 말이야. 그거 내단이거든. 크르륵."

레이엘이 흠칫 놀랐다. 레이엘이 놀란 것은 카르의 왕이 한 말 때문이었다. 단전이나 내단은 결코 이쪽 세상 사람들이 알 수 있는 말이 아니었다.

"시간이 다 됐군. 부디 내 부탁을 들어줘. 가능하다면 자르나 케르테르도 부탁해. 그놈들도 가련한 놈들이거든."

카르의 왕은 그 말을 끝으로 눈을 감았다. 레이엘은 한동안 멍한 눈으로 카르의 왕을 내려다봤다.

대체 뭐가 뭔지 알 수 없었다. 극심한 혼란이 머릿속을 마구 휘저었다.

"후우. 어쨌든 지금은 이러고 있을 때가 아니지."

레이엘은 일단 아공간을 열어 이곳에 있는 카르의 시체를 모두 담았다. 그리고 카르의 왕이 말한 대로 그의 단전을 헤집어 그곳에 있는 샛노란 색의 구슬을 꺼냈다.

그의 말대로 내단이 분명했다. 구슬에서 느껴지는 마나의 흐름이 엄청났다.

레이엘은 그의 시체까지 아공간에 담은 후, 조용히 그곳을 벗어났다. 지금은 몸을 추슬러야 할 때다. 그의 몸이 숲에 녹아들었다.

제6화 사라와 제니아

　레이엘은 최대한 빠르게 움직였다. 몸에 상처가 워낙 많아 피 냄새 때문에 마수가 꼬인다면 상당히 귀찮고 위험한 상황이 된다.

　거의 집에 도착할 무렵, 레이엘은 뭔가 위화감이 들었다. 주변 풍경이 평소와 미묘하게 달라진 것 같았다. 레이엘은 달리는 걸 멈추고 유심히 주위를 살폈다.

　아직 거대개미의 영역이라서 조금 위험하긴 하지만 어쩔 수 없었다. 이런 위화감을 남긴 채로 집에 들어가면 더 곤란한 일을 겪을 수도 있었다.

　'역시!'

레이엘의 눈이 빛났다. 자신의 거처가 있는 공터 주위를 쭉 둘러보며 살피다가 사람의 흔적을 발견한 것이다. 레이엘이 다가오던 방향과 정반대쪽이었는데, 카르의 왕과 치열한 싸움을 하고, 상처가 많이 난 덕에 감각이 평소보다 훨씬 예민해져 있어서 간신히 그것을 느낀 것이다.

'한 명이 아니군. 적어도 열 명 이상. 그리고 흔적의 모양을 보아하니 일반인이 아니야. 기사로군. 그리고…… 길잡이?'

레이엘은 눈살을 찌푸렸다. 포레인 시에서 현재 활동하는 길잡이들은 대부분 레이엘의 제자나 다름없었다.

그들에게 숲에서 살아남을 수 있는 노하우를 상당히 많이 전수해 준 사람이 바로 레이엘이었다. 비록 나이는 레이엘이 길잡이들 중에서 가장 어렸지만, 아무도 레이엘을 무시하지 못했다.

'그나저나 의외로군. 여기까지 찾아오다니 말이야.'

레이엘은 속으로 그렇게 중얼거리며 조용히 안으로 스며들어갔다.

제니아는 표독한 눈으로 제레인을 노려봤다. 제레인의 눈에는 광기가 어려 있었다.

"왜 그런 눈으로 보십니까, 아가씨? 설마 아가씨를 빼돌린 이 계집을 그냥 둘 거라는 순진한 생각을 하신 건 아니시겠지요?"

제레인은 그렇게 말하며, 충혈된 눈으로 사라를 쳐다봤다. 사라는 바닥에 널브러진 채 몸을 부르르 떨었다.

제레인은 그녀를 발견하자마자 난폭하게 주먹을 휘둘렀다. 사라는 반항 한 번 못하고 바닥에 쓰러진 채 애처롭게 떨고 있었다.

"아가씨는 건드리지 못하지만, 이 계집은 그렇지 않다는 걸 아실 텐데요? 고작 평민 마법사 하나 죽이는 건 아주 간단한 일입니다."

제레인은 그렇게 말하며 집 안에서 욕망으로 달아올라 사라를 노려보는 기사들을 쳐다봤다. 기사들의 눈은 욕정과 살기로 번들거렸다.

그들의 입장에서 사라는 동료의 원수나 다름없었다. 사라와 제니아가 이곳으로 도망치지 않았다면 아무도 죽지 않았을 테니까 말이다.

"뭐, 그냥 죽이기엔 너무 예쁘니까 상으로 한 번씩 맛보게 하는 것도 나쁘진 않겠지. 그냥 두기엔 우리는 쌓인 게 너무 많거든. 누구를 애타게 쫓느라고 말이지."

사라는 두려운 눈으로 몸을 일으켰다. 그리고 손을 뒤로 짚어 주춤주춤 기사들에게서 멀어졌다.

제니아는 그 광경을 보다가 소리를 빽 질렀다.

"그만! 이러고도 드레이크 기사단이라 할 수 있느냐? 그런 짓을 하는 건 기사단이 아니라 짐승이야!"

제레인의 눈에서 불똥이 튀었다.

"우리를 짐승으로 만든 게 누구인데! 하! 드레이크 기사단? 지금 그런 게 남아 있나? 여기 있는 열둘이 전부야! 아니, 나까지 합하면 열셋이로군. 몇 명이나 죽었는지 알아? 고작 너 따위를 쫓기 위해서 어떻게 죽었는지 아느냐고!"

제레인의 외침에 제니아는 깜짝 놀라 입을 다물었다. 설마 자신에게 이런 폭언을 퍼부을 줄은 몰랐다.

제니아가 놀라서 말도 못하고 몸이 굳어 버리자, 제레인은 숨을 길게 내쉬며 마음을 가라앉혔다. 그리고 정중히 고개를 숙였다.

"아무튼 그렇게 되었습니다. 아가씨. 그러니 우리의 행동을 너무 원망 마시길."

제니아는 제레인이 보여주는 광기에 치를 떨었다. 그리고 안쓰러운 눈으로 사라를 바라봤다. 기사들이 서서히 그녀에게 다가가고 있었다.

제니아는 눈을 질끈 감았다. 어떻게 자신이 똑똑히 보고 있는 와중에 이럴 수 있단 말인가. 제니아는 이들이 더 이상 자신을 공작가의 영애로 대해 주지 않을 거라는 사실을 깨달았다.

기사들의 손이 사라의 옷자락을 잡았다. 그리고 그 순간, 문이 활짝 열렸다.

덜컹!

모두의 시선이 문으로 향했다. 그곳에는 온몸에서 피를 철철 흘리는 레이엘이 서 있었다.

"가관이군."

레이엘은 그렇게 말하며 고개를 돌려 길잡이를 쳐다봤다. 길잡이는 레이엘과 눈이 마주치자 화들짝 놀라며 미안한 표정을 지었다.

"저⋯⋯, 그러니까, 레이엘, 이게 어떻게 된 거냐 하면⋯⋯."

길잡이가 말을 제대로 하지 못하자, 제레인이 나섰다.

"마침 좋을 때 왔군. 우리에게 협조하는 게 좋을 거야. 저걸 살리고 싶으면 말이야. 몸은 버리더라도 목숨은 살려야지. 안 그런가?"

제레인은 그렇게 말하며 기사들에게 눈짓을 보냈다. 기사들은 잠시 머뭇거리다가 다시 사라의 옷자락에 손을 뻗었다.

제니아는 지금 이들이 이곳에서 펼치려는 짐승 같은 짓거리에 몸서리를 쳤다. 그녀는 애처로운 눈으로 사라를 바라보다가 고개를 돌려 레이엘을 바라봤다. 그녀의 간절한 눈빛이 레이엘의 눈에 고스란히 가서 박혔다.

"쓰레기들에게 인간 대접을 해줄 필요는 없겠지."

레이엘의 말에 제레인의 얼굴이 일그러졌다. 제레인은 즉시 검을 뽑으려 했다. 하지만 레이엘이 조금 더 빨랐다.

피슉!

“커억!”

제레인은 갑자기 들린 소리에 고개를 홱 돌렸다. 기사 하나가 목에 바늘을 박고 신음을 흘리고 있었다. 그 바늘은 새까만 색이었다. 불길한 기분이 제레인의 뇌리에 스쳤다.

“독이야. 별것 아니지. 해독하지 않으면 한 시간 후에 내장이 다 녹아 버릴 거야. 그리고…….”

레이엘이 품에서 작은 주머니 하나를 들어서 흔들었다.

“이게 해독제고. 아, 하나로는 좀 모자라나?”

피슉! 피슉! 피슉!

챙! 챙!

“큭!”

제레인의 얼굴이 더욱 사납게 일그러졌다. 레이엘이 설마 또 던질 줄 몰라서 하나를 놓친 것이다. 두 개는 검으로 쳐냈지만 기사 하나가 목에 바늘을 꽂고 괴로워했다.

“왜? 네 목숨이 아니라서 구할 생각이 없나 보지?”

레이엘은 그렇게 말하며 슬쩍 문에서 멀어졌다. 제레인이 다급히 외치며 몸을 날렸다.

“저놈을 잡아!”

기사들이 우르르 밖으로 몰려 나갔다. 레이엘은 공터 한가운데 가만히 서 있었다. 피투성이로 서 있는 그의 모습이 왠지 그로테스크했다.

제레인과 기사들이 모두 밖으로 나가자, 제니아가 황급히 움직였다. 그녀는 사라를 끌어안았다.

"괜찮아? 흐윽."

눈물이 흘러나왔다. 제니아는 사라에게 정말로 미안했다. 모두 자신 때문에 이렇게 된 것이었으니까. 자신이 그저 눈 한 번 질끈 감았으면 일이 이렇게 되지 않았을 것이다.

제니아는 눈물을 흘리다가 자신의 눈가를 닦아주는 손길을 느꼈다. 사라가 어느새 그녀의 눈물을 닦아주며 몸을 일으켰다.

"전 괜찮아요. 이 정도는 아무것도 아니에요. 아가씨가 절 구해 주시기 전에는 이보다 훨씬 더 지독한 꼴도 많이 당했는 걸요? 전 아가씨가 행복해지는 모습을 꼭 보고 싶어요. 그러니 울지 마세요. 제가 좋아서 하는 일이니까요."

사라의 말에 제니아는 더 눈물이 나왔다. 사라는 제니아를 달래며 그녀를 일으켰다.

"자, 이제 자리를 피해요. 최소한 레이엘의 짐이 되지는 말아야죠."

제니아가 억지로 눈물을 삼키며 고개를 끄덕였다. 두 여인은 바닥에서 사경을 헤매는 기사 둘을 한 번 쳐다보고는 고개를 돌려 아직도 몸이 굳은 채 서 있는 길잡이를 노려봤다.

길잡이는 맹렬히 고개를 저었다. 그로서는 레이엘과 척지고 싶은 생각은 전혀 없었다. 하지만 사라는 마법을 펼쳤다.

　"슬립!"

　길잡이가 그대로 잠에 빠져들었다. 원래는 이렇게 간단히 걸려드는 마법이 아닌데, 길잡이가 처한 상황이 그렇게 만들었다.

　사라와 제니아는 조심스럽게 밖을 살폈다. 그리고 놀라서 더 이상 움직일 수 없었다.

　모두 쓰러져 있었다. 천하의 드레이크 기사단이, 그리고 그 제레인이 처참하게 바닥을 뒹굴고 있었다. 그 한가운데에 레이엘이 오연히 서 있었다.

　"아아……!"

　제니아의 입에서 탄성이 흘러나왔다. 피투성이의 사내가 이렇게 아름답게 보일 거라고는 한 번도 생각해 본 적이 없었다.

　제레인을 비롯한 기사들은 목숨을 건졌다. 레이엘이 굳이 죽이지 않고 제압했기 때문이다. 하지만 그들은 손가락 하나 까딱할 수 없는 상태였다. 몸이 뻣뻣이 굳어 바닥에 누워 있었다.

　"후우. 피곤하군."

　레이엘은 고개를 돌려 집을 바라봤다. 문을 열고 살짝 고개를 내밀어 이쪽을 살펴보는 두 여인의 모습이 보였다. 둘의 얼굴에 어린 놀란 표정을 본 레이엘은 피식 웃었다.

　'그러고 보니 이렇게 자주 웃는 건 처음이군.'

그동안은 거의 표정이 없었다. 하지만 최근에는 조금이나마 잃었던 것을 되찾은 느낌이었다. 레이엘은 천천히 집으로 걸어갔다. 울먹거리는 표정의 사라가 레이엘을 향해 달려가 단숨에 그를 끌어안았다.

"흐윽. 고마워요."

사라는 눈물을 흘리며 그렇게 말했다. 레이엘은 가만히 서서 사라가 알아서 떨어질 때까지 기다려 주었다. 사라는 실컷 울고 난 후에야 천천히 레이엘에게서 떨어졌다.

그녀의 얼굴은 홍시처럼 붉게 달아올랐다. 속이 후련해질 때까지 울고 나서야 자신이 무슨 짓을 한 건지 깨달은 것이다.

레이엘은 예의 그 초점 없는 눈으로 사라를 지나쳐 집 안으로 들어갔다. 안에는 입에 거품을 문 채 기절한 기사 두 명과 쓰러져 잠든 길잡이가 보였다.

레이엘은 그렇지 않아도 기사들과 싸울 때, 집안에서 일어난 마나의 흐름을 느꼈다. 그리고 그것이 '슬립' 마법이라는 것도 알았기에 사라가 길잡이를 잠재웠을 거라고 예상했었다.

레이엘이 가볍게 손을 휘젓자, 길잡이가 단번에 잠에서 깨어났다.

이것 역시 마법이었다. 잠에서 깬 길잡이는 레이엘을 발견하고는 화들짝 놀라 벌떡 일어났다. 그리고 사색이 된 표정을 지었다.

"레, 레이엘…… 나, 나는……."

“됐다. 충분히 이해하니까. 이것들이나 적당한 곳에 모아 둬.”

레이엘이 바닥에 쓰러진 기사들을 가리키며 말하자, 길잡이가 맹렬히 고개를 끄덕이고는 서둘러 그들을 들쳐 메고 움직였다. 길잡이가 기사들을 한데 모으는 사이 사라와 제니아가 집 안으로 들어와 레이엘의 기색을 조심스럽게 살폈다.

“저, 저기…….”

먼저 말을 꺼낸 것은 제니아였다. 제니아는 말을 꺼내 놓고도 막상 레이엘이 쳐다보자, 말문이 콱 막혀 버렸다.

레이엘은 잠시 제니아를 바라보다가 몸을 돌려 주방 쪽으로 갔다. 그리고 덜그럭거리며 뭔가를 준비했다. 잠시 후, 레이엘은 두 개의 찻잔을 들고 돌아왔다.

제니아와 사라는 레이엘이 건네는 찻잔을 조심스럽게 받아 들었다. 신기하게도 그 차를 마시니 마음이 상당히 진정되었다.

레이엘은 점점 안정되어 가는 두 여인의 표정을 보며 고개를 가볍게 한 번 끄덕였다. 문득 퉁퉁 부어오른 사라의 뺨이 보였다. 제레인에게 얻어맞은 흔적이었다.

“쯧.”

레이엘은 다시 몸을 일으켜 또 뭔가를 준비했다. 잠시 후, 레이엘이 가지고 온 것은 작은 그릇이었다. 그 안에는 약초를 찧어 낸 즙이 들어 있었다.

레이엘은 그것을 사라에게 내밀었다가 이내 한숨을 쉬고는 자신이 직접 그것을 사라의 뺨에 쓱쓱 발라 주었다. 사라는 레이엘의 행동에 얼굴이 새빨개졌다. 하지만 이내 뺨에서 느껴지는 시원한 감각에 깜짝 놀라 레이엘을 바라봤다.

통증이 점차 사라져갔다. 아직 뺨이 아닌 다른 곳은 상당히 아팠지만 뺨만큼은 이제 더 이상 아프지 않았다. 사라의 놀람은 그걸로 끝이 아니었다. 레이엘은 사라의 뺨에 약초즙을 모두 바른 후, 가볍게 거기에 손바닥을 갖다 댔다.

사아악!

은은한 빛이 레이엘의 손바닥에서 흘러나와 사라의 뺨을 부드럽게 감쌌다. 그러자 순식간에 붓기가 가라앉았다. 사라는 분명히 느낄 수 있었다. 그것은 마나의 흐름이었다.

"마, 마법?"

사라는 경악한 눈으로 레이엘을 바라봤다. 하지만 레이엘은 무표정한 얼굴로 사라에게 물었다.

"또 아픈 곳이 있나?"

사라는 자신도 모르게 고개를 끄덕였다. 하지만 이내 더욱 붉어진 얼굴로 주춤 물러났다. 나머지 부분은 다른 사람에게 보이기 곤란한 곳이었다. 아무리 치료를 위해서라지만 가슴이나 배를 드러낼 수는 없지 않은가.

"괘, 괜찮아요."

"괜찮지 않아 보이는데?"

　무표정한 레이엘의 말에 이번에는 제니아가 질린 얼굴로 나섰다.

　"괜찮다는데 왜 그래? 사람 곤란하게."

　레이엘이 그 말에 잠시 멈칫했다. 그리고 이내 알았다는 듯 고개를 끄덕였다.

　"그럼 이걸 놓고 갈 테니 아픈 곳에 발라라. 아마 한결 나아질 거다. 뼈가 부러진 게 아니라면 말이야."

　사실 사라의 광대뼈에는 금이 가 있었다. 레이엘은 마법을 써서 그것도 말끔히 치료를 했다. 약초즙을 바르면 통증이 완화되고 피부에 난 상처는 나름대로 치료가 될 것이다.

　레이엘이 약초즙이 든 그릇을 내려놓고 밖으로 나가자 제니아가 걱정스런 눈으로 사라를 바라봤다.

　"괜찮아? 내가 발라줄 테니까 옷 벗어봐."

　"아, 아가씨, 자, 잠깐만요."

　사라가 당황하며 손사래를 쳤지만 제니아가 막무가내로 옷을 벗기자 어쩔 수가 없었다. 사라의 옷을 벗긴 제니아의 눈에 놀람과 분노가 어렸다. 만신창이였다. 온몸에 시퍼런 멍이 가득했다. 그리고 몇몇 부분은 피부가 찢어지기까지 했다.

　"이걸 어째."

　제니아는 울컥 눈물이 날 것만 같았다. 자신 때문에 사라가 이렇게 되었다는 게 또 떠올랐다. 제니아는 억지로 눈물을 참으며 정성스럽게 사라의 몸에 난 상처에 약초즙을 발랐다.

"아아."

사라는 신음을 흘렸다. 통증이 사라지고 시원한 느낌이 들며 정말로 기분이 좋아졌다. 사라는 일렁이는 눈으로 자신에게 약을 발라주는 제니아의 모습을 바라봤다.

집 밖으로 나온 레이엘은 고개를 한 번 저었다.

"뭐가 뭔지 모르겠군. 어려워."

레이엘은 고개를 돌려 길잡이가 열심히 작업해 놓은 결과를 바라봤다. 열셋의 기사들이 나란히 누워 있었다. 그리고 길잡이가 그 옆에서 안절부절 못하고 있었다. 바닥에 누운 기사들이 무서운 눈으로 그를 노려봤기 때문이다.

"레, 레이엘!"

길잡이는 레이엘을 발견하자마자 황급히 그에게 달려갔다. 기사들의 눈초리에서 벗어나고 싶었다.

"저, 저기……, 포레인에는……."

"데려다 주지."

"고, 고맙네. 정말로 고마워. 내 이 은혜는 절대 잊지 않겠네."

길잡이는 안도의 한숨을 내쉬며 한쪽으로 비켜섰다. 레이엘이 기사들에게 걸어갔다. 그리고 그 앞에 자리를 잡고 앉았다.

제레인을 비롯한 기사들은 정말로 미칠 지경이었다. 대체 어딜 어떻게 했는지 몸을 움직일 수도, 또 말을 할 수도 없었기 때문이다. 움직일 수만 있다면 눈앞에 있는 놈을 찢어 죽이고 싶은데 그럴 수가 없으니 화만 계속 가슴에 쌓여갔다.

레이엘은 기사들이 자신을 노려보건 말건 그 자리에 가만히 앉아 뭔가를 기다렸다. 잠시 후, 레이엘이 무엇을 기다렸는지 답이 나왔다.

통나무집 문이 빠끔 열리고, 그 안에서 사라와 제니아가 나온 것이다. 사라의 안색은 한결 나아 보였다. 일단 통증이 모두 사라졌으니 훨씬 거동이 편했다.

"약 다 발랐어요."

레이엘이 고개를 끄덕이고는 제니아를 바라봤다.

"네가 결정해라. 죽일 건지, 아니면 살릴 건지."

제니아는 결정할 수 없었다. 그들이 사라를 강간하고 죽이려 했지만 그래도 가문의 기사들이었다. 자신의 손으로 죽일 수는 없었다. 또한 자신이 그 죽음을 결정할 수도 없었다.

"어렵나? 이들을 살렸을 때의 이득, 혹은 죽였을 때의 이득만 생각해."

레이엘의 말에 제니아가 잠시 멍한 눈으로 그를 바라봤다. 아주 명쾌한 답이긴 했지만 어찌 사람이 이해득실만으로 타인의 생사를 결정할 수 있단 말인가.

제니아는 문득 귀족가문들이 일을 결정할 때는 대부분 그렇게 한다는 사실이 떠올랐다. 제니아의 얼굴에 씁쓸한 미소가 그려졌다.

“하아. 모르겠어요. 어떻게 해야 할지.”

제니아가 솔직한 자신의 심정을 말하자, 레이엘이 대수롭지 않다는 듯 고개를 끄덕였다.

“그럼 당사자의 얘기를 들어보든가.”

레이엘은 그렇게 말하며 기사들의 몸 여기저기를 슬쩍슬쩍 만지고 찔렀다. 이내 모든 기사들이 말을 할 수 있게 되었다. 물론 몸은 움직일 수 없었다. 처음 독침에 의해 기절한 두 기사 역시 어느새 다른 기사들과 똑같은 상태가 되었다.

“아가씨! 어찌 망설이십니까! 우리는 카라미스 공작가의 기사들입니다!”

제레인의 외침에 제니아의 표정이 구겨졌다. 가증스러웠다.

“아까 짐승이 되었다고 했던 게 누구였지? 스스로 그런 말을 해놓고 잘도 그따위 얘기가 나오나 보네?”

제니아의 몸에선 어느새 예전의 그 카리스마가 뿜어져 나왔다. 기사들은 움찔 놀라 눈을 크게 떴다. 제니아의 몸에서 흘러나오는 기세는 마치 예전 공작을 보는 듯했다.

“만일 내가 공작가의 정혼에 필요하지 않았다면 나도 사라와 같은 꼴이 되었겠지. 그런데 내가 왜 너희를 살려줘야 하지?”

기사들이 당황해 뭔가를 말하려 할 때, 제레인이 서둘러 외쳤다.

“아가씨께 협조하겠습니다! 정혼이 성사되지 않도록 최선을 다해 돕겠습니다!"

제레인은 이렇게 개죽음을 당하긴 싫었다. 아마 여기서 죽는다면 마수의 밥이 될 것이 뻔했다. 최소한 그렇게 끔찍하게 죽기는 싫었다.

"돕겠다고? 무슨 수로? 이제 고작 열두 명, 아니, 단장까지 열셋밖에 남지 않은 기사단이 무슨 힘으로 날 돕겠다는 거지?"

"할 수 있습니다! 일단 믿어주십시오! 제가 공작님을 설득해서라도 그렇게 만들겠습니다!"

제니아가 쓴웃음을 지었다. 그리고 고개를 저었다.

"난 이제 더 이상 카라미스 공작가의 사람이 아니야. 성을 버리겠어. 그러니 너희도 이제 그만 미련을 버리도록 해."

제니아는 제레인과 대화하며 모든 미련을 깨끗이 끊어 버릴 수 있었다. 만일 그가 계속 말을 하지 못하는 상황이었다면 아직도 망설이고 있었을 게 뻔하다. 하지만 막상 얘기를 들어보니, 이들을 살려둘 마음이 깨끗이 사라져 버렸다.

"무엇보다 난 너를 믿지 못하겠어. 지금까지 내게 한 번도 믿음을 준 적이 없잖아?"

제니아는 그 말과 함께 냉정히 몸을 돌렸다. 제레인이 황급히 제니아를 부르려 했지만 더 이상 입이 움직이지 않았다. 목소리가 나오지도 않았다.

제레인은 당황해서 눈동자를 이리저리 굴렸다. 그의 눈에 무표정한 얼굴에 입꼬리만 살짝 말아올린 레이엘이 보였다.

'이, 이런……!'

제레인은 맹렬히 눈동자로 자신의 의지를 전했다. 살려만 주면 어떤 대가라도 치르겠다고 말이다. 하지만 레이엘은 무심하게 그를 가만히 쳐다봤다.

"내 입장에서도 널 용서하기 힘들 것 같아. 사라를 안 건드렸으면 괜찮았을까?"

레이엘은 그렇게 중얼거리며 고개를 갸웃거렸다. 참으로 생소하면서도 익숙한 감정이었다.

"안 그래도 필요한 마수가 몇 마리 있었는데, 미끼로 써야겠군."

레이엘의 말을 들은 기사들의 얼굴이 창백하게 질렸다. 그들은 절대로 그따위 꼴을 당하고 싶지 않았다. 하지만 아무것도 할 수 없었다. 그들은 공포에 질린 채 그렇게 계속 누워 있었다.

레이엘이 길잡이를 다시 포레인 시에 데려다 준 것은 열흘 후였다. 그동안 레이엘은 카르의 왕에게 얻은 내단을 흡수했다. 그리고 남은 카르들을 정리했다.

카르들은 카르의 왕이 말했던 대로 거의 미쳐 있었기에 수월하게 정리할 수 있었다. 레이엘은 그들을 하늘이 보이는 공터 중 하나에 묻어 주었다.

레이엘은 카르를 정리하며 복잡한 심사도 함께 정리하고 싶었지만 그것은 마음대로 되지 않았다.

"왜 그렇게 멍하니 계세요?"

사라가 레이엘에게 물었다. 그녀는 레이엘이 계속 저렇게 초점 없는 눈으로 다니는 게 마음에 걸렸다.

사람들이 보면 멍청한 사람으로 오해하기 딱 좋은 표정 아닌가. 다른 사람들이 레이엘을 그런 눈으로 쳐다보는 것이 정말로 싫었다.

레이엘의 눈에 초점이 돌아왔다. 레이엘은 고개를 돌려 사라를 물끄러미 쳐다봤다. 사라의 얼굴이 살짝 붉어졌다.

"왜, 왜 그러세요?"

"미칠까봐."

"예?"

사라는 깜짝 놀라 반문했다. 레이엘은 무심한 어조로 다시 말했다.

"내가 미쳐 버릴까봐."

사라는 그 말을 이해할 수 없었다. 그거랑 멍하니 있는 거랑 무슨 상관이란 말인가. 하지만 그녀는 왠지 몸에 소름이 돋았다.

"내가 완전히 미쳐서 몽땅 죽여 버릴까봐."

사라는 몸을 덜덜덜 떨었다. 그리고 새삼스러운 눈으로 레이엘을 바라봤다. 레이엘의 눈에 어느새 초점이 다시 사라졌다.

'그러고 보니…….'

숲에 있을 때는 비교적 이렇게 멍한 시간이 적었다. 물론 그때도 꽤 많은 시간을 저렇게 초점 없는 눈으로 보냈지만, 그래도 지금보다는 훨씬 덜했다.

'혹시 여긴 사람이 많은 곳이라서?'

사라는 질린 눈으로 레이엘을 바라봤다. 그녀의 눈빛은 곧장 안쓰럽게 변했다.

'어떤 심정일까? 자신의 내부에 언제 터질지 모르는 광기의 존재를 알고 있다는 건.'

어쩌면 그건 상상도 할 수 없을 정도로 고통스러울지 모른다. 아마 레이엘은 그래서 혼자 살아가는지도 모른다는 생각이 들었다. 사라의 눈빛이 결연하게 빛났다.

사라가 혼자서 상념에 빠져 있을 때, 레이엘도 초점 없는 눈으로 생각에 잠겨 있었다. 레이엘이 먹은 내단은 정말로 큰 힘을 레이엘에게 주었다. 지금 레이엘의 단전에는 어마어마한 오라가 휘몰아치고 있었다. 아직 채 그것을 모두 다스리지도 못했다.

만일 그렇게 큰 힘을 가지고 미쳐 버린다면 어떤 일이 벌어질까. 정말로 상상할 수조차 없을 정도로 끔찍할 것이다. 수천, 수만의 생명이 스러질 것이고 피가 바다를 이룰 것이다.

레이엘은 고개를 저어 상념을 털어 버렸다. 미치지 않으면 그만이다. 계속 이렇게 스스로를 조절해 감정을 낭비하지 않으면 된다. 감정에 대한 생각을 떠올리자, 자연스럽게 사라에게로 생각이 이어졌다.

사라가 원하는 건 과연 무엇일까? 레이엘의 눈에 초점이 돌아왔다. 그리고 시선이 제니아에게로 향했다. 아마 제니아와 관계되어 있을 것이다. 레이엘은 문득 가벼운 상실감을 맛봤다.

"후우. 이제 어쩔 셈이지?"

레이엘의 말에 제니아와 사라가 동시에 고개를 돌려 그를 바라봤다. 사라는 레이엘이 자신이 아니라 제니아에게 물었다는 걸 깨닫고는 그쪽으로 시선을 돌렸다. 그리고 제니아는 여전히 결정을 내리지 못한 표정으로 고개를 살짝 숙였다.

"아가씨……."

사라의 안타까운 말투에 제니아가 난감한 표정을 지었다.

"사라, 이제 어쩌지? 대체 뭘 어떻게 해야 할지 모르겠어."

사라는 진지한 표정으로 물었다.

"아가씨. 정말로 카라미스라는 성을 버리실 건가요?"

사라의 질문에는 많은 의미가 내포되어 있었다. 그리고 근본적으로 앞으로 가야 할 길을 결정하기 위해 확실히 짚고 넘어가야 하는 중요한 것이었다. 당연히 제니아는 섣부른 대답을 할 수 없었다.

"나는……."

한동안 고민하던 제니아는 결연한 표정으로 입을 열었다.

"돌아가겠어."

"예? 정말이요? 설마 정혼을……."

제니아가 고개를 저었다.

"아니, 이제 더 이상 도망치지 않을 거야. 당당하게 맞서 싸울 거야. 내 공을 정당하게 인정해 달라고 할 거야. 그리고 당당하게 모두의 앞에서 카라미스라는 성을 버리겠어."

사라가 아연한 얼굴로 제니아를 바라봤다. 만일 정말로 그렇게 하면 그 파급은 어마어마할 것이다. 당연히 현 공작이자, 제니아의 배다른 오라비인 세이드가 가만히 있을 리 없다. 남들의 눈이 있기에 공개적으로 뭘 어쩌지는 못하겠지만 뒤로 어떤 수를 쓸지 알 수 없다.

"아가씨, 현 공작 각하는……."

"알아. 보통 사람이 아니지. 나도 당하기만 했었고. 하지만 이제는 더 이상 도망치기 싫어."

사라는 안쓰러움과 대견함, 그리고 부러움이 뒤섞인 복잡 미묘한 표정으로 제니아를 바라봤다. 제니아의 얼굴에서 빛이 나는 것 같았다.

제니아는 고개를 돌려 레이엘을 바라봤다.

"도와줄 거지?"

제니아는 당연히 그가 도와줄 거라 생각했다. 어차피 레이엘은 이제 자신과 한배를 탄 거나 마찬가지였다. 적어도 제니아는 그렇게 생각했다. 하지만 레이엘의 반응은 전혀 그녀의 기대와 달랐다.

"내가 왜?"

제니아가 당황스런 표정을 지었다.

"다, 당연히 도와줘야 하는 거 아냐?"

레이엘의 얼굴에 차가운 기운이 감돌았다.

"당연히? 지금까지 도와줬으니 앞으로도 당연히 도와줘야 한다는 건가? 참으로 간단하면서도 이기적인 논리로군."

제니아는 화등잔만 하게 커진 눈으로 레이엘을 바라봤다. 그녀는 입을 벌린 채 아무런 말도 하지 못했다.

"내가 할 일은 여기까지다. 여기서부터 공작가로 돌아가든, 아니면 여기서 계속 살든 나머지는 알아서 하도록."

레이엘은 그 말을 마지막으로 냉정하게 몸을 돌렸다. 제니아는 멍한 눈으로 그의 뒷모습을 바라보다가 이내 분한 얼굴로 입술을 깨물었다. 정말로 화가 나는 건, 레이엘의 말에 한마디도 반박을 할 수 없다는 사실이었다.

"아가씨……."

사라가 걱정스런 눈으로 제니아를 바라봤다. 제니아는 억지로 미소를 지으며 사라에게 고개를 돌렸다.

"걱정하지 마. 나 혼자서도 충분히 할 수 있어. 일단 오늘은 좀 쉬자."

제니아는 씩씩한 걸음으로 여관을 찾아 움직였다. 사라는

여전히 걱정이 서린 눈으로 사라의 뒷모습을 바라보다가 이내
조용히 그 뒤를 따랐다.

　여관 침대에 누운 제니아는 잠을 이룰 수 없었다. 오늘 레이
엘이 한 말이 계속 머릿속에 맴돌았다. 레이엘의 거절은 그녀
의 심장을 아프게 찔렀다. 그리고 그가 했던 모든 말은 그녀를
사정없이 발가벗겼다.
　'결국 난 그 정도밖에 안 되는 사람이었던 거야.'
　타인의 도움을 당연하다고 여겼다. 사라는 언제나 그녀를
위해 살아왔다. 제니아는 그것을 너무도 자연스럽게 받아들였
다. 정작 사라가 어떤 마음으로 그런 행동을 했는지 생각해 본
적은 한 번도 없었다.
　레이엘의 경우도 마찬가지다. 그녀가 공작가로 돌아가 당당
하게 공작을 마주하겠다는 계획을 세운 건 레이엘의 도움을
토대로 한 것이었다.
　레이엘이 당연히 자신에게 힘을 빌려줄 거라고 생각했다.
아니, 그에 대해 의식조차 해본 적이 없었다. 그건 자신이 그
의 도움을 숨 쉬는 것과 마찬가지로 여겼다는 뜻이다.
　제니아는 한숨을 내쉬며 자리에서 일어났다. 레이엘의 말이
옳다. 자신은 이기적이었다. 또한 무능했다. 이렇게 홀로 내쳐
지고 나니 스스로가 얼마나 초라한지 너무나 확연하게 보였
다.

제니아는 창가로 걸어갔다. 그녀의 얼굴은 창백했다. 창가
에 서서 밖을 내다보니 달이 보였다. 달빛이 세상에 내려앉은
모습은 아름다웠다. 달을 바라보는 제니아의 눈에 광채가 흘
렀다. 그녀의 표정에는 더 이상 망설임이 없었다.

제니아는 주섬주섬 옷을 챙겨 입었다. 그리고 작은 종이에
간단히 편지를 썼다. 사라는 깊은 잠에 빠져 있었다. 오늘 제
니아를 달래느라 심력을 많이 소모해서 피곤한 모양이었다.

제니아는 사라를 바라보며 부드럽게 웃었다. 그리고 진심을
담아 말했다.

“고마워. 사라.”

제니아는 사라의 머리맡에 편지를 살며시 내려놓았다. 그리
고 그 위에 작은 주머니 하나를 올렸다. 그 주머니에는 보석
몇 개와 금화 몇 개가 들어 있었다. 이 정도라면 충분히 이곳
에서 자리를 잡을 수 있을 것이다.

“후우. 그럼 가볼까?”

제니아는 결연한 표정으로 몸을 돌렸다. 그리고 조용히 방
에서 빠져 나갔다. 사라는 여전히 아무것도 모른 채 잠에 빠져
있었다.

여관을 빠져 나간 제니아는 일단 레이엘을 찾아갔다. 레이
엘을 찾는 건 어렵지 않았다. 레이엘이 ‘호수의 품’ 이라는 술
집에 있다는 걸 벌써 알고 있었다.

여관에 들어가기 전, 여관 바로 앞에 있는 그 술집에 레이엘이 들어가는 걸 확인했다. 그리고 사라가 직접 술집 안에 들어가 다시 한 번 레이엘에게 도움을 청했다.

하지만 보기 좋게 거절당했다. 사라가 얻은 소득은 오늘 레이엘이 그곳에서 밤새 술을 마실 거라는 사실을 알아낸 것뿐이었다.

제니아는 일단 술집으로 들어갔다. 포레인은 용병의 도시라고도 불린다. 당연히 술집에는 온통 용병투성이였다. 그리고 일반적으로 용병은 대부분 남자다.

제니아 같은 미인이 술집에 들어서자, 술집 모든 남자들의 시선이 화살처럼 꽂혔다. 제니아는 공연히 얼굴이 붉어졌다. 그녀는 서둘러 레이엘을 찾았다.

그렇지 않으면 모든 남자들이 짐승처럼 달려들 것만 같아 불안했다. 얼마 전 제레인과 드레이크 기사단의 광기와 욕망을 목격한 덕분에 남자들에 대한 선입견이 생겨 버린 것이다. 아니, 그 이전에 자브리안 백작가의 장남인 페릴 자브리안에게 강간을 당할 뻔했을 때부터 이미 생긴 선입견이었다.

다행히 레이엘은 쉽게 찾을 수 있었다. 레이엘은 바에 앉아 있었다. 제니아는 서둘러 레이엘에게 다가갔다. 레이엘이 천천히 고개를 돌려 제니아를 바라봤다.

레이엘 앞에 도착한 제니아는 당당한 표정으로 말했다.

"시간 좀 내주세요."

레이엘의 눈에 살짝 이채가 감돌았다. 제니아의 말투가 바뀌었다. 제니아는 그동안 당연하다는 듯 반말을 써왔다. 한데 지금은 그렇지 않았다. 그녀의 안에서 뭔가가 변했다는 뜻이리라.

"말해 봐."

제니아가 고개를 저었다.

"조용한 곳에서 둘이서만 얘기해요."

만일 다른 남자에게라면 이런 말을 절대 못했을 것이다. 조용한 곳에서 무슨 일을 당할지 알 수 없지 않은가. 게다가 남자들에 대해 불건전한 선입견이 있기 때문에 더더욱 남자와 단둘인 상황을 기피할 수밖에 없었다. 하지만 레이엘에게는 그런 마음이 전혀 들지 않았다.

'생각해 보니 조금 신기하네.'

제니아는 속으로 그렇게 생각하며 레이엘을 똑바로 바라봤다. 그녀의 빛나는 눈을 가만히 들여다보던 레이엘은 이내 고개를 끄덕였다.

"어렵지 않지."

레이엘이 자리에서 일어나자, 술집에 있던 모든 용병들이 호기심 가득한 눈으로 두 사람을 바라봤다. 그들의 시선은 약간 음흉했다. 그들이 보기에 아름다운 여인이 레이엘을 유혹하는 것 같았기 때문이다.

제니아는 용병들의 불쾌한 시선을 억지로 외면하며 레이엘의 뒤를 따라 술집 밖으로 나갔다.

레이엘은 제니아를 성벽 근처의 으슥한 곳으로 데려갔다. 그곳은 인적이 전혀 없는 곳이었다.

레이엘이 걸음을 멈추고 돌아서자, 제니아는 긴장을 풀기 위해 깊게 심호흡을 했다. 그리고 레이엘을 똑바로 바라보며 입을 열었다.

"오늘 밤에 떠날 거예요."

레이엘의 눈빛은 무심했다. 제니아는 이미 예상했다는 듯 아무렇지도 않은 표정으로 말을 이었다.

"사라는 남을 거예요. 부탁드려요."

그제야 레이엘의 눈빛이 살짝 변했다. 그리고 그 말을 듣고서야 제니아의 눈빛을 좀 더 제대로 볼 수 있었다. 달빛 한 점 들지 않는 어두운 곳이었는데도 그녀의 눈에서는 광채가 흘렀다.

"혼자 가서 뭘 어쩔 셈이지?"

"아까 말씀드렸잖아요. 그대로 할 거예요. 당당히 맞서겠어요. 제 권리를 찾을 거예요."

레이엘은 순간 제니아가 온통 빛에 휩싸인 것처럼 느껴졌다. 각오를 다지고, 목표를 향해 똑바로 달려가는, 또 그것을 위해 모든 걸 과감히 던지는 여인의 모습은 몸서리치게 아름다웠다.

'눈부시군.'

너무나 눈이 부셨다. 그리고 제니아의 모습에 사라가 겹쳐 보였다. 사라 또한 눈부신 여인이었다, 그녀는 맑고 순수했다. 제니아와는 다르지만, 그녀 역시 몸서리치게 아름다웠다.

순수함도, 또 올곧은 목표도, 레이엘에게는 없는 것이었다. 레이엘이 자신에게 없는 걸 가진 두 여인을 아름답게 느끼는 건 어쩌면 너무나 당연한 일인지도 몰랐다.

레이엘은 품에서 뭔가를 꺼냈다. 볼품없는 보석이 매달린 목걸이였다. 제니아는 의아한 눈으로 그것을 쳐다봤다.

"그게 뭔가요?"

"그걸 차고 있으면 한 번쯤 목숨을 구해 줄지도 모르지."

레이엘은 그 말을 남기고 돌아섰다. 제니아는 멍한 눈으로 레이엘의 넓은 등을 바라봤다. 사실 이렇게 따로 만난 건, 자신의 결심을 레이엘에게 말할 때, 근처에 다른 사람이 있으면 부끄러울 것 같아서였다. 하지만 혹시 레이엘이 뭔가 작은 도움을 줄지도 모른다는 생각이 아예 없다고 하면 거짓말이었다.

'그렇지만, 이건……'

비록 볼품없는 목걸이였지만 뭔가 기이한 느낌이 들었다. 제니아는 지금 목에 걸려 있는 목걸이를 빼고 레이엘의 목걸이를 걸었다.

"아……!"

목걸이를 목에 건 순간, 청량한 느낌이 목걸이를 중심으로

온몸에 스며들었다. 정신이 맑아졌고, 왠지 힘이 나는 것 같았
다.

제니아는 새삼스러운 눈으로 한동안 레이엘이 사라진 방향
을 바라봤다. 그리고 이내 몸을 돌려 포레인 시를 벗어났다.
아침에 떠나면 혹시 사라에게 들킬 수도 있었다.

'앞으로는 네 행복을 위해서 살아.'

제니아는 속으로 그렇게 중얼거리며 빙긋 웃었다. 그 말은
사라에게 남긴 편지에도 써 놓았다. 제니아는 나중에 혹시라
도 사라를 만났을 때, 그녀가 행복한 미소를 지었으면 좋겠다
고 생각했다.

어느새 포레인 시를 벗어난 제니아가 이내 어둠에 스며들었
다.

레이엘은 아침이 밝아올 때까지 '호수의 품' 을 떠나지 않았
다. 술을 마신 것은 아니었다. 멍하니 앉아 끊임없이 고민하고
생각했다.

"레이엘, 벌써 날이 밝았네. 이제 자네도 슬슬 잠을 자 둬야
하는 거 아닌가?"

레이엘은 고개를 돌려 마침 활짝 열어 놓은 문을 바라봤다.
문을 통해서 밝은 빛이 쏟아져 들어오고 있었다. 눈이 부셨다.
마치 어젯밤에 봤던 제니아의 모습 같았다. 그리고 사라 같았
다.

밝은 빛 사이로 검은 실루엣이 비쳤다. 레이엘의 눈이 살짝 커졌다. 그 실루엣은 똑바로 레이엘을 향해 달려오고 있었다.

"레이엘!"

사라였다. 레이엘은 고개를 끄덕이며 자리에서 일어났다. 드디어 시간이 되었다.

"레이엘, 도와줘요. 부탁이에요. 아가씨가, 아가씨가……."

사라의 손에는 주머니 하나와 편지 하나가 들려 있었다. 레이엘은 사라의 손에서 편지를 빼앗듯 받아 단숨에 그것을 읽었다.

그리고 고개를 끄덕였다. 편지에는 어젯밤의 제니아라면 당연히 그렇게 했을 법한 말들이 간단하게 쓰여 있었다.

레이엘은 아무 말도 없이 걸음을 옮겼다. 사라는 안절부절못하는 표정으로 그 뒤를 따랐다. 레이엘은 그렇게 걸어 도시를 나갔다. 그리고 숲으로 향했다.

사라의 눈에 실망이 어렸다. 사라는 레이엘이 도시를 나가 숲으로 방향을 정한 순간부터 걸음을 멈췄다. 더 이상은 같이 갈 수 없었다.

사라는 가만히 서서 레이엘의 뒷모습을 바라봤다. 처음에는 실망감과 안타까운 감정이 들었지만, 조금 지나니 그 감정들은 안쓰러움으로 바뀌었다.

"혼자서 살면 외로울 텐데……."

레이엘이 왜 숲에서 혼자 사는지 알 수는 없었다. 하지만 분명히 뭔가 이유가 있었다.

"하아. 서두르지 않으면 안 되겠네. 대체 언제 가신 거지?"

사라는 갑자기 서운한 기분이 들었다. 마치 버림받은 것 같았다. 사라는 문득 고개를 돌려 레이엘이 떠나간 방향을 바라봤다. 어쩌면 레이엘도 자신에게 그런 기분이 들지도 모른다는 생각이 들었다. 그녀의 눈빛에 더욱 짙은 안쓰러움이 새겨졌다.

제7화 길을 찾아서
Ray-El

레이엘은 곧장 집으로 향했다. 도시를 나서자마자 사라가 따라오지 않는다는 걸 알았지만, 굳이 관여하지 않았다. 모든 건 그녀의 선택이었다. 그리고 지금 자신도 선택의 기로에 서 있었다.

집에 도착한 레이엘은 아련한 눈으로 사방을 둘러봤다. 이곳에 자리를 잡은 지 참 오래되었다. 레이엘은 집으로 들어가 몇 가지 물건을 챙겼다. 그리고 밖으로 나와 손을 휘저었다.

레이엘의 손에서 작은 불꽃이 튀어나왔다. 반딧불이만 한 불꽃은 하늘로 올라가더니 분신을 툭툭 만들어냈다. 그렇게 만들어진 작은 불꽃들이 사방으로 흩어져 곳곳에 떨어졌다.

마치 불꽃놀이 같았다.

화르륵!

모든 것이 불타올랐다. 통나무집도, 그 옆에 있는 대장간도, 그리고 공터를 가득 메운 잡초들도.

불길은 몇 시간이나 쉬지 않고 타올랐다. 그리고 레이엘이 오랫동안 만든 모든 흔적을 먹어치웠다. 그렇게 모든 걸 삼킨 불길은 마치 거짓말처럼 사라졌다.

잠시 후, 거대개미가 그곳에 나타났다. 지금까지는 레이엘이 심어 놓은 잡초 때문에 영역에 포함되어 있으면서도 오지 않던 곳이었지만 잡초가 사라진 즉시 십여 마리의 거대개미가 이곳을 휩쓸었다.

그렇게 레이엘이 숲을 떠나갔다.

제니아는 상당히 서둘렀다. 사라가 분명히 쫓아올 거라고 예상했기에, 그보다 훨씬 빠르게 이동해야 사라에게 피해를 주지 않을 거라 생각했다.

공작가에서 자신이 무슨 일을 당하든, 사라에게는 피해가 가지 않게 하고 싶었다.

"후우. 그 사람이 사라를 잡아주면 정말 고맙겠는데……."

제니아가 굳이 레이엘을 찾아가 자신이 떠난다는 말을 전한 것은 사라가 걱정됐기 때문이다. 사라를 바라보는 레이엘의 눈빛을 보면 알 수 있었다. 레이엘이 사라를 특별하게 여기고 있다는 것을 말이다.

제니아는 위험 속으로 달려가는 중이었다. 그녀의 예상이 맞다면 레이엘은 사라가 위험에 뛰어드는 걸 결코 그냥 방치하지 않을 것이다.

제니아는 그것을 간절히 빌었다.

제니아는 걸음을 멈추고 저 멀리 하늘을 가릴 듯 솟아 있는 산들을 바라봤다. 크롬 왕국에서 가장 큰 산맥이자, 대륙에서 가장 험준한 산맥인 구름산맥이었다.

구름산맥은 산맥 정상이 항상 구름에 싸여 있었다. 구름산맥을 형성하는 산은 모두 험준하기 이를 데 없었으며, 곳곳에서 위험한 몬스터들이 나타난다.

산맥을 넘는 건 절대 쉬운 일이 아니지만, 일단 넘을 수만 있다면 길을 대폭 단축시킬 수 있었다.

산맥이 워낙 험했기 때문에 산맥을 통과하는 길은 아예 없다시피 했다. 상단이나 용병들이 개발한 길이 있긴 하지만 그나마도 쉽지 않았다.

만일 그 길을 이용한다면 카라미스 공작가의 영지까지 7일 이내에 도착할 수 있었다. 하지만 그렇게 하지 않고 산맥을 돌아서 간다면 한 달 이상 강행군을 해야만 했다.

사라가 언제 쫓아올지 모르는 제니아는 산맥을 넘기로 결정했다. 제니아는 일단 산맥 아래에 위치한 가넷 영지로 향했다. 가넷 영지의 가넷 시에서 활동하는 상단과 용병들이 가끔 산맥을 넘는다는 얘기를 들었기 때문이다.

제니아는 과연 어떻게 그들과 합류할지 고민하며 걸음을 옮겼다.

“아가씨가 과연 어느 길로 가셨을까요?”

사라는 가넷 시에서 나름대로 조사를 했지만 제니아에 대한 것은 알아낼 수 없었다. 워낙 많은 사람들이 오가는 도시이기도 했지만 구름산맥을 넘는 상단인 가넷상단에 대해서 이런저런 얘기를 하는 건 금기시되었기 때문이다.

“만일 너라면 어떻게 할지 생각해 봐라.”

사라는 레이엘을 힐끗 쳐다본 후 다시 고민에 빠졌다. 사라와 레이엘이 다시 만난 것은 사라가 포레인 시를 떠난 지 채 하루가 지나지 않았을 때였다.

당시 자신을 쫓아온 레이엘을 보고서 눈물까지 한바탕 쏟아냈다. 레이엘은 여러 가지로 도움이 되는 사람이었다. 숲의 길잡이뿐 아니라 여행에도 도가 튼 사람 같았다.

사라는 배낭을 한 번 추스른 후, 고개를 끄덕였다.

“저라면 산맥을 넘겠어요. 조금이라도 빨리 공작가에 도착해서 일을 해결하고 싶을 테니까요.”

“정답이다.”

레이엘은 그렇게 말한 후, 산맥 쪽으로 걸어갔다. 사라는 그 모습을 보고 크게 당황했다.

"자, 잠깐만요!"

레이엘이 걸음을 멈추고 돌아서자, 사라가 다급히 말했다.

"그냥 가실 건가요? 산맥을 넘는 용병이나 상단을 찾아 함께 가야 하지 않아요?"

"급한 거 아니었나?"

"그건 그렇지만……."

급하긴 하지만 산맥에 있는 정확한 길을 모른다면 자칫 길이 어긋날 수도 있지 않은가. 또한 제대로 된 길로 가지 않으면 산맥 안에서 길을 잃을 수도 있었다.

"길은 내가 대충 알고 있으니 따라와라."

사라의 눈이 살짝 커졌다. 자신이 알기로 레이엘은 포레인 시와 마수의 숲을 벗어난 적이 없었다. 한데 어떻게 산맥의 길을 안단 말인가.

사라의 걱정을 아는지 모르는지 레이엘은 거침없이 걸어갔다. 가넷 시에서 구름산맥까지는 10킬로쯤 떨어져 있었다. 그리고 산맥과 도시 사이에는 산맥에서 내려온 몬스터들이 자리를 잡고 상단을 습격하거나 도시를 공격하곤 했다.

하지만 사라는 산맥에 도착할 때까지 몬스터 그림자도 볼 수 없었다. 웅장한 산맥을 눈앞에 둔 사라는 새삼스러운 눈으로 레이엘을 바라봤다.

"대체 어떻게 한 거죠?"

"뭘?"

"몬스터요. 어떻게 여기까지 10킬로미터나 오면서 한 번도 몬스터를 못 볼 수 있는 거죠?"

레이엘이 무심한 눈으로 사라를 쳐다봤다. 사라는 레이엘의 눈빛에 움찔 몸을 떨었다.

"길이 숲에만 있을 거라고 생각하나?"

"예? 그, 그게 무슨……."

"이곳의 몬스터는 숲의 마수에 비하면 어린애나 다름없다."

사라는 여전히 이해할 수 없었다. 하지만 더 물을 수 없었다. 레이엘이 산을 오르기 시작한 것이다.

"가, 같이 가요!"

사라는 서둘러 레이엘의 뒤를 따랐다. 구름산맥에서 불어오는 차가운 바람이 그녀의 온몸을 훑고 지나갔다. 갑자기 몸에 오한이 들었다.

사라는 몸을 한 번 부르르 떨고는 다시 레이엘 옆에 따라붙었다.

"이제 어쩌실 거예요?"

레이엘은 대답하지 않았다. 그리고 나무가 빽빽하고 경사가 지나치게 가팔라서 오르기 힘들어 보이는 쪽으로 걸어갔다.

"자, 잠깐만요! 설마 그쪽으로 올라가시려고요?"

레이엘이 무심한 눈으로 사라를 돌아봤다.

"왜? 싫은가?"

"제가 그런 곳을 오를 수 있을 리 없잖아요. 전 그냥 보통 여자일 뿐이에요.”

레이엘의 눈빛에 살짝 따스한 기운이 감돌았다.

“걱정하지 말고 따라와라.”

레이엘이 그렇게 말하고 걸어가자, 사라는 한숨을 내쉬며 그 뒤를 따랐다. 어쨌든 함께하기로 한 시점부터 자신의 의지대로 할 수 있는 일이 대폭 줄어들었다.

“내가 보기에 제니아와 우리는 하루 거리에 있다.”

“하루요?”

“그 거리를 단번에 좁힐 방법이 있다.”

“그 방법이…….”

사라는 절벽에 가까운 길을 올려다봤다. 가파른 길에 나무와 바위가 군데군데 있어서 목숨을 걸면 올라갈 수도 있을 것 같았다.

‘여기를 오르면 단숨에 따라잡을 수 있단 말이지?’

사라의 얼굴에 결연한 표정이 떠올랐다. 그녀는 레이엘보다 먼저 올랐다. 우선 근처에 있는 나무를 잡고 한 발 위로 올라갔다.

상당히 힘들었지만, 한 발을 오를 수 있었다. 그렇게 한 발 더 오르려는 찰나, 그녀의 몸이 자의와는 전혀 상관없이 나무에서 떨어져 나왔다.

“꺄악! 뭐, 뭐예요! 놔줘요!”

사라는 레이엘의 옆구리에 매달린 채 발버둥쳤다. 하지만 레이엘은 꿈쩍도 하지 않았다.

"발버둥은 마음대로 쳐라. 어차피 떨어지면 너만 손해니까."

레이엘은 그 말과 함께 몸을 훌쩍 날렸다. 레이엘은 단숨에 십여 미터나 솟구쳤다.

"꺄아아악!"

사라는 너무 놀라 비명을 질렀다. 하지만 발버둥치는 건 그만뒀다. 그렇게 놀란 와중에도 레이엘이 한 말이 머릿속을 맴돌았다.

사라는 이를 악물고 두려움을 참았다. 레이엘의 말대로 어차피 떨어지면 자신만 손해였다.

레이엘은 살짝 튀어나온 바위에 가볍게 발을 디뎠다. 그리고 또 솟구쳤다. 그리고 이번에는 나무를 박찼다.

그렇게 나무와 바위를 이용해 쭉쭉 올라가니, 순식간에 정상에 도착할 수 있었다.

정상에 도착한 레이엘은 사라를 살짝 내려놓았다. 사라는 얼떨떨한 얼굴로 레이엘과 자신이 올라온 가파른 절벽을 번갈아 쳐다봤다.

"대, 대체 어떻게……."

산의 높이는 천 미터는 가볍게 넘을 정도로 높았다. 그런데 올라오는 데 걸린 시간은 상당히 짧았다. 채 5분도 걸리지 않은 듯했다. 사라는 질린 눈으로 레이엘을 바라봤다.

‘5분 정도를 쉬지도 않고 점프해서 올라왔는데 저렇게 편안한 얼굴이라니.’

표정은 물론이고 숨소리조차 평소와 다를 바 없었다. 정말로 놀라웠다.

“이, 이젠 어쩌죠?”

사라는 어느새 몬스터에 대한 걱정은 하지 않았다. 구름산맥에 들어와서 몬스터 걱정을 하지 않는다고 하면 모두 미쳤다고 입을 모을 것이다.

“이젠 이쪽으로 내려가야지.”

사라는 레이엘이 손가락으로 가리키는 곳을 보며 기겁했다. 그곳은 올라온 곳보다 더 가파른 절벽이었다. 게다가 발을 디딜 만한 곳도 거의 없었다. 나무도 없었고, 튀어나온 바위도 보이지 않았다.

“이, 이렇게 밋밋한 절벽을 내려간다고요? 어, 어떻게요?”

사라는 순간 레이엘이 씨익 웃는 것 같은 기분이 들었다. 실제로 표정이 변한 건 아니었는데, 분명히 그런 분위기가 풍겼다. 그리고 그녀는 다시 레이엘의 옆구리에 매달렸다.

“자, 잠깐만요! 마, 마음의 준비가 필요해요! 꺄아악!”

사라는 머리카락이 마구 휘날리는 것을 느끼며 정신이 아득해졌다. 레이엘이 단숨에 절벽을 뛰어내린 것이다.

확실히 내려갈 때는 올라갈 때보다 빨랐다. 사라는 용케 정신을 잃지 않았다. 그저 눈을 질끈 감았을 뿐이다. 사라는 한

참 시간이 지난 후, 슬며시 눈을 떴다. 그리고 다시 감지 못했다. 그녀의 눈이 찢어질 듯 커졌다.

바닥이 갑자기 확 다가왔다. 땅에 떨어지기 일보직전이었다.

"꺄아아아아악!"

사라는 목이 찢어져라 비명을 질렀다. 그 순간, 레이엘이 뭔가를 아래로 휙 던졌다.

화아악!

강렬한 빛이 솟아올랐다. 그 빛은 바닥에서 시작되어 곧장 위로 뻗어나갔는데, 순식간에 레이엘과 사라를 감쌌다.

"꺄아아……?"

사라의 비명이 점차 줄어들었다. 그녀의 눈은 또다시 경악으로 화등잔만 해졌다. 낙하 속도가 갑자기 확연히 줄어들었다. 마치 허공에 멈춘 것과 비슷했다. 그렇게 둥실 떠서 땅에 가볍게 착지한 레이엘은 사라를 곱게 내려 주었다.

사라는 붉어진 얼굴로 고개를 푹 숙였다. 생각해 보니 자신이 비명을 지른 것은 레이엘을 믿지 못한다는 의미가 들어 있었다. 그래서 레이엘에게 미안해졌다.

"시, 시끄러웠죠? 죄, 죄송해요."

사라는 기어들어가는 목소리로 그렇게 말했다. 그리고 조심스럽게 레이엘의 표정을 살폈다. 레이엘의 얼굴에 한 줄기 미소가 감돌았다. 사라의 눈이 살짝 커졌다.

‘이렇게 부드러운 미소를 지을 줄 아는 사람이었구나.’

사라는 잠시 멍하니 레이엘의 얼굴을 바라봤다. 어느새 미소는 사라졌지만, 그래도 마치 얼굴에 미소의 잔상이 남아 있는 듯했다.

레이엘은 따라오라는 듯 앞장서서 걸어갔다. 그리고 사라는 여전히 멍한 눈으로 그 뒤를 따랐다. 조금 걸어가자, 소리가 들려오기 시작했다.

수많은 사람들이 내는 소리가 분명했다. 문득 정신을 차린 사라는 주위를 둘러보고 하늘을 쳐다봤다. 어느새 날이 조금씩 어두워지고 있었다.

구름산맥은 넘는 것 자체가 쉬운 일이 아니었다. 적어도 산맥 안에서 이틀은 노숙을 해야만 했다. 그리고 밤이 되면 산맥은 정말로 무서운 곳으로 변한다.

"잘 준비를 하는 모양이네요."

사라의 말에 레이엘이 고개를 한 번 끄덕이고는 돌아서서 사라를 바라봤다.

"이제 어떻게 할 거지?"

"예? 어, 어떻게 하다니요?"

사라는 갑자기 익숙하지 않은 일을 떠맡은 것 같아 당황했다. 그도 그럴 것이 지금까지 모든 결정은 레이엘이 했다. 한데 갑자기 자신보고 뭔가를 결정하라고 하니 당황할 수밖에 없었다.

"지금 합류할 건지, 아니면 더 지켜볼 건지를 결정해라."

사라는 그제야 심각한 표정을 지었다. 확실히 그건 신중하게 접근해야만 한다. 입장을 바꿔 놓고 자신이 상단이라면, 이런 산중에서 갑자기 접근하는 사람들을 반길 리 없었다.

"일단 들키지 않게 살짝 살펴봤으면 좋겠는데, 가능할까요?"

레이엘은 가볍게 고개를 끄덕인 후, 움직였다. 사라는 또 놀라야만 했다. 레이엘의 모습이 마치 안개처럼 흩어지며 사라졌기 때문이다. 눈앞에서 그렇게 사람이 사라지는 광경은 마치 유령을 보는 듯했다.

"정말……, 앞으로 얼마나 더 놀라야 하는 건지……."

사라는 가볍게 한숨을 쉬며 근처의 돌 위에 주저앉았다. 그리고 차분히 명상을 시작했다. 이런 잠깐의 시간도 놓치기 싫었다. 자신은 앞으로 훨씬 더 강해져야만 했다.

잠시 후, 레이엘이 다시 나타났다. 사라는 약간 아쉬운 표정으로 눈을 떴다.

"어떻던가요?"

"그럭저럭 잘 지내고 있더군. 솔직히 말하면 도와줄 필요도 없어 보인다."

"그래요? 정말 다행이네요."

사라가 밝게 웃었다. 하지만 레이엘은 모든 걸 말해 주지는 않았다. 겉으로 보기에는 그렇지만 실제로 안을 조금만 들춰

보면 절대 그렇지 않았다.

현재 구름산맥을 넘는 가넷상단의 책임자는 상단주의 둘째 아들인 케이지 가넷이었다. 사실 그는 제니아를 받아들일 마음이 없었다.

제니아의 몸에 흐르는 기품 때문이었다. 그것은 갖고 싶다고 해서 쉽게 가질 수 있는 것이 아니었다. 필시 보통 사람이 아닌 것이 분명했다.

그런 사람이 혼자 험난한 산맥을 넘겠다고 하니 뭔가 어려운 처지에 빠진 것이 틀림없었다. 그 어려운 처지가 무엇인지는 모른다. 하지만 자칫 잘못하면 제니아를 받아들여 함께 산맥을 넘었다는 이유만으로도 가넷상단은 구렁텅이에 빠질 수 있었다.

하지만 그는 결국 받아들였다. 그의 동생이자, 상단주가 아끼는 아들인 켄트 때문이었다. 켄트 역시 단번에 제니아가 보통 사람이 아니라는 것을 알아봤다. 그러나 문제는 그녀의 미모에 눈이 돌아갔다는 점이었다.

켄트는 케이지의 의견은 묻지도 않고 덥석 제니아를 받아들였다. 그리고 자신의 호위병들로 하여금 그녀를 철저히 지키도록 했다.

케이지는 그런 켄트의 행동에 눈살을 찌푸렸지만 굳이 제니아를 다시 돌려보내지는 않았다. 그가 우려했던 일은 정말로 만에 하나 있을지도 모르는 상황이었고, 그런 상황이 일어날 확률은 거의 없었다.

레이엘은 잠시 상단을 살펴본 것만으로 그 상황을 정확히 유추해냈다. 켄트가 계속 제니아에게 치근대는 것과 그 광경을 케이지가 못마땅하게 보는 것만 확인해도 충분히 알 수 있는 일이었다.

그리고 레이엘은 켄트의 눈에 어린 욕정을 발견했다. 켄트는 인내심이 상당히 부족해 보였다. 아마 조금 더 제니아의 마음을 얻으려 시도하다가 뜻대로 안 되면 힘을 쓸지도 모른다.

이런 깊은 산중에서 당하면 제니아로서는 손 쓸 도리가 없다. 한밤중에 도망가면 몬스터에게 죽을 확률이 높았다. 아니, 분명히 그렇게 될 것이다. 그녀는 지금 죽을 수 없다. 그러니 도망도 제대로 못 치지 않겠는가.

여러모로 제니아에게는 좋지 않은 상황이었다. 케이지는 그나마 조금 제대로 된 사람으로 보였지만, 켄트가 일을 벌이면 그를 결코 말리지 않을 것이다. 아마 나중에 뒤로 죽여서 입을 막을 확률이 더 높았다. 레이엘이 판단한 케이지는 냉정한 사람이었다.

그런 복잡한 상황을 굳이 사라에게 말해 줄 필요는 없었다. 만일 얘기해 준다면 사라는 억지로라도 상단에 합류하려 할 것이다. 그렇게 되면 오히려 상황이 더 곤란해진다.

"일단 저쪽으로 가서 우리도 노숙을 준비한다. 오늘은 자면서 어떻게 할지 더 생각해 봐."

레이엘의 말에 사라가 웃으며 고개를 끄덕였다. 일단 제니아에게 아무 일도 없다고 하니 점점 기분이 좋아졌다. 갑자기 걱정이 모두 사라져 버린 것이다.

레이엘은 그런 사라의 모습을 보며 가볍게 한숨을 내쉬었다. 정말 바보 같을 정도로 제니아만 생각하는 여자였다. 조금쯤은 스스로를 생각해도 좋을 텐데 말이다.

노숙을 준비하는 레이엘의 솜씨는 상당히 뛰어났다. 사라는 거의 할 일이 없었다. 레이엘이 알아서 불을 비롯한 모든 걸 준비했다.

사라가 한 일이라고는 자리를 잡고 앉아 레이엘이 주는 맛있고 따뜻한 스프와 입에서 살살 녹는 고기구이를 먹고, 잠들기 전까지 명상을 하며 마법 수련을 한 것이 전부였다.

그리고 레이엘은 끈질기게 사라가 잠들기만을 기다렸다.

얼마나 시간이 지났을까. 이내 사라가 꾸벅꾸벅 졸기 시작했다. 레이엘은 편안한 잠자리를 만들고 그 위에 사라를 눕혔다. 그리고 몇 가지 방법을 써서 사라가 더욱 깊이 잠들도록 조치를 취했다. 근처에 결계를 만들어 잡스러운 몬스터들을 막는 것도 잊지 않았다.

그렇게 모든 준비를 끝낸 레이엘이 은밀히 움직였다. 레이엘의 움직임은 어둠에 녹아든 바람 같았다. 레이엘은 그렇게 조용히 가넷상단이 자리를 잡은 곳으로 향했다.

　제니아는 지금 이 상황이 너무나 불쾌했다. 이렇게 따로 신경을 써서 천막을 세워준 것은 고마운 일이었다. 하지만 자신은 여자였다. 한 천막 안에서 다른 남자들과 함께 자라니, 차라리 밖에서 이슬을 맞으며 자는 것이 훨씬 나았다.

　‘게다가 저 느끼한 눈빛.’

　같이 잠을 자려는 사람이 다른 사람도 아니고 계속 자신에게 치근대던 켄트였으니 의심스러운 마음이 드는 건 당연했다. 그나마 켄트가 그녀를 지키기 위해 붙여둔 호위병들도 함께 있었으니 낫긴 했지만 그래도 너무나 불쾌했다.

　“하아. 아무래도 안 되겠어요. 전 나가서 자는 게 낫겠네요.”

　결국 제니아는 이 안에서 자는 걸 포기했다. 편안한 침대를 포기하는 게 쉽지는 않았지만 그래도 무슨 일을 당하는 것보다는 나았다. 지금 이 안에 있는 남자들의 눈빛이 꽤 위험해 보였다.

　“그게 무슨 말이오? 이렇게 안락한 침대를 두고 밖에서 찬 이슬을 맞으며 자겠다니.”

　“아무래도 남자들과 함께 자는 건 거북해서요.”

　“하하하. 밖에는 남자들이 없소? 마찬가지인데 굳이 안과 밖을 나눌 필요 있소? 그냥 좀 더 편한 잠자리에서 잔다고 생각하시오.”

　켄트의 목소리에 끈적끈적한 욕정이 묻어났다. 제니아는 그것이 너무나 불쾌했기에 단호히 고개를 저었다.

"아니오. 호의는 감사합니다. 하지만 전 밖이 더 편해요."

제니아가 밖으로 나가려 하자, 호위병 중 두 명이 움직여 입구를 막고 섰다. 제니아의 눈에 노골적인 불쾌감이 드러났다.

"이게 무슨 짓이죠?"

켄트가 한숨과 함께 고개를 저었다.

"후우. 이거 너무 도도하시군. 조금쯤은 흔들리는 맛이라도 있어야 내가 좀 더 안달을 하지. 안 그래?"

켄트의 말투가 상당히 무례해졌지만 제니아는 그런 사소한 것에 신경을 쓸 겨를이 없었다. 어느새 그녀 주위로 남은 호위병 다섯이 다가왔기 때문이다. 켄트는 느긋하게 침대에 걸터앉았다.

"난 이렇게 다른 사람들이 보는 걸 좋아하지. 여자가 보고 있으면 더 좋은데, 오늘 같은 날 그런 것까지 바라기에는 좀 힘들고……, 대신 나중에 구경하던 남자들까지 모두 맛볼 수 있게 해줄 테니 기대하라고. 흐흐흐."

켄트의 입에서 나오는 상상을 초월하는 말에 제니아는 순간적으로 머릿속이 아득해졌다. 하지만 이내 정신을 차리고 켄트를 노려봤다.

"감히 내가 누군지는 알고 이러는 것이냐! 네가 이런 짓을 하고도 무사하길 바라는 것이냐!"

갑자기 제니아의 몸에서 찌릿찌릿하게 뿜어져 나오는 카리스마에 켄트가 살짝 놀랐다. 고작 스무 살이나 갓 되었을까 싶을 정도의 여인이 이런 위압감을 보일 수 있다는 건, 자연스럽게 그것이 몸에 뱄다는 뜻이다.

"호오. 이거 생각보다 더 거물일 수도 있겠는데? 그런데 그게 무슨 상관이지? 내가 여기서 그만둔다고 날 가만둘 건가? 그건 아니잖아?"

켄트의 입가에 잔혹한 미소가 어렸다. 제니아는 그 미소를 보고는 더 이상 가망이 없다는 걸 깨달았다. 그녀는 다급히 주위를 둘러봤다. 어느새 호위병들이 그녀의 팔을 붙잡고, 일부는 그녀의 허리를 안았다. 옴짝달싹할 수가 없었다.

"이익! 이것 놔라!"

"너무 난폭하게 다루지는 말라고. 어차피 나중에 너희들도 맛 봐야 하니까. 그래도 약간 반항을 하는 게 더 재미있잖아? 흐흐흐."

제니아는 힘으로 저항할 수 없자 죽일 듯한 눈빛으로 켄트를 노려봤다. 하지만 켄트는 눈 하나 깜짝하지 않았다. 그의 머릿속은 오로지 어떻게 하면 더 황홀한 밤을 보낼 수 있을지로만 꽉꽉 채워져 있었다.

털썩!

제니아는 힘없이 침대에 내동댕이쳐졌다. 그녀는 다급히 몸을 일으키려 했다. 하지만 도망갈 곳은 없었다. 어느새 모든 호위병들이 침대를 빈틈없이 둘러싼 것이다. 이런 일을 한두

번 해본 게 아닌지 움직이는 데 추호의 망설임도 없고, 약간의
체계까지 잡혀 있었다.

"자아, 이제 슬슬 재미있는 일을 시작해 볼까……."

켄트가 음흉한 미소를 머금으며 손바닥을 비볐다. 그는 맛
있는 먹이를 눈앞에 둔 짐승처럼 침을 흘리며 입맛을 다셨다.

그리고 그 순간, 밖에서 굉음이 울렸다.

꽝!

켄트의 안색이 살짝 변했다. 밖이 갑자기 소란스러워졌다.

"오우거다!"

"다들 일어나! 용병들은 뭐 하나! 다 죽고 싶지 않으면 무기
를 들고 나와!"

"마법사는 뭘 하고 있나!"

밖에서 들려오는 소리는 정말로 심상치 않았다. 그리고 또
다시 들려온 굉음과 함께 천막이 흔들렸다.

꽝!

"으헉!"

켄트는 깜짝 놀라 몸을 일으켰다. 아직 옷을 벗지 않은 게
다행이었다. 그는 황급히 천막 밖으로 나갔다. 그리고 오우거
두 마리가 달빛을 받으며 난동을 부리는 광경을 멍한 눈으로
바라봤다.

"도련님, 위험합니다."

어느새 호위병들이 본연의 임무로 돌아와 켄트의 주위를 물

샐틈없이 보호했다. 그들의 실력이 제법 뛰어난 것은 사실이지만 오우거와 싸우는 건 쉽지 않은 일이었다. 더구나 켄트까지 보호해야 하니 그들 모두 힘을 합하지 않으면 상당히 위험해질 수 있었다.

켄트는 어느새 준비를 마친 용병들과 상단의 사병들이 오우거와 싸우는 광경을 보며 정신을 차렸다. 가넷상단은 자체적으로 보유한 무력도 상당했다. 구름산맥을 넘나드는 상단이니 당연했다.

마법사가 일으킨 불덩이가 오우거의 등판에 작렬하는 걸 보며 고개를 끄덕인 켄트는 그제야 천막 안에서 떨고 있을 제니아가 떠올랐다.

"우리는 없어도 되겠군. 천막으로 돌아간다."

켄트의 얼굴에는 어느새 욕정이 들끓었다. 그는 천막을 나서기 전보다 훨씬 난폭해진 표정이 되었다. 하지만 그 표정은 오래가지 않았다. 천막 안에는 아무도 없었다.

"이게 어떻게 된 일이냐? 어서 찾아라!"

켄트의 명령에 호위병 하나가 천막 안을 샅샅이 뒤졌다. 하지만 제니아의 모습은 어디에서도 발견할 수 없었다. 정말로 이상한 일이었다.

"천막 입구에 서 있었으니 입구로 나갈 수는 없었을 텐데?"

천막의 다른 부분으로 빠져나가는 것도 거의 불가능했다. 천막은 입구를 제외한 나머지는 땅에 묻혀 있었다. 그 위에 묵

직한 돌덩이까지 얹었기에 아무런 흔적도 남기지 않고 빠져나
가는 건 불가능했다.

게다가 제니아는 힘 약한 여인이었다. 그 정도 힘으로는 땅
에 묻힌 천막을 들어내는 것조차 할 수 없을 것이다.

"이상하군. 하지만 어쨌든 멀리 도망가지는 못했겠지."

켄트는 붉게 충혈된 눈으로 다시 천막 밖으로 나왔다. 어느
새 오우거 두 마리는 피투성이가 된 채 쓰러졌다. 켄트는 여기
저기서 웅성거리는 사람들을 찬찬히 훑어봤다.

상단에서 벗어나면 이곳 구름산맥에서 기다리는 건 죽음뿐
이다. 생각이 조금이라도 있는 사람이라면 상단을 벗어나지
않았을 것이다. 혹시 벗어났더라도 근처에 숨어 있을 것이다.

"찾아라. 멀리 있지 않을 것이다."

켄트의 명령에 그의 호위병 중 셋이 동시에 움직였다. 그들
도 공범이었다. 만일 제니아가 무사히 산맥을 벗어난다면 정
말로 큰일이 날 수도 있었다.

한밤중에 오우거 두 마리의 습격을 받은 상단의 피해는 이
루 말할 수 없을 정도로 처참했다. 열 명의 용병과 열두 명의
상단 병사가 큰 부상을 입었다. 그들을 함께 이송하려면 훨씬
더 이동이 늦어질 수밖에 없었다.

게다가 물자를 실어 나르던 마차들 중 상당수가 부서졌다.
산맥 내부의 비교적 평탄한 길로 가고 있지만, 그래도 이곳은

산이었다. 웬만한 마차로는 버티기가 어려웠다.

케이지는 골머리가 아파왔다. 일단 오우거에 의해 부서지거나 더 이상 못 쓰게 된 물건들을 선별해서 버렸다. 하지만 그래도 마차가 턱없이 부족했다.

"이상한 일이로군. 대체 왜 오우거가 한밤중에 여길 습격한 거지?"

지금 상단이 지나는 길은 몬스터가 잘 다니지 않는 길이다. 수십 차례의 상행을 하면서 오우거를 만난 건 딱 한 번이었다. 그나마도 한 마리뿐이었다. 오늘 나타난 것보다 덩치도 더 작은 놈이었다.

케이지가 알기로 오우거는 밤에는 잠을 잔다. 이렇게 늦은 밤에 움직인다는 건 누군가 오우거를 일부러 건드리지 않는 한 거의 있을 수 없는 일이었다.

'일부러 건드려?'

케이지의 얼굴이 살짝 굳었다. 가능성이 있었다. 가넷상단과 경쟁 관계에 있는 다른 상단이라면 얼마든지 그런 일을 벌일 수 있을 것이다.

'하지만 두 마리나 되는 오우거를 이용해 습격을 하다니, 그게 과연 가능한 일인가?'

결국 의문만을 남긴 채 날이 밝아왔다. 오늘 더 쉬는 건 불가능했다. 이제는 이동을 시작할 때였다. 케이지는 서둘러 식사를 준비하게 했다.

하지만 잠시 후, 그는 당황한 표정을 지어야만 했다.

"식량이 없다고? 그게 무슨 말이냐?"

"오우거의 습격 때 없어진 모양입니다. 마차까지 한꺼번에 사라졌기에 미처 알아차리지 못했습니다."

케이지는 황당한 눈으로 자신에게 보고를 하는 상단 직원을 바라봤다. 그 역시 당황한 표정이 역력했다.

"주변을 찾아봐라. 아직도 하루는 꼬박 가야 한다. 험한 산길을 가면서 굶을 수는 없지 않느냐."

사실 식량이 사라졌다는 건 상당히 큰 문제였다. 배고픈 상태로 몬스터와 싸우면 얼마나 큰 피해를 입겠는가.

케이지는 고개를 절레절레 저었다. 이번 상행에는 남는 게 거의 없었다. 부서진 물건이 워낙 많아 오히려 손해를 보게 생긴 것을 그나마 오우거의 사체 두 마리를 통해 어느 정도 벌충할 수 있었다.

'죽은 사람들까지 생각하면 완전히 적자로군. 후우.'

손해는 다시 메우면 된다. 그들의 목적지인 크레스트 시에서 제대로 된 물건을 잔뜩 사다가 다시 산맥을 넘으면 어찌어찌 손해분은 무마가 가능할 것 같았다. 케이지는 어쩌다 자신이 이렇게 되었는지 한숨이 절로 나왔다.

케이지가 한창 한숨을 쉬고 있을 때, 식량이 담긴 마차를 찾으러 갔던 자들이 돌아왔다. 그들은 빈 마차를 끌고 왔다. 식량만 몽땅 사라진 것이다.

케이지는 결국 그 빈 마차에 짐을 실었고, 굶은 채 이동할 수밖에 없었다. 여기저기에서 불만이 터져 나왔지만 케이지는 일단 무시했다.

어차피 하루만 참으면 된다. 오늘 무리를 해서라도 크레스트 시에 도착하고 나면 푸짐하게 술과 음식을 안겨주면 그만이었다.

케이지는 상단 직원들을 통해 다른 사람들을 그렇게 다독이도록 지시를 내렸다. 가넷상단은 그런 케이지의 지휘에 힘입어 서둘러 이동을 시작했다.

제니아는 두려운 눈으로 조심스럽게 앞을 살폈다. 오우거가 나타났다는 소리와 함께 정신을 가볍게 잃은 모양이었다. 다시 정신을 차리긴 했지만 지금 이곳이 어디인지 알 수 없었다. 게다가 아직 윤곽만 보일 뿐이지만 앞에 서 있는 사람은 분명히 남자였다.

"다, 당신은 누군가요?"

제니아는 용기를 내서 물었다. 지금 당장이라도 눈앞의 남자가 짐승처럼 달려들 것만 같아 너무나 두려웠다. 그 남자는 제니아가 정신을 차리자, 천천히 다가갔다.

이윽고 달빛이 얼굴을 비추자, 제니아는 눈을 크게 떴다. 설마 이 사람이 자신을 구해 주리라고는 생각도 하지 못했다.

"레, 레이엘?"

레이엘은 고개를 끄덕였다. 그리고 따라오라는 듯 몸을 돌렸다. 제니아는 멍한 표정으로 그 뒤를 따랐다. 제니아의 머릿속이 뒤죽박죽 뒤섞였다.

대체 어떻게 이곳에 레이엘이 있을 수 있단 말인가? 그럼 사라는? 꼬리에 꼬리를 물고 이어지는 의문에 제니아는 정신을 차릴 수 없었다.

이내 레이엘의 걸음이 멈췄다. 상단이 머무는 곳에서 그리 멀리 떨어지지 않은 곳이었다. 제니아의 눈에 곤히 잠든 사라의 모습이 보였다. 그것을 보니 눈에 눈물이 맺혔다.

"아직 날이 밝으려면 시간이 있으니 좀 쉬어라."

레이엘은 그렇게 말하며 친절하게 잠자리를 준비해 주었다. 사라가 쓰는 것과 똑같은 침낭을 꺼내주었고, 땅을 골라 편히 쉴 수 있도록 만들어 주었다.

제니아는 궁금한 것이 많았지만 일단 레이엘의 말을 따라 그곳에 누워 침낭을 덮었다. 그리고 순식간에 잠에 빠져들었다. 레이엘을 만난 순간부터 긴장이 풀어져 언제 잠들어도 이상하지 않은 상황이었다.

제니아가 잠들자, 레이엘이 고개를 돌려 가넷상단이 있는 쪽을 바라봤다. 바람결에 오우거의 포효가 실려 왔다.

"저쪽은 잠을 자긴 틀렸겠군."

레이엘은 그렇게 중얼거리고는 자신을 위해 마련한 자리에 침낭을 깔고 누웠다. 이내 그곳에는 세 사람의 고른 숨소리만

이 가득해졌다.

　다음날, 사라와 제니아는 서로를 부둥켜안고 하염없이 울었다. 결국 레이엘이 나서서 오늘 중으로 산맥을 벗어나고 싶으면 움직여야 한다는 말을 꺼내고 나서야 퉁퉁 부은 눈을 비비며 자리에서 일어났다.

　그리고 세 사람은 다시 길을 떠났다. 이번 목적지는 구름산맥 너머에 있는 도시인 크레스트 시였다. 가넷상단의 목적지이기도 했고, 카라미스 공작령으로 가는 가장 빠른 길이 있는 곳이기도 했다.

　산맥을 벗어나는 건 금방이었다. 가넷상단이 잠도 자지 않고, 밥도 계속 굶은 채로 이동하는데도 아직 산맥에서 헤매고 있는 걸 생각해 보면, 굉장한 속도였다.

　"이렇게 간단히 구름산맥을 빠져나올 수 있다니 믿어지지가 않네."

　제니아는 고개를 절레절레 저었다. 처음부터 레이엘의 도움을 받았으면 어쩌면 지금쯤 카라미스 공작령에 도착했을지도 모른다는 생각마저 들었다.

　사라는 제니아에 비하면 상당히 담담한 표정이었다. 그녀는 워낙 놀란 일이 많아 이 정도로는 아무렇지도 않은 경지에 이르렀다.

　"이제 크레스트 시도 금방이겠네요. 그나저나 시간이 너무

애매한데요? 그냥 쉬자니 너무 이르고, 또 길을 떠나자니 좀 늦은 것 같고."

원래 사라나 레이엘과 만나지 않았다면 제니아는 생각할 것도 없이 출발하는 걸 선택했을 것이다.

그녀가 길을 서두른 이유가 사라에게 따라잡히지 않으려는 것이었으니까. 하지만 이제 이렇게 합류한 이상 굳이 서두를 이유가 없었다.

"오늘은 그냥 쉬자. 괜찮죠?"

제니아가 레이엘을 돌아보며 물었다. 레이엘이 고개를 끄덕이자 그녀는 다행이라는 듯 빙긋 웃었다. 레이엘의 얼굴만 봐도 마음이 든든했다. 켄트의 마수에서 자신을 구해 준 후부터는 더 그랬다.

제니아는 사라에게서 살짝 떨어져 나와 레이엘 옆으로 이동했다. 그리고 귓속말을 하듯 소곤거리며 물었다.

"가넷상단을 덮친 오우거, 당신이 한 거죠?"

레이엘은 고개를 끄덕였다. 굳이 감출 이유도, 필요도 없었기에 선선히 대답해 주었다. 하지만 받아들이는 제니아의 입장에서는 그렇게 담담히 넘기기 어려웠다. 제니아의 눈이 화등잔만 해졌다.

"저, 정말인가요? 대체 어떻게 그게 가능한 거죠?"

레이엘은 무심한 눈으로 제니아를 쳐다봤다.

"숲의 마수들과 비교하면 어린애에 불과하다."

제니아는 질린 눈으로 레이엘을 바라봤다. 틀린 말은 아니었다. 마수의 숲에서 겪은 마수들은 정말로 무시무시했다. 그들은 인간의 상식을 넘어선 존재였다.

하지만 아무리 그래도 오우거를 어린애 취급하는 걸 눈앞에서 보니 질리지 않을 수 없었다. 새삼 레이엘이 대단한 사람이라는 걸 깨달았다.

"그, 그렇군요."

제니아는 사라가 의아한 표정으로 자신과 레이엘을 돌아보자 황급히 그녀에게 다가갔다. 그리고 다시 아무렇지도 않은 표정으로 사라와 대화를 나눴다.

한 시간을 더 걷자, 크레스트 시가 보였다. 구름산맥에 인접한 도시답게 방비가 잘 되어 있었다. 높은 성벽과 그곳에 배치된 수많은 병사들의 모습이 가장 눈에 띄었다.

제니아는 크레스트 시로 들어가며 문득 가넷상단이 떠올랐다. 그들도 조만간 이곳에 들어올 것이다. 만일 마주친다면 곤란을 겪을 수도 있었다.

제니아가 걱정스런 눈으로 레이엘과 사라를 바라봤다. 자신 때문에 저 두 사람에게 피해가 갈지도 모른다고 생각하니 걱정이 점점 심해졌다.

걱정이 얼굴에 가득한 제니아의 옆으로 레이엘이 다가가 어깨를 가볍게 몇 번 두드렸다. 제니아가 놀란 눈으로 레이엘을 바라보자, 레이엘이 여전히 무심한 눈으로 말했다.

"걱정할 것 없다. 그들은 널 건드리지 못할 테니까."

제니아는 그 말에 대번에 마음이 편해졌다. 레이엘의 말은 마치 마법 같았다. 그렇지 않다면 고작 한 마디에 자신의 마음이 이렇게 쉽게 풀어질 리가 없었으니까.

"고마워요. 하지만 저 때문에 사라나 당신이……."

레이엘은 말없이 앞서 나갔다. 제니아는 그의 등을 흔들리는 눈빛으로 바라봤다.

*　　　*　　　*

가넷상단은 해가 지기 직전에 크레스트 시로 들어섰다. 그들은 시에 들어서자마자 가넷상단의 크레스트 지부로 향했다. 하루 종일 굶으며 강행군을 했기에 배고픔이 극에 달해 있었다. 게다가 오는 도중에 자잘한 몬스터들을 자주 만나 전투도 평소보다 많이 벌여야 했다.

케이지는 지부에 도착하자마자 일행이 배불리 먹을 수 있도록 조치를 취한 후, 부상자들의 치료를 서둘렀다. 그리고 일부 용병들의 숙소 문제도 해결해 주었다.

다른 사람들은 배불리 먹고 마시는데, 정작 책임자인 케이지는 밥을 먹을 시간도 없었다. 그는 이를 악물고 마무리를 했다.

그렇게 케이지가 밥도 못 먹고 일할 때, 켄트는 배를 채우고 술도 몇 잔 마신 후, 본격적으로 제대로 놀기 위해 지부 밖으로 나섰다. 항상 따라다니는 호위 일곱 명까지 대동하고 길을 나선 켄트는 환락가 쪽으로 향했다.

"젠장. 그년만 생각하면 아까워 죽겠군."

제니아의 아름다운 모습에 흠뻑 빠졌었다. 그래서 그녀를 반드시 취하고 싶었는데, 망할 놈의 오우거 때문에 망쳐 버렸다.

"죽었겠지?"

"아마 그랬을 겁니다. 구름산맥에서 홀로 살아남을 수 있는 사람은 없습니다. 켄스웰 공도 아니고 힘없는 여자가 어떻게 그곳에서 살아남겠습니까?"

켄스웰은 크롬 왕국 최고의 기사이자 왕궁기사단의 단장이었다. 그는 혼자서 오우거 열 마리도 무리 없이 상대할 수 있다고 알려진 강자였다. 켄스웰은 오라마스터이기도 했다.

"하하. 켄스웰 공이라면 능히 홀로 살아남을 수 있겠지."

그렇게 호위들과 주거니 받거니 대화하며 걷다 보니 어느새 환락가 근처에 도착했다.

"호오, 여기는 갈수록 화려해지는군."

"술집이 더 늘어난 것 같습니다."

"흐흐흐. 그럼 나야 좋지. 자, 오늘은 한 세 명만 침대에 데리고 가야겠군."

켄트의 호위들은 켄트가 이렇게 환락가에서 노는 걸 말리지 않았다. 아니, 오히려 좋아했다. 켄트는 혼자 노는 법이 없었다. 그는 호위들에게도 반드시 여자를 하나 이상씩 붙여주었다.

환락가로 막 들어서려는 켄트의 눈이 화등잔만 해졌다.

"뭐, 뭐야? 살아 있었어?"

호위들은 켄트의 시선이 향하는 곳을 바라봤다. 환락가에서 조금 떨어진 곳에 위치한 화려한 여관 앞이었는데, 그곳에 서 있는 여인은 분명히 제니아였다.

"틀림없습니다."

"어떻게 도망쳤을까요? 아니, 그보다 보아하니 크레스트 시에 도착한 지 꽤 되는 것 같은데, 어떻게 우리보다 먼저 도착했을까요?"

켄트의 얼굴이 심각해졌다. 제니아는 절대 살아나선 안 되는 사람이었다. 그녀가 정말로 유력가와 관계가 있다면 가넷 상단은 상당히 곤란해진다.

"일단 돌아가서 형님과 의논해야겠다. 한데 혼자가 아니군?"

켄트는 제니아 옆에 나란히 서 있는 사라를 보고는 살짝 눈을 빛냈다. 사라 역시 보기 드문 미녀였다. 켄트의 입가에 음흉한 미소가 감돌았다.

케이지의 눈썹이 요동쳤다.

"그게 무슨 말이냐? 똑바로 다시 말해 봐라."

"그, 그러니까……."

켄트는 케이지가 다그치듯 묻자, 약간 주눅이 들어 더듬거리며 설명을 했다. 켄트의 설명을 모두 들은 케이지는 손으로 이마를 짚으며 이를 갈았다.

"으득. 멍청한 놈. 고작 그따위 일 하나 제대로 처리 못해서 여기까지 일을 끌고 와? 네가 가넷 가의 사람이긴 한 것이냐?"

케이지의 질책에 켄트는 고개를 살짝 움츠렸다.

"하지만 형님. 그냥 조용히 처리하면……."

"조사도 해보지 않고 무작정 처리하는 건 안 된다. 일단 철저히 조사를 해. 몰킨을 붙여줄 테니 일단 조사부터 제대로 해. 알겠느냐?"

"예……."

켄트는 불만스러운 말투로 대답했다. 하지만 케이지의 말을 듣지 않을 수 없었다.

"몰킨!"

케이지의 외침에 약간 음흉하게 생긴 중년인이 들어왔다. 그는 케이지에게 몇 가지 명령을 받고는 고개를 끄덕였다.

"염려 마십시오. 금방 처리하겠습니다."

케이지는 켄트를 가리키며 말했다.

"어떤 식으로 일을 처리하는지 제대로 보여줘.. 못 알아먹으면 할 수 없는 일이니까 신경 쓸 필요는 없다.”

케이지의 말에 켄트가 발끈했다. 하지만 대꾸하지는 않았다. 그저 자신의 능력을 케이지에게 보여주겠다고 다짐했을 뿐이었다.

케이지는 그런 켄트의 모습을 의미심장한 눈으로 보다가, 몰킨에게 눈짓을 했다. 몰킨은 알겠다는 듯 미소 지으며 고개를 살짝 숙였다.

몰킨와 켄트가 밖으로 나가자, 케이지가 눈살을 찌푸렸다.

“불길한 예감이 들어. 그 어린 여자가 혼자서 구름산맥을 벗어났다고? 말도 안 되는 일. 뭔가 흑막이 있어.”

케이지는 그렇게 중얼거리며 잠시 생각에 잠겼다. 하지만 지금은 일단 몰킨이 정보를 가져올 때까지 아무것도 할 수가 없었다. 케이지는 고개를 몇 번 흔들고는 이내 다시 일에 빠져들었다.

제8화 가넷상단
Ray-El

　레이엘은 넓고 화려한 방 한가운데 앉아 조용히 명상을 하고 있었다. 명상을 하는 레이엘의 주위로 마나가 회오리쳤다. 사방에서 몰려온 마나들이 몸 주위를 회전하다가 그의 호흡에 빨려 들어갔다.

　잠시 후, 레이엘이 눈을 떴다. 그 순간 방 안이 온통 광채로 가득 찼다. 레이엘은 길게 숨을 내쉬며 천천히 자리에서 일어났다.

　"대단하군."

　아직도 내단을 완전히 자신의 것으로 하지 못했다. 카르의 왕은 정말로 대단했다. 만일 그의 내단을 모두 흡수할 수 있다면 레이엘은 정말로 막강한 힘을 가지게 될 것이다.

그렇게 큰 힘을 가지게 되었지만, 레이엘의 표정은 밝지 않았다. 카르의 왕이 한 부탁 때문이었다. 카르의 왕은 자르와 케르테르도 정리해 달라고 했다. 레이엘은 아직도 그것을 고민 중이었다.

마법을 쓰는 마수와 정령을 쓰는 마수를 상대하는 건 검을 쓰는 마수인 카르보다 훨씬 까다로웠다. 게다가 그들은 기본적으로 마수다. 마수는 육체적인 능력이 뛰어나고, 목숨이 하나가 아닌 경우가 많았다.

레이엘이 이런저런 고민에 휩싸여 있을 때, 방문이 열리고 사라과 제니아가 들어왔다.

"다녀왔어요."

사라가 밝게 웃으며 말했다. 그녀는 마탑 지부에 다녀오는 길이었다. 클래스가 새로 올랐으니 그에 걸맞은 마법서가 필요했다.

마법서는 상당히 비싸고 아무에게나 판매하지 않았지만, 제니아의 도움으로 4클래스 마법서를 살 수 있었다. 물론 아주 기초 중의 기초 마법서였다.

제니아는 사라와 달리 조금 불안한 표정이었다. 아무래도 가넷상단과의 일이 마음에 걸렸다.

"정말로 괜찮을까요?"

"앞으로 이 방에서 나가지만 않으면 아무 문제없다."

레이엘의 말에는 확신이 어려 있었다. 제니아는 그 말을 믿었지만, 그래도 불안했다. 제니아는 켄트의 눈빛이 아직도 잊히지 않았다.

그의 눈빛에는 집요한 욕망이 꿈틀거리고 있었다. 그런 눈을 가진 자는 아무것도 쉽게 버리지 않는다.

'어쩌면 날 아직도 찾고 있을지 몰라.'

제니아는 그렇게 생각하다가 피식 웃으며 고개를 저었다. 구름산맥에서 헤어졌다. 보통이라면 산맥에서 죽었을 거라고 여기는 게 당연했다. 아마 켄트도 그럴 것이다. 그렇게 생각하니 조금 마음이 편해졌다.

'앞으로는 방에서 나가면 안 되겠어.'

내일 날이 밝으면 바로 떠날 예정이었다. 그때까지만 들키지 않으면 된다. 가넷상단은 이곳에서 볼일을 다 마치면 다시 산맥을 넘어 가넷 시로 돌아갈 것이다. 그렇게 되면 아무 걱정을 할 필요가 없다.

제니아가 그렇게 마음을 정하고 있을 때, 사라는 호기심 어린 눈으로 레이엘에게 다가갔다.

"저……, 레이엘. 혹시 아공간을 쓸 수 있는 거예요?"

사라는 계속 그게 궁금했다. 레이엘과 지금까지 여행을 하면서 본 바로는 아공간이 없으면 절대 불가능한 것들이 많았다.

그 수많은 침구들 하며 요리도구들, 게다가 가끔 마시는 따뜻한 차까지 몽땅 들고 다니려면 보통 가방으로는 어림도 없었다.

사라는 초롱초롱 빛나는 눈으로 레이엘의 답을 기다렸다. 레이엘은 허망할 정도로 간단히 고개를 끄덕여 주었다.

"저, 정말이에요?"

사라의 눈이 화등잔만 해졌다. 그저 호기심에 물어봤을 뿐이었다. 물론 어느 정도 기대도 했다. 하지만 정말로 아공간을 가지고 있을 줄은 몰랐다.

아공간을 쓸 수 있으려면 최소한 8클래스는 되어야 한다. 8클래스가 된다 하더라도 모두 쓸 수 있는 건 아니었다. 공간 계열의 마법은 정말로 복잡하고 난해하다. 그리고 사용하는 데 막대한 마나가 필요했다.

'물론 일단 아공간을 만들어 놓기만 하면 열고 닫는 데에는 큰 힘이 들지 않긴 하겠지만……'

사라는 새삼스러운 눈으로 레이엘을 바라봤다. 아공간이라니, 그렇다면 8클래스란 말 아닌가.

"파, 팔 클래스였어요?"

사라가 떨리는 목소리로 물었다. 그리고 그 말에는 제니아도 놀랄 수밖에 없었다. 8클래스라니, 이미 인간의 영역을 넘어선 능력 아닌가.

레이엘은 제니아와 사라의 부담스러운 시선을 동시에 받으며 고개를 저었다.

“아니다.”

“아니라고요? 그럼 어떻게 아공간을 가지게 된 거죠? 아니, 아공간을 열고 닫는 것만 해도 쉽지 않은 문제인데…….”

아공간을 여닫는 것에도 마법이 필요하다. 그 마법을 쓰는 데는 섬세한 마나 컨트롤이 필요했다. 거의 8클래스 급에 육박하는 마나 컨트롤 능력을 가지지 않았다면 아공간의 문을 여는 것조차 쉽지 않았다.

사라는 쉽게 대답해 주지 않는 레이엘을 멍하니 바라보다가 눈을 빛내며 외쳤다.

“아! 아티팩트!”

레이엘은 굳이 대답을 하지 않았다. 하지만 사라는 상상의 나래를 펼치며 이야기를 이어갔다.

“고대의 유적지에서 아공간을 쓸 수 있는 아티팩트를 얻은 거로군요!”

마수의 숲에는 잘 알려진 고대의 유적지만 해도 세 군데나 있었다. 더 깊은 곳을 살피면 어떤 유적지가 남아 있을지 알 수 없다. 다만, 더 깊은 곳으로 들어간 사람은 아무도 살아남지 못했다.

레이엘은 집이 마수의 숲에 있을 정도로 그곳에 익숙하니, 유적지에서 고대의 유물을 얻었을 확률이 높았다.

‘그래, 그러고 보면 나이에 걸맞지 않게 너무 강해. 고대의 유물을 얻었다면 그것도 충분히 설명이 되지.’

사라와 제니아는 동시에 고개를 끄덕였다. 자신들 나름대로 납득을 한 것이다.

레이엘은 그런 두 여인을 보며 살짝 쓴웃음을 지었다. 굳이 그게 아니라고 설명할 필요는 없을 듯했다. 고대의 유적지에서 유물이 출토되는 것은 맞지만, 그녀들의 생각처럼 그렇게 대단한 것들이 나오는 법은 거의 없었다.

'하긴, 아예 없는 건 아니지.'

레이엘도 꽤 쓸 만한 것을 하나 얻었다. 레이엘이 아공간을 만들 수 있게 도와준 물건이기도 했다. 그렇게 생각하니 유적지에서 발견한 아티팩트로 인해 아공간을 쓸 수 있게 되었다는 말이 꼭 틀린 것만은 아니었다.

레이엘은 여전히 상상의 나래에 빠져 있는 두 여인을 가만히 쳐다봤다. 자신들의 길을 찾아가는 두 사람은 여전히 눈부시게 빛나고 있었다.

'나도 언젠가는……'

지금까지는 살아남는 데 급급해 다른 생각을 할 여유가 없었다. 하지만 이제부터는 아니었다. 자신도 자신만의 길을 찾아 나설 것이다.

두 여인을 바라보는 레이엘의 눈빛이 부드러워졌다. 이 두 사람과 함께 있다 보면 자신의 길을 분명히 찾을 수 있을 것 같았다.

"보여주세요!"

레이엘은 사라의 외침에 상념에서 벗어났다. 그녀의 눈은 보석처럼 반짝거렸다. 그리고 제니아의 눈빛 역시 기대로 가득 차 있었다.

"아티팩트요. 아공간을 쓸 수 있는 아티팩트를 한 번 보는 것만으로도 큰 도움이 될 거예요. 꼭 보여주세요."

사라의 말에 레이엘이 난감한 표정을 지었다. 뭐가 있어야 보여줄 것 아닌가. 아공간은 레이엘의 능력이었다. 마법이긴 했지만 완벽히 마법만을 쓴 것도 아니었다. 여러 가지 능력을 합해서 만들어낸 레이엘만의 아공간이었다.

순식간에 사라의 눈에 실망이 감돌았다.

"역시 안 되는군요. 하긴 그렇게 중요한 물건을 함부로 보여줄 수는 없겠죠."

제니아 역시 실망이 가득한 눈으로 고개를 살짝 숙였다.

레이엘은 그 모습을 보며 잠시 생각에 잠겼다. 사실 별로 대단한 비밀도 아니었다. 레이엘은 금세 결정을 내렸다. 자신이 아공간을 가질 수 있게 해준 물건을 보여주기로 말이다.

레이엘 앞에 시커먼 공간이 생겼다. 아공간이 열린 것이다. 사라와 제니아는 그 놀라운 광경에 눈을 동그랗게 떴다. 레이엘은 그 안에 손을 쑥 넣더니 작은 가방 하나를 꺼냈다. 가로세로 50센티미터 정도의 크기였는데, 겉에 기이한 문양이 잔뜩 그려져 있었다.

사라는 레이엘이 내미는 가방을 보며 의아한 표정을 지었다.

"이, 이게 뭔가요?"

"보면 알 거야. 내가 아공간을 가질 수 있게 해준 물건이
지."

사라는 물론이고 제니아의 눈까지 화등잔만 해졌다. 두 여
인은 서둘러 가방을 받아 그것을 살펴보았다. 하지만 아무리
살펴보고 가방을 열어서 안을 들여다봐도 아무것도 알 수 없
었다. 그것은 겉의 문양만 빼고는 정말로 평범한 가방이었다.

한참 동안 가방을 살피던 사라가 경악하며 외쳤다.

"이건 공간 확장 마법이 걸린 가방이로군요!"

공간 확장 마법도 상당히 어려운 마법이었다. 그것 역시 공
간 계열의 마법이었고, 가상의 공간을 만들어내야 하기 때문
에 아공간에 버금갈 정도로 복잡한 마법이었다. 당연히 그 마
법을 가방에 새길 수 있으려면 최소한 8클래스는 되어야 한
다. 즉, 눈앞의 이 가방이 8클래스의 마도사가 만든 물건이라
는 뜻이었다.

"그걸 토대로 아공간을 만들었지. 그래서 일반적인 마법과
는 좀 달라."

사라는 레이엘이 더 대단해 보였다. 전혀 새로운 체계의 마
법을 쓴다는 뜻 아닌가.

'그러고 보니 정령도 다뤘지? 대체 못하는 게 뭐야?'

사라와 제니아는 밤이 될 때까지 가방을 살펴봤다. 하지만

레이엘처럼 단번에 뭔가를 깨달아 얻을 수는 없었다. 사라는 아쉬운 눈으로 가방을 다시 레이엘에게 넘겼다. 그러면서 문득 궁금증이 생겼다.

"레이엘은 몇 클래스예요?"

사라의 물음에 레이엘이 고개를 살짝 갸웃거렸다.

"글쎄. 그건 나도 잘 모르겠는데?"

사라는 레이엘의 말에 어이없는 표정을 지었다.

"예? 모른다고요?"

"내 마법은 다른 사람들과는 체계가 좀 달라서."

"체계가 다르다고요? 전 이해할 수가 없어요. 다른 체계로 어떻게 마법을 쓸 수 있는 거죠?"

"고대의 마법은 체계가 완전히 다르잖아."

사라의 눈이 동그래졌다. 아무래도 오늘 너무 자주 놀라는 것 같았다.

"그럼 고대 마법을 익혔단 말이에요?"

레이엘이 고개를 저었다.

"아니, 내 마법은 그것과도 체계가 달라."

사라는 입을 다물었다. 더 이상 뭐라 말을 할 수가 없었다. 마법의 체계가 그렇게 다양할 수 있다는 걸 믿기 어려웠다. 하지만 고대마법을 생각해 보면 불가능한 건 아니었다. 사라는 경이로운 눈으로 레이엘을 바라봤다.

"레이엘, 대체 나이가 몇이에요? 설마 겉모습만 이렇고 속은 수백 년을 살아온 마법사라거나 그런 건 아니겠죠?"

레이엘의 표정이 살짝 어두워졌다.

"열아홉이나 스물쯤 되었을 거야. 고아라서 확실한 나이는 모르지만, 그쯤인 게 확실해."

분위기가 급격히 가라앉았다. 사라는 크게 당황했다. 자신이 생각 없이 내뱉은 말 때문에 레이엘이 마음을 상한 것 같아 자책감이 들었다.

"미, 미안해요. 저, 저도 고아였어요. 그러니 히, 힘내세요!"

사라의 난데없는 말에 레이엘이 잠시 멍한 눈으로 그녀를 바라봤다. 그리고 정말로 환한 표정으로 웃었다. 사라와 제니아는 순간 눈이 부시다는 생각을 했다. 고작 미소만으로 사람의 마음을 이렇게 사정없이 뒤흔들 수 있는 사람은 아마 없을 것이다.

레이엘이 어두워진 이유는 고아라는 사실을 상기해서가 아니었다. 나이 때문이었다.

'내 나이는 그쯤이 맞겠지. 하지만 과연 진짜 그게 맞을까? 아니, 맞다고 할 수 있을까?'

레이엘은 갑자기 정신이 흔들리는 것을 느끼고 급히 그것을 가라앉혔다. 이렇게 큰 힘을 가진 상황에서 미쳐 버리면 정말로 곤란했다. 레이엘의 눈에서 초점이 사라졌다.

"레, 레이엘?"

사라와 제니아는 레이엘이 잡자기 멍한 표정을 짓자, 깜짝

놀라 그를 불렀다. 하지만 레이엘은 평소와 달리 눈에 초점이
돌아오지 않았다.

두 여인은 당황했지만 이내 조용히 물러났다. 아무래도 오
늘은 분위기가 조금 이상했다. 더 이상 레이엘을 건드리면 안
될 것 같은 느낌이 들었다.

켄트는 몰킨과 함께 제니아의 뒤를 캤다. 그녀에 대해 알아
보는 건 의외로 어렵지 않았다. 카라미스 공작가에서 드레이
크 기사단까지 움직였기에 여기저기 정보가 널려 있었다.

그렇게 해서 알아낸 것은 정말로 놀라운 사실이었다.

"설마 카라미스 공작가의 둘째 딸이었다니!"

카라미스 공작가는 크롬 왕국 최고의 가문이었다. 크롬 왕
국에 단 둘뿐인 공작가였고, 또한 최고의 무력을 보유한 곳이
기도 했다.

켄트는 서둘러 케이지에게 달려가 자신이 알아낸 것들을 모
두 말했다. 케이지는 켄트의 설명을 들은 후, 가볍게 고개를
끄덕였다. 그의 눈이 냉정하게 빛났다.

"시간이 없군. 카라미스 공작가의 사람들이 크레스트에 한
명도 없다는 건 확실하겠지?"

"예. 형님. 확실히 알아봤습니다. 드레이크 기사단도 없습
니다."

"일이 어떻게 될지 모른다. 드레이크 기사단이 들이닥치면

만사 끝장이니 서둘러야겠다. 오늘 밤에 당장 일을 벌여야겠
다. 몰킨은 혹시 드레이크 기사단이 나타나지 않나 계속 감시
해.”

“알겠습니다.”

몰킨도 지금 상황이 심상치 않다는 걸 알기에 긴장을 감추
지 못했다. 자칫하면 카라미스 공작가라는 거대한 적을 새로
만드는 셈이었다.

케이지는 내심 켄트가 벌인 일 때문에 짜증이 났지만, 이미
벌어진 일을 두고 왈가왈부하는 건 의미가 없는 일이었다. 앞
으로 벌어질 일에 대해 생각하는 것만으로도 충분히 머리가
터질 것 같았다.

“후우. 그 여자 주변에 있는 인물에 대한 조사도 했느냐?”

“예. 형님. 여자 한 명과 남자 한 명이 함께 있는데, 여자는
3클래스의 마법사입니다. 그리고 남자는 아직 확실치는 않지
만, 포레인 시에서 활동하던 길잡이인 것 같습니다.”

“길잡이? 그 마수의 숲을 안내한다는 미친 것들 말이냐?”

“예. 그런 것 같습니다.”

케이지는 고개를 갸웃거렸다.

“정말로 다른 일행은 없느냐?”

“없습니다. 몇 번이나 확인했습니다.”

“흐음. 생각보다 일이 쉬워지겠군. 혹시라도 도망치면 골치
아파지니까 충분한 인원을 데리고 가라.”

케이지의 말에 켄트가 의미심장한 미소를 지었다. 함께 있던 여자도 보통이 아닌 미모였다. 일단 남자를 죽여 놓은 뒤, 여자들은 은밀한 곳으로 끌고 가서 마음껏 욕정을 해소한 뒤에 죽여도 될 것이다.

켄트의 표정을 보고 그의 내심을 읽은 케이지는 눈살을 찌푸렸지만 뭐라고 말하지는 않았다. 그의 행동을 제지할 생각은 없었다. 이런 식으로라도 욕정을 풀어놔야 더 큰 사고를 조금이라도 방지할 수 있었다.

'하여간 저런 미친놈을 동생이라고 데리고 있으려니 피곤해 죽겠군. 아버지만 아니면 없애 버리겠는데. 쯧.'

케이지의 눈에 잠시 살기가 어렸다가 사라졌다는 것도 모르고 켄트는 오늘 있을 환락을 생각하며 음흉하게 웃고 있었다.

마침 구름이 잔뜩 끼어 달도 숨어 버렸다. 너무나 깜깜해서 검은 옷을 입고 지나가는 사람들은 아예 보이지도 않았다.

켄트는 자신의 호위들과 믿을 만한 상단 병사들을 이끌고 목표가 머무는 여관으로 향했다. 일단 여관 자체를 공격할 수는 없기에 미리 수를 조금 써 두었다.

여관에 남은 방을 모조리 선점한 것이다. 아직 투숙한 다른 손님도 꽤 있었지만, 신경을 쓸 필요가 없었다. 목표가 머무는 가장 위층에는 그들 외에는 아무도 없었다. 일을 벌이기 참으로 좋은 환경이었다.

켄트가 여관으로 들어서자, 여관주인은 기다렸다는 듯 밖으로 나가 버렸다. 여관 안의 모든 불을 끄고 나갔기에 여관 안은 깜깜했다.

가넷상단의 사병들이 발걸음소리를 죽이며 계단을 올라갔다. 상당히 좋은 여관에 속했기에 계단을 오르내릴 때 나는 소음도 전혀 없었다.

꼭대기 층에 도착한 켄트는 목표가 머무는 방으로 다가갔다. 그리고 문에 귀를 대고 안의 기척을 살폈다. 문과 귀 사이에는 마법진이 새겨진 얇은 판을 놓았다. 마법의 힘을 이용해 소리를 끌어 모으는 집성판이었다.

켄트의 귀로 고른 숨소리가 천둥처럼 들려왔다. 귀에 정신을 집중하니, 그것이 세 사람의 호흡이라는 것도 알 수 있었다. 켄트가 문에서 귀를 떼고 집성판을 품에 넣었다. 그리고 병사들에게 신호를 보냈다.

호위 한 명이 조심스럽게 문으로 다가가 열쇠 하나를 꺼냈다. 여관주인에게 미리 받아놓은 열쇠였다.

딸깍.

아주 작은 소리와 함께 잠긴 문이 열렸다. 기름칠을 어찌나 잘 해놨는지 문이 열리는 동안에도 아무런 소리가 나지 않았다.

방 안 역시 깜깜했다. 켄트와 병사들은 신속하게 움직여 방 안 곳곳을 점령했다. 일단 창문을 통해 도망가지 못하도록 막았고, 입구에도 몇 명이 서서 도망갈 길을 봉쇄했다.

모든 사람들이 자리를 잡자, 켄트는 잠든 세 사람 중에서 남자에게로 다가갔다. 켄트의 손에는 어느새 날카로운 단검이 들려 있었다.

일단 남자를 찔러 죽인 다음에 불을 켜고, 원하는 욕심을 채운 후, 일을 마무리할 계획이었다.

켄트는 남자가 자는 침대로 다가갔다. 그리고 검을 높이 치켜들었다. 손에 힘을 꽉 준 켄트는 그것을 그대로 내리 그었다.

턱!

켄트의 눈이 화등잔만 해졌다. 전혀 예상치 못한 일이 터진 것이다. 켄트의 손목은 강인한 남자의 손에 꽉 붙들려 있었다. 손이 부들부들 떨릴 정도로 힘을 주었지만 검을 든 손은 미동도 하지 않았다. 그리고 남자가 눈을 번쩍 떴다.

"가넷상단인가?"

레이엘은 그렇게 말하며 몸을 일으켰다. 벌써 이들이 여관에 들어설 때부터 알고 있었다. 이렇게 잡스러운 기운과 살기가 뒤섞여서 흘러들어 오는데, 어떻게 편히 잠을 자겠는가.

켄트는 너무 놀라 뒤로 물러나려 했다. 하지만 움직일 수가 없었다. 레이엘에게 잡힌 손목에서 지독한 통증이 밀려오기 시작했다.

"크으윽."

레이엘이 침대에서 몸을 일으키자, 켄트는 점점 몸을 구부
릴 수밖에 없었다. 그리고 종국에는 무릎을 꿇었다. 레이엘은
주위를 슥 둘러봤다.

"일단 이 쓰레기부터 치워야겠군."

우드득.

"끄아아아악!"

켄트의 손목이 그대로 으스러졌다. 켄트는 폐부를 통째로
뽑아내는 것처럼 비명을 내질렀다. 레이엘이 그의 손목을 놓
자, 켄트는 다른 한 손으로 손목을 감싸고는 바닥을 데굴데굴
굴렀다. 너무 아파서 손목을 제대로 쥐지도 못했다. 순식간에
손목이 퉁퉁 부어올랐다.

퍽!

레이엘의 발이 켄트의 가슴에 꽂혔다.

"커억!"

켄트는 비명조차 내지르지 못할 정도로 충격을 받고 벽으로
날아가 부딪쳤다.

레이엘은 더 이상 켄트에게 미련을 두지 않고 남은 상단 병
사들을 둘러봤다. 어차피 곱게 돌려보내봐야 나중에 골치만
더 아파진다. 이런 경우에는 확실하게 본때를 보여줘야 오히
려 뒤탈이 적은 법이었다.

레이엘의 몸이 어둠에 녹아들었다. 지금까지 상황을 주시하
던 병사들이 크게 당황했다. 갑자기 눈앞에서 사라져 버릴 줄

은 몰랐던 것이다.

"컥!"

"크윽!"

그들이 놀라고 있는 사이 창문을 막고 있던 병사 두 명이 그대로 허물어졌다. 그 자리에는 레이엘이 서 있었다. 다른 병사들은 멍한 눈으로 그 광경을 바라봤다. 레이엘이 또 사라졌다.

이번에는 문을 지키던 세 사람이 바닥을 뒹굴었다. 병사들은 점점 더 당황했다.

"젠장! 일단 인질을 잡아!"

사라와 제니아는 이렇게 소란이 심한데도 아직 깨어나지 않고 있었다. 인질로 잡기에도 아주 편한 상황이었다. 병사들이 우르르 몰려들었다.

그리고 달려든 것보다 더 빠르게 뒤로 튕겨났다. 어느새 레이엘이 그곳에 오연히 서 있었다. 언제 어떻게 움직였는지조차 아무도 보지 못했다.

인질을 잡으려고 움직였던 모든 병사들이 바닥을 뒹굴었다. 그들은 정신을 잃을 정도로 강력한 충격을 받은 상태였다.

이제 멀쩡히 서 있는 건 두 명이 고작이었다. 레이엘은 느긋하게 그들을 향해 다가갔다. 마침 나란히 서 있었기에 복잡하게 움직일 필요도 없었다.

그들은 한 명은 창으로 다른 한 명은 문으로 몸을 날렸다. 일단은 몸을 피해야 할 듯했다. 하지만 그들은 채 몇 발을 떼지도 못하고 그대로 쓰러졌다.

"크어어억!"

"끄아아!"

두 병사의 발목에 뭔가가 박혀 있었다. 레이엘이 던진 암기였다. 그것은 거대개미의 다리털로 만들어졌기에 강제로 뽑으려 하면 할수록 점점 안으로 파고들었다.

두 사람은 발목에서 올라오는 형언할 수 없을 정도의 고통에 몸부림치다가 이내 정신을 잃었다.

레이엘은 묵묵히 움직여 바닥을 뒹구는 사람들을 한데 모았다. 그리고 튼튼한 밧줄을 꺼내 그들을 꼼꼼히 묶었다. 그리고는 손을 한 번 휘저어 물과 바람을 소환해 방 안에 흩어진 피를 닦아내고 냄새를 없앴다.

모든 일을 처리한 레이엘은 아무 일도 없었다는 듯 담담한 표정으로 침대에 누워 그대로 잠들었다.

밧줄에 꽁꽁 묶인 채, 정신을 차린 사람들은 그 광경을 질린 눈으로 바라봤다. 그들이 보기에 레이엘은 결코 정상적인 사람 같지가 않았다. 그들의 눈에 서서히 두려움이 스며들었다. 레이엘이 자고 일어난 후의 상황을 결코 견딜 수 없을 것 같은 예감이 들었다.

레이엘과 사라, 제니아를 제외한 나머지는 아무도 잠을 이루지 못했다. 고통이 엄청났지만 신음소리조차 마음껏 흘리지 못했다. 그들은 밤새 고통과 두려움에 떨면서 스스로를 공포의 구렁텅이에 밀어 넣고 있었다.

　케이지는 뜬눈으로 밤을 새웠다. 그리고 어스름하게 날이 밝아오자, 고개를 저었다.
　"후우. 결국 실패로군."
　그냥 실패했군, 하고 넘어갈 상황이 아니었다. 상대는 카라미스 공작가의 영애였다. 그런 여인을 납치해서 죽이려 했다. 향후 가넷상단에 가해질 압력을 과연 견딜 수 있을까? 케이지는 고개를 저었다. 그건 불가능했다. 결국 남는 건 하나였다.
　'도망치는 수밖에 없군. 최대한 빨리 사업을 정리하고 다른 나라로 떠나야겠어. 그래, 하야스 왕국이 좋겠군. 거긴 크롬 왕국과 사이가 좋지 않으니까.'
　혼자 도망친다고 해결되는 건 아니었다. 그리고 아직 일이 정말로 실패했는지 확인하지도 않았다. 케이지는 서둘러 움직였다.
　일단 가넷상단의 본점에 있을 아버지에게 연락하는 것이 먼저였다. 그리고 켄트의 행방을 알아봐야 했다.
　"정말 동생 하나 잘못 둬서 고생 제대로 하게 생겼군."
　케이지는 고개를 절레절레 저으며 마탑 지부로 향했다. 가장 빠르면서도 안전하게 말을 전할 수 있는 방법은 마법을 이용한 문자 전송이었다.

사라와 제니아는 눈부신 햇살이 창을 통해 들어오자, 잠에
서 살짝 깼다.

부스스한 얼굴로 눈을 비비며 몸을 일으킨 사라는 갑자기
잠이 싹 달아나 버릴 정도로 놀랐다.

"꺅!"

너무 놀란 사라는 이불을 목까지 끌어당기며 비명을 질렀
다. 그리고 지금 일어난 상황을 이해하려 노력했다. 한쪽 구석
에 열 명이 훨씬 넘는 사람들이 꽁꽁 묶인 채 널브러져 있었
다.

"뭐, 뭐지?"

사라는 너무 놀라 가장 의지가 될 만한 사람을 찾았다. 사라
의 시선이 레이엘의 침대로 향했다. 레이엘은 여전히 자고 있
었다. 사라는 일순 어이가 없었지만, 이내 지금 상황을 레이엘
이 만들었을 거라고 생각했다.

"아, 아가씨. 어떻게 된 일일까요?"

사라가 제니아에게 물으며 고개를 돌렸다. 그리고 딱딱하게
굳은 제니아의 표정을 볼 수 있었다.

"아가씨?"

"가넷상단이야."

제니아의 말에 사라의 눈이 살짝 커졌다. 가넷상단이라면
제니아를 도와줬던 좋은 상단 아닌가. 한데 그들이 왜 저곳에
저러고 있단 말인가.

"그, 그럼 풀어줘야 하나요?"

제니아가 거세게 고개를 저었다.

"아니, 절대 그래선 안 돼. 왠지 저들이 여기에 왜 왔을지 알 것 같으니까."

제니아는 침대에서 일어나 차가운 눈으로 그들을 노려봤다. 아니, 그들 중 한가운데 있는 켄트의 일그러진 얼굴을 노려봤다.

"할 말이 있을 것 같은데?"

제니아가 켄트를 향해 말했지만, 켄트는 지금 대답할 수 있는 상황이 아니었다. 으스러진 손목에서 일어나는 통증을 참는 것만으로도 충분히 많은 심력을 소모하고 있었다. 다른 것에 신경을 돌릴 여유가 전혀 없었다.

제니아는 천천히 그들에게 다가갔다.

"날 죽이러 왔나 보지? 내가 카라미스 공작가의 사람이라서? 그래서 후환을 없애려고?"

제니아의 말이 이어질수록 사라의 얼굴에서 핏기가 가셨다. 그녀는 다시 한 번 인간의 추악한 면모를 확인하고 말았다.

"쯧, 다른 데다 둘 걸 그랬군."

제니아는 뒤에서 들려오는 소리에 반사적으로 고개를 돌렸다. 어느새 레이엘이 일어나서 그녀를 바라보고 있었다.

"고, 고마워요. 계속 신세만 지네요."

"됐다."

레이엘은 침대에서 내려와 가넷상단 사람들에게 다가갔다. 그들의 눈에 짙은 공포가 어렸다. 몇몇은 소변을 지리기까지 했다. 켄트도 그중 하나였다.

"역시 다 죽여야 하나?"

레이엘의 무덤덤한 말에 가넷상단 사람들은 흠칫 놀랐다. 그리고 그들은 고개를 바닥에 찧으며 자비를 구걸했다.

"제발 살려주십시오!"

"절대 아무 짓도 안 하겠습니다!"

"시키는 건 뭐든 할 테니 제발 살려주십시오!"

레이엘은 고개를 돌려 제니아를 바라봤다. 이들을 잡은 건 자신이지만, 이들의 목표는 제니아였으니 결정은 제니아가 하는 게 옳다고 여겼다.

제니아는 잠시 고민에 빠졌다. 누군가를 죽이는 결정을 한다는 건 쉬운 일이 아니었다. 불과 얼마 전 그녀의 결정으로 드레이크 기사단이 몰살당했다.

그 생각을 하자, 이들을 죽이는 것도 별것 아니지 않나, 하는 생각이 들었다. 거기까지 생각한 제니아는 문득 스스로의 모습에 소스라치게 놀랐다.

'정말 내가 어떻게 된 것 같아. 미치지 않고서야 어찌……'

제니아의 표정이 시시각각 변하자, 그녀만 바라보고 있던 가넷상단 사람들은 마른침을 꿀꺽 삼키며 긴장했다. 자신들의 목숨이 그녀가 지금 내뱉는 말 한 마디에 달렸기에 모두들 간절한 눈으로 제니아의 입만 바라봤다.

"결정하기 힘들면 그냥 죽이고 가지. 그게 더 간단하니까."

레이엘의 말에는 감정이 전혀 담겨 있지 않았다. 마치 배가 고프면 빵을 먹어야지, 하고 말하는 것과 비슷했다. 제니아는 조금 질린 눈으로 레이엘을 바라봤다.

'뭔가가 결여된 사람 같아. 그렇게 보지 않았는데 이상하네.'

제니아는 레이엘을 보며 고개를 저었다. 자신이 죽인다고 결정하면 그것이 레이엘에게 악영향을 계속 끼치게 될 것 같았다. 내심 그렇게 결정을 하고 나니 마음이 편해졌다. 문득 제니아는 자신이 왜 레이엘을 이렇게 걱정하는지 이해를 하지 못했다.

"죽이지 않을 건가?"

"예. 일단 살려 보내는 걸로 하죠. 이들이 다시 덤비면 또 제압하실 수 있으세요?"

"글쎄. 겪어봐야 알겠지. 하지만 다음번에는 살려둘 생각이 전혀 없다."

"그건 저들이 걱정할 문제로군요. 그냥 이대로 놓고 나가도 되겠죠?"

레이엘이 고개를 끄덕였다. 어차피 이곳에서 더 머물 생각도 없었다. 아침도 먹기 힘들 것이다. 여관주인이 돌아오려면 시간이 좀 더 필요할 테니까. 생각해 보니 여관주인도 조금 꽤 씸했다. 레이엘은 가볍게 발을 굴렀다.

쿵!

쩌저저적!

레이엘의 발을 중심으로 바닥에 쩍쩍 금이 갔다. 이대로 두면 건물의 윗부분이 무너질 것이다. 그리고 바닥에 이렇게 금이 갔으니 수리하는 것도 쉽지 않을 것이다.

레이엘이 조금 후련한 표정을 지었다. 제니아와 사라는 상당히 묘한 표정으로 그 모습을 바라봤다. 어쩐지 레이엘이 조금 변한 것 같았다.

"가지."

레이엘이 먼저 밖으로 나가자, 사라가 그 뒤를 따랐다. 제니아는 바로 따라가지 않고 남아서 가넷상단 사람들을 바라봤다. 그리고 의미심장한 미소를 지어준 후, 밖으로 나갔다.

제니아의 미소를 본 가넷상단 사람들의 마음에 불안감이 싹텄다. 그들은 그제야 제니아가 누군지 떠올렸다. 방금 전까지는 레이엘의 존재감과 공포 때문에 아무 생각이 없었는데, 그것이 사라지니 대번에 진짜 문제가 부각된 것이다.

"이제 어쩌면 좋겠습니까?"

호위 한 명이 물었지만 켄트는 대답하지 못했다. 그저 식은 땀만 줄줄 흘리며 고통에 몸부림쳤다.

"크으으윽. 젠장!"

켄트의 모습에 나머지 사람들은 모두 한숨과 함께 고개를 절레절레 저었다.

켄트를 비롯한 가넷상단 사람들이 구조된 것은 레이엘 일행이 떠난 지 두 시간이 지났을 때였다. 돌아온 여관주인이 일이 끝났는지 확인하려다가 그들을 발견해서 급히 가넷상단에 연락을 취한 것이다.

케이지는 한심한 눈으로 켄트를 노려봤다.

"그러니까 고작 한 놈한테 몽땅 당하고 왔단 말이지?"

"하지만 형님. 그놈 정말로 강했습니다. 형님이 가셨어도 어쩔 수 없었을 겁니다."

"쯧쯧, 힘으로 안 되면 다른 방법을 써야지. 미리 준비하지 않고 들어갔다는 자체가 방심하고 있었다는 증거다. 호랑이가 토끼 한 마리를 잡는데도 온 힘을 다하는 법인데, 넌 사람이면서 그조차 못하느냐."

켄트가 치욕을 못 이겨 고개를 푹 숙였다. 그가 가장 어려워하면서도 가장 싫어하는 사람이 바로 케이지였다. 그리고 가장 무서워하는 사람도 그였다.

다른 가족은 켄트가 무슨 일을 하건 그냥 그런가 보다 하고 넘겼는데, 케이지만 유독 그렇지 않았다. 켄트는 케이지의 차가운 눈빛을 보기만 하면 몸이 움츠러들었다.

"아무튼 문제로구나. 카라미스 공작가를 건드렸으니. 일단 서둘러 철수를 하고 좀 더 알아봐야겠다."

　케이지는 벌써 자신이 개인적으로 가지고 있는 정보망을 가동 중이었다. 그것은 귀족가 사이의 정보에 특화된 조직이었는데, 벌써 카라미스 공작가에 대한 정보를 조금씩 보내오고 있었다.

　"나가봐라. 손목 제대로 치료하고."

　케이지는 그렇게 말하며 금화주머니 하나를 던졌다. 켄트는 반사적으로 그것을 잡으며 의아한 눈빛을 보냈다.

　"신전에 가져가 기부하고 치료 받아라. 마침 신전이 있는 도시이기에 망정이지 아니었으면 어쩔 뻔했느냐. 쯧쯧."

　케이지는 그렇게 말하며 손을 내저었다. 켄트는 조심스럽게 금화주머니를 들고 밖으로 나갔다. 그의 표정이 미묘하게 달라져 있었다.

　케이지는 켄트가 밖으로 나가자 차가운 눈빛으로 그가 나간 문을 잠시 노려봤다. 케이지가 생각하는 켄트는 쓰레기 이상도, 이하도 아니었다.

　하지만 일단은 저렇게 다독여 놓을 필요가 있었다. 언제 유용하게 쓰일지 아무도 알 수 없지 않은가.

　케이지는 잠시 마음을 가라앉힌 후, 책상 서랍을 열었다. 그 안에는 켄트가 들어오기 직전에 그에게 전해진 카라미스 가의 정보가 적힌 서류가 들어 있었다.

　서류를 꺼낸 케이지는 그것을 찬찬히 읽었다. 그의 냉정한 눈에서 기광이 번득였다.

“호오. 이건 또 재미있는 정보로군. 과연, 그래서 혼자 산맥을 넘고 있었군.”

케이지의 입가에 섬뜩한 미소가 맺혔다.

“좋아. 그럼 일단 도망갈 필요는 없어 보이는군. 아버지에게도 다시 알려야겠어. 그리고 그 길잡이에 대해서도 좀 자세히 알아봐야겠군. 제대로 상대하려면 말이야.”

케이지는 자리에서 일어나 서둘러 밖으로 나갔다. 급히 처리해야 할 일이 몇 가지 생겼다. 어쩌면 그 일로 인해 가넷상단은 한 단계 도약을 할 수 있을지도 모른다. 위기가 기회로 바뀐 것이다.

제9화 카라미스로 가는 길
Ray-El

크레스트 시에서 카라미스 영지까지는 그리 멀지 않았다. 평범한 걸음으로 닷새 정도면 도착할 수 있었다. 강행군을 한다면 사흘 정도로 단축시킬 수도 있었다. 하지만 제니아는 사라와 레이엘이 합류한 뒤로 굳이 서두르지 않았기 때문에 속도는 조금 느린 편이었다.

일단 여유를 가지니 그동안 보이지 않던 여러 가지가 눈에 띄었다. 대표적으로 제니아가 목에 건 목걸이가 있었다.

"아가씨, 그 목걸이 못 보던 거네요?"

"아, 이거?"

제니아는 당황스럽게 웃으며 목걸이를 손으로 살며시 쥐었

다. 아무래도 사라가 보기에 제니아의 목에 걸린 목걸이는 그
녀의 취향이 전혀 아니었다. 목걸이는 상당히 투박했다. 아름
다움을 위해 제작된 목걸이가 절대 아니었다.

사라는 문득 목걸이에서 아주 미약한 마나의 흐름을 느꼈
다. 사라의 눈이 살짝 커졌다. 모양은 조금 볼품없었지만 그건
정말로 귀한 목걸이였다. 마나의 흐름이 느껴진다는 건 마법
이 걸린 목걸이라는 뜻이었다.

"좋은 물건을 구하셨네요. 어떤 기능을 가진 거예요?"

사라가 환하게 웃으며 묻자, 제니아는 더더욱 난감했다. 사
라의 맑은 눈빛에 제니아는 속으로 살짝 한숨을 쉬었다.

"선물 받은 거야. 그래서 아직 나도 잘 몰라."

"예? 선물이요?"

사라의 눈이 동그래졌다. 그리고 그런 목걸이를 선물할 만
한 사람이 누가 있나 생각했다. 답은 금방 나왔다. 사라의 고
개가 레이엘에게로 돌아갔다.

레이엘이 가볍게 고개를 끄덕였다.

"내가 줬다."

사라는 왠지 모르게 서운한 기분이 들었다. 이러면 안 된다
고 생각하면서도 어쩔 수가 없었다. 사라는 억지로 미소를 만
들었다.

"그, 그렇군요. 화, 확실히 레이엘은 대단하네요. 저런 물건
도 척척 만들고."

"별로 대단할 건 없다. 가벼운 공격을 몇 번 막아주고, 몸 상태를 쾌적하게 유지시켜주는 것뿐이니까."

레이엘은 대수롭지 않게 말했지만 그 말을 들은 사라와 제니아는 엄청나게 놀랐다.

두 가지 이상의 기능이 담긴 마법 물품은 정말로 드물었다. 공작가에서 자란 제니아도 거의 본 적이 없을 정도였다.

제니아는 목걸이를 쥔 손에 힘을 주었다. 자신이 찬 이 볼품없는 목걸이가 설마 그렇게 대단한 물건인 줄은 몰랐다. 모르긴 해도 이걸 내다 팔면 만 골드는 너끈히 받을 수 있을 것이다. 아니, 몇 만 골드는 받아낼 수 있을 것이다.

마법물품을 만들 수 있는 마법사도 드물뿐더러 그 자체가 복잡하고 섬세한 공정을 필요로 하기 때문에 막상 물건을 만들어도 성공 확률이 희박했다. 그러니 마법 물품이 비쌀 수밖에 없었다. 더구나 이렇게 장신구에 담긴 마법물품은 부르는 게 값일 정도로 귀했다.

레이엘이 무심한 눈으로 사라를 바라봤다. 사라가 당황하며 레이엘의 눈을 피했다. 마치 자신의 마음을 들킨 것 같아 너무나 부끄러웠다.

사라의 얼굴이 붉어지자 레이엘이 고개를 살짝 갸웃거렸다. 그러다가 이내 고개를 끄덕였다.

"하긴, 갖고 싶을 수도 있겠군."

레이엘은 대수롭지 않게 말하고는 아공간을 열었다. 사람

손바닥만 한 크기의 검은 공간이 나타나자, 레이엘이 그 속에 손을 쑥 넣었다가 뺐다. 레이엘의 손에는 제니아가 건 것과 똑같은 모양의 목걸이가 들려 있었다.

사라와 제니아의 눈이 화등잔만 해졌다. 레이엘은 그것을 사라에게 건넸다. 사라는 떨리는 손으로 그것을 받았다. 거절해야 한다고 마음속으로 애타게 외쳤지만 그녀의 손은 마음을 단숨에 배신해 버렸다.

"이, 이런 걸 제가 받아도 되나요?"

"된다."

레이엘은 별 생각 없이 말했다. 어차피 연습 삼아 만들었던 것 중 하나였다. 똑같은 목걸이가 세 개나 더 있었다.

사라의 얼굴이 환해졌다. 그녀는 목에 목걸이를 걸고는 고마움과 기쁨이 뒤섞인 눈으로 레이엘을 바라봤다.

"고마워요. 정말로."

레이엘은 그저 고개를 끄덕였다. 그리고 제니아는 조금 미묘한 눈으로 그런 두 사람을 바라봤다. 목걸이를 쥔 손에서 힘이 조금씩 빠져나갔다. 제니아의 눈빛이 복잡해졌다.

"조금만 더 가면 큰 마을이 있으니 오늘은 거기서 쉬는 걸로 해요."

제니아는 억지로 무덤덤한 표정을 지으며 그렇게 말했다. 그리고는 걸음을 조금 더 서둘렀다. 이대로 있으면 왠지 마음이 이상해질 것 같았다. 아니, 벌써 조금 이상해졌다.

'하아. 정말 바보 같아.'

제니아의 한숨은 밖으로 나오지 않았다. 속으로 내쉬는 한숨은 더욱 마음 깊이 파고들었다.

*　　　　*　　　　*

켄트는 녹초가 된 몸으로 신전을 나섰다. 크레스트 시에 있는 것은 대지의 신 소이엘을 모시는 신전이었다. 고대에는 신전의 힘이 막강했다고 전해지지만 최근에는 전혀 그렇지 않았다. 신성력 또한 그러했다. 신성력을 품은 신관 자체가 그리 많지 않았다.

세상에 알려진 신은 많지만, 모든 신이 신관들에게 신성력을 전해주지는 않는다. 그래서 신성력이 없는 신전에서는 자연스럽게 치료술이 발달했다. 그들은 그런 방법으로 사람들의 지지 기반을 만들어 왔다.

또한 신성력을 보유하고 있다고 해서 그것이 기적 같은 힘을 보여주지는 않는다. 상처를 단숨에 아물게 할 수 있지만, 그것은 마법도 마찬가지였다.

다만, 마법에 비해 부작용이 훨씬 덜하다는 차이만 있을 뿐이었다. 게다가 신성력 자체가 미약하기 그지없어 신성력만으로 치료할 수 있는 것에는 한계가 있었다. 그래서 치료술과 병행하는 것이 일반적이었다.

켄트는 대지의 신전에서 총 열 명의 신관들이 퍼부어주는 신성력으로 으스러진 손목을 말끔히 치료할 수 있었다. 물론 신성력을 받기 전에 기본적인 치료를 했다. 그것이 너무나 힘들어 녹초가 된 것이다.

으스러진 손목뼈를 대강이나마 맞추지 않으면 치료에 필요한 신성력의 양이 너무 많아지기 때문에 어쩔 수 없이 취한 조치였다. 부러진 것도 아니고 완전히 으스러진 뼈를 이리저리 꿰맞추는 건 어마어마한 고통을 수반했다.

신성력을 받으면 체력이나 정신력을 보충할 수 있는데도 이렇게 기진맥진할 정도로 고통스러웠다.

"으드득. 이놈, 절대 가만 두지 않겠다."

켄트는 신전을 나서며 이를 갈았다. 자신에게 이런 고통을 준 그놈을 어떻게든 갈아 마시고 싶었다. 하지만 레이엘을 떠올리기만 해도 아랫배가 싸늘해졌다. 그 상태에서 누가 건드리기만 해도 오줌을 지릴 것이다.

"으으으."

켄트는 공포로 몸을 부르르 떨었다. 그리고 정신없이 고개를 저어 뇌리에서 레이엘의 모습을 털어 버렸다. 한 인간이 이렇게 두려워지는 건 처음이었다. 그동안 켄트에게 있어서 가장 무서운 사람은 케이지였는데, 레이엘은 그보다 수십 배는 더 두려웠다.

그렇게 축 처져서 돌아온 켄트는 차가운 눈으로 자신을 바라보는 케이지를 발견했다.

"돌아왔느냐? 손목은 괜찮고?"

"예. 형님. 기부금이 많으니 열 명이나 붙어서 치료를 해주더군요."

케이지가 고개를 끄덕였다. 켄트의 상태가 좋지 않아 보여 돈을 많이 준비한 것이다. 그렇지 않으면 시간은 시간대로 날리고 치료도 제대로 되지 않을 확률이 높았다.

"널 그렇게 만든 놈에 대해 좀 알아봤다."

케이지의 말에 켄트의 눈이 스산한 빛을 띠었다. 그와 동시에 그의 눈 깊은 곳에서 두려움이 일렁였다. 케이지는 그런 켄트의 모습을 이채롭게 지켜봤다.

'이것 봐라?'

지금 켄트의 상태는 공포가 뼛속 깊이 각인되었을 때나 나타날 법한 반응이었다. 고작 손목이 으스러졌다고 이런 반응이 나올 리 없었다. 뭔가 다른 일이 또 있었던 게 분명하다. 아니면 그 레이엘이라는 길잡이가 뭔가 수를 썼던가.

어느 것이 되었든 케이지에겐 좋지 않은 일이었다. 그만큼 레이엘이 뛰어난 사람이라는 반증이기 때문이다.

'뭐, 조사한 바로도 보통 놈이 아니긴 했지만.'

케이지는 속으로 그렇게 중얼거리며 서류 한 장을 켄트에게 넘겼다. 켄트는 그것을 받아 꼼꼼히 읽었다. 평소의 그라면 전혀 상상도 할 수 없는 모습이었다.

서류를 모두 읽은 켄트는 그것을 케이지에게 돌려주며 말했다.

"마수의 숲을 자유자재로 돌아다닐 수 있는 길잡이라니, 놀랍군요. 이게 정말입니까?"

"정확한 사실이다."

켄트의 눈이 빛났다.

"그럼 혹시 포레인에 그의 지인이 있으면 협박을 할 수 있지 않겠습니까?"

"벌써 알아봤다. 전혀 연고자가 없더군. 만일 할 수만 있다면 상단에 큰 도움이 될 텐데 말이야."

"상단에 도움이 된다고요?"

"마수의 숲을 자유자재로 돌아다닌다는 게 어떤 의미가 있는지 모르는구나. 그건 숲의 마수들을 따로 유인해 해치울 수도 있다는 뜻이다. 제대로 된 마수를 한 마리만 잡아도 그 가치가 얼마나 되는지 모르지는 않겠지?"

켄트가 꿀꺽 침을 삼켰다. 확실히 제대로 된 마수를 잡는다면 보통 사람은 단번에 팔자가 필 정도로 막대한 돈을 벌 수 있다.

게다가 운이 좋으면 마수의 몸에서 마정석까지 뽑아낼 수 있다. 마정석은 마나스톤과 비슷하지만 더 높은 가격에 거래된다. 마법사들에게 훨씬 큰 쓸모가 있기 때문이다.

"한데 과연 그놈이 우리의 말을 제대로 듣겠습니까? 다음에

만나면 다 죽여 버리겠다고 할 정도로 화가 났는데…….”

“듣게 만들어야지. 네게 명예를 회복할 수 있는 기회를 주겠다. 해보겠느냐?”

켄트가 무겁게 고개를 끄덕였다.

“하겠습니다. 하지만 과연 제가 그놈을 잡을 수 있겠습니까?”

켄트의 자신 없는 표정에 케이지가 의미심장한 미소를 지었다.

“할 수 있다. 자신을 가져라.”

케이지의 말이 끝나기 무섭게 한 사람이 케이지의 뒤에 나타났다. 그는 검은 로브를 뒤집어쓰고 있었는데, 온몸에서 풍기는 분위기가 심상치 않았다.

켄트는 갑자기 으슬으슬한 한기가 드는 것 같아 몸을 한 차례 부르르 떨었다.

“소개하마. 다카르님이시다.”

“다카르라고 하오.”

다카르는 마치 유령처럼 켄트에게 다가가 손을 내밀었다. 켄트는 떨떠름한 표정으로 다카르의 손을 잡았다.

“켄트라고 합니다.”

“다카르님은 대단한 능력을 가진 분이시지. 그깟 길잡이 따위는 단숨에 제압할 수 있는 분이다.”

켄트의 표정이 약간 밝아졌다. 케이지는 그런 켄트를 보며 가볍게 고개를 끄덕였다.

"다카르님. 부탁드립니다."

"걱정 마시오. 내가 다 알아서 할 테니까."

다카르의 목소리는 상당히 음울했다. 그저 목소리를 듣는 것만으로도 몸의 기력이 쭉쭉 빠져나가는 느낌이었다. 켄트의 눈에 살짝 두려움이 머물렀다. 다카르가 주는 두려움은 레이엘이 심어준 공포와는 또 달랐다.

"그놈들이 어디쯤 있는지는 알아봤소?"

케이지는 지도 한 장을 꺼냈다. 그리고 한 지점을 짚으며 말했다.

"아침 일찍 출발했으니 아마 지금쯤 이곳을 지나고 있을 겁니다. 그리고 조금 서둘렀다면 이쯤에 도착했을 겁니다. 천천히 갔다면 이 마을에서 묵을 것이 분명하고, 서둘렀다면 마을을 지나 노숙을 하겠지요."

케이지의 설명을 묵묵히 듣고 있던 다카르는 고개를 한 번 끄덕이고는 걸음을 옮겼다. 당황한 켄트에게 케이지가 눈짓을 했다. 켄트는 화들짝 놀라 다카르의 뒤를 따랐다.

그리고 켄트의 호위 일곱이 황급히 안에서 나와 그들을 향해 달려갔다.

케이지는 의미심장한 표정으로 다카르와 켄트 일행을 바라봤다. 고작 아홉 명에 불과하지만 이들은 충분히 레이엘을 제압해 사로잡고, 제니아와 사라까지 잡아올 거라고 믿어 의심치 않았다.

＊　　　＊　　　＊

　마을은 레이엘이 생각했던 것보다 훨씬 컸다. 이 정도면 조금 규모가 작은 도시라고 해도 될 정도였다.

　당연히 마을에는 없는 게 거의 없었다. 굳이 없는 걸 찾자면 신전과 마탑의 지부 정도였다.

　레이엘은 일단 무기점으로 향했다. 보통은 무기점에서 대장간도 함께 운영했다. 무기점에 대장간이 붙어 있는 경우도 있고, 따로 멀찍이 떨어진 곳에 대장간을 만드는 경우도 있었다. 이 마을의 경우는 나란히 붙어 있었다.

　"무기 사시려고요? 그 검도 꽤 괜찮아 보이던데."

　사라가 옆에 바짝 붙어서 묻자, 레이엘은 그녀를 힐끗 한 번 쳐다봤다.

　"사는 게 아니라 팔려고 한다."

　사라의 눈이 살짝 커졌다.

　"팔아요? 무기를요? 아, 그러고 보니 대장간도 있었지."

　사라는 그제야 마수의 숲에 있는 레이엘의 집에서 본 대장간이 떠올랐다.

　'정말로 못하는 게 없네. 대장장이 일도 할 수 있단 말이야? 그러고 보니 이런 목걸이를 만드는 것도 쉬운 일은 아닐 텐데.

설마 세공도 하는 건가? 대체 저 나이에 그 많은 걸 익히려면 얼마나 천재라야 되는 거야?'

사라는 조금 질린 눈으로 레이엘을 바라봤다. 그리고 제니아 역시 사라와 비슷한 표정을 지었다. 그녀들이 보기에 레이엘은 이미 인간의 범주를 넘어선 사람이었다.

"무슨 무기를 파시려고요?"

사라는 뭐가 그렇게 궁금한지 계속 물었다. 레이엘은 그렇게 계속 자신에게 말을 걸어주는 사라가 싫지 않았다. 사라와 대화를 하고 있으면 뭔가가 조금씩 채워지는 기분이 들었다.

"지금 고르는 중이다."

레이엘의 대답에 이번에는 제니아가 눈을 빛냈다.

"어떤 게 있는지 제가 좀 봐도 될까요? 이런 마을에서 팔 수 있는 건지 없는 건지 미리 알아봐야 하지 않아요?"

제니아의 말에 레이엘이 살짝 미소를 지었다. 그리고 고개를 끄덕였다.

"그것도 나쁘지는 않겠지. 하지만 그래도 기다려라. 조금 추려야 하니까."

레이엘의 아공간에는 헤아릴 수 없을 정도로 많은 물건들이 들어가 있었다. 일반적인 마법으로 만든 아공간이 아니라서 그 크기가 엄청났다.

아무리 8클래스에 오른 마법사가 공간에 대한 깨달음을 바탕으로 아공간을 만들었다 하더라도 그 크기는 고작 집 한 채 정도에 불과했다. 그보다 더 크게 만드는 건 인간이 가진 정신력과 마나의 한계 때문에 거의 불가능했다.

사실 집 한 채 크기로 만드는 것도 보통 일이 아니었다. 그만한 크기의 공간을 만든다는 건, 그 정도 크기의 마나를 아주 세밀하게 부분부분 다룰 수 있어야 한다는 뜻이었다. 즉, 8클래스라는 마법 경지에 마나 컨트롤 능력까지 있어야 아공간을 만들 수 있다는 뜻이었다.

하지만 레이엘이 만든 아공간은 그런 법칙을 몇 단계 뛰어넘었다. 레이엘은 마음만 먹으면 지금 가진 것보다 훨씬 더 큰 아공간도 만들어낼 수 있었다. 다만 그렇게 하려면 들어가는 재료와 시간이 어마어마하기 때문에 시도하지 않을 뿐이었다. 물론 지금 가진 아공간도 충분히 거대했다.

그러니 그 안에 얼마나 많은 물건이 들어 있겠는가. 레이엘은 그동안 돈의 필요성을 크게 느끼지 못했다. 포레인에서 가끔 무기를 팔거나 마수의 시체에서 뽑아낸 재료들을 파는 것만으로도 막대한 돈을 벌 수 있었다. 그렇게 한 번 돈을 벌면 그것이 다 떨어지기 전까지는 돈에 대해서 신경을 딱 끊고 살아왔다.

하지만 지금은 먼 여행을 떠나는 중이다. 돈이 꼭 필요했다. 어려운 일도 아니다. 이곳은 포레인에서도 꽤 떨어진 곳이다. 게다가 구름산맥까지 넘어왔다. 아마 그곳에서의 가치와 이곳에서의 가치는 하늘과 땅 차이일 것이다.

"이 중 하나를 파는 게 그나마 낫겠군."

그렇게 말하며 레이엘이 꺼낸 것은 상당히 고급스러운 레더 아머 한 벌, 무엇으로 만들었는지 모를 거무튀튀하고 커다란 양손검 한 자루, 또 역시 재료가 무엇인지 알 수 없는 불그스름한 활 한 자루, 그리고 마지막으로 은색으로 반짝반짝 빛나는 롱소드 한 자루였다.

그 물건들을 하나하나 보던 제니아와 사라의 입에서 동시에 경악에 찬 외침이 터져 나왔다.

"카라디움!"

두 여인은 다른 건 보지도 않고 은빛의 롱소드만을 조심스럽게 들고는 이리저리 살폈다. 사라는 마나를 흘려보내기도 했다.

"아아……. 순수한 카라디움으로만 이루어진 검이에요. 어떻게……."

카라디움은 기사들의 꿈이라 불리는 금속이었다. 카라디움은 오라를 받아들이는 성질이 있어 기사들이 오라를 한결 손쉽게 사용할 수 있게 해준다. 더구나 그 날카로움이나 강도는 다른 강철검에 비할 바가 아니었다.

카라디움이 1%만 섞인 검으로 강철검을 내리쳐도, 그냥 잘려 버릴 정도로 검의 질이 확연히 달라진다.

하지만 카라디움에도 단점이 있었다. 다루기가 너무나 어렵다는 점과, 가격이 어마어마하게 비싸다는 점이었다.

일반적인 대장장이는 카라디움이 생기면 5%를 섞어서 쓰는 게 보통이었다. 그리고 뛰어난 대장장이라면 50% 정도를 섞어서 제련하는 게 가능했다.

한데 지금 레이엘이 꺼낸 롱소드는 오로지 카라디움만으로 이루어진 검이었다. 이런 검을 만들 수 있는 대장장이는 크롬 왕국에 존재하지 않았다. 아니, 다른 나라나 제국에 가도 만날 수 있을지 장담하지 못한다.

"대, 대단해요! 설마 이 정도 실력을 가지고 계실 줄은 몰랐어요. 그런데 이, 이걸 파시려고요? 너, 너무 아깝지 않아요? 게다가 이런 곳에서는 팔기가 쉽지 않을 거예요."

카라디움만으로 만든 검은 부르는 게 값이다. 그런 검을 이런 마을에 있는 무기점이나 대장간에서 살 수 있을 리 없다. 이런 건 제값을 받으려면 귀족가로 가져가야 한다.

"그럼 일단 이건 빼야겠군."

레이엘은 별것 아니라는 듯 카라디움 롱소드를 아공간에 던져 넣었다. 사실 카라디움이 그렇게 대단한 물건이라고 생각해 본 적이 없었다. 아무리 레이엘이라고 해도 모든 걸 알 수는 없는 법이다. 더구나 지금 이 상황에선 모르는 게 더 많을 수도 있었다.

카라디움은 마수의 숲에서는 그리 어렵지 않게 구할 수 있었다. 마수의 숲에서 상당히 깊은 곳에 들어가면 레이엘이 만들어 놓은 광산이 있는데, 그 광산에서 카라디움과 철을 비롯한 몇 가지 광석이 다양하게 나왔다.

레이엘은 그것들을 이용해서 무기와 물건을 만들어 왔다.

'생각해 보니 카라디움이라는 걸 이용해서 만든 무기를 판 적은 한 번도 없었군.'

레이엘의 특기는 마수 사냥이다. 당연히 레이엘이 만든 무기는 마수의 사체에서 추출한 재료를 이용해 왔다.

아무튼 카라디움 롱소드가 사라지자, 사라와 제니아가 아쉬운 눈을 감추지 못했다. 두 여인은 마음을 다잡고 나머지 물건을 살폈다. 하지만 그 물건들의 가치를 쉽게 정하지 못했다. 한 번도 본 적이 없는 재료를 이용했기 때문이다.

"대, 대체 이건 뭘로 만든 거죠?"

레더아머를 들어올린 사라를 향해 레이엘이 가볍게 대답했다.

"흑표범의 가죽으로 만들었다. 알다시피 흑표범은 되살아나는 힘을 가졌지. 그래서 가죽도 재생이 잘 되는 편이다."

레이엘은 그렇게 말하며 손을 가볍게 휘저었다. 그러자 레더아머의 가슴 부분이 쩍 갈라졌다.

사라와 제니아의 눈이 커졌다. 팔려고 내놓은 물건을 단숨에 갈라 버렸으니 놀라는 게 당연했다. 하지만 두 여인의 눈은 이내 훨씬 더 큰 경악을 담아야 했다.

"이, 이럴 수가……."

갈라진 부분이 서서히 붙기 시작했다. 마치 상처 입은 사람

에게 힐링 마법을 펼쳐 상처가 조금씩 아무는 것 같은 모습이
었다.

갈라진 부분이 완전히 붙는 데 걸린 시간은 5분 정도였다.
하지만 그것만으로도 충분히 대단했다.

"나머지도 다 마수의 몸에서 나온 걸로 만든 물건이다. 가
치를 정하지 못하겠나 보지?"

사라와 제니아는 힘없이 고개를 끄덕였다. 그 말을 인정하
지 않을 수 없었다. 마수의 사체에서 나온 재료로 만든 물건은
정말로 희귀했다.

포레인에 가서야 간신히 얻을 수 있을 정도고, 그나마도 많
지 않았기 때문에 이렇게 멀리 떨어진 곳에서는 그 가격이 어
마어마했다.

레이엘이 꺼낸 것은 그중에서도 가치가 비교적 떨어지는 것
들이었다.

"일단 무기점에 들어가서 흥정을 해보지. 돈이야 많을수록
좋으니까."

레이엘은 다시 성큼성큼 걸음을 옮겼다. 제니아와 사라는
그 모습을 멍하니 바라보다가 이내 퍼뜩 정신을 차리고 황급
히 레이엘의 뒤를 따랐다.

무기점은 상당히 규모가 컸다. 이곳은 크레스트 시에서 가
까운 곳이다. 크레스트 시는 구름산맥에서 내려오는 몬스터를

상대하기 위해 항상 무구가 필요했다. 이곳의 무기점은 그런 크레스트 시에 무구를 공급해 주는 역할도 하고 있었다.

무기점에는 세 명의 점원이 있었고, 손님도 꽤 많았다. 구경을 하는 사람도 있었고, 흥정을 하는 사람도 있었다.

레이엘은 점원 중 한 명에게 다가갔다. 점원은 눈치 빠르게 먼저 레이엘에게 달려가 고개를 숙이며 물었다.

"무슨 일로 오셨습니까? 검에서부터 방패, 갑옷까지 없는 게 없습니다. 원하시는 무기라도……."

점원의 말에 레이엘은 손에 든 레더아머를 내밀었다.

"이걸 팔러 왔다."

점원은 얼굴에서 미소를 지우지 않고 레더아머를 받아들었다.

"잠시만 기다려 주십시오. 제가 금방 살펴보고 말씀드리겠습니다."

무기점의 점원은 상당한 경력이 필요하다. 이렇게 무기를 팔러 오는 사람들이 있었기 때문이다. 날카로운 눈썰미와 풍부한 경험이 없다면 사기를 당하기도 했다.

점원은 레이엘에게 받은 레더아머를 이리저리 살펴봤다. 그리고는 고개를 갸웃거렸다. 무슨 가죽으로 만들었는지 알 수가 없었다.

레더아머는 검은색이었는데, 무두질도 상당히 잘 되어 있었고, 모양도 꽤 잘 빠졌다. 만들기는 잘 만들었는데, 재료가 뭔지 모르니 가격을 책정하기가 어려웠다.

그냥 소가죽으로 만들었다면 무기점 판매가가 50실버쯤 하니, 30실버 정도로 가격을 책정한다. 하지만 만일 오우거 가죽이라도 썼다면 가격은 단숨에 올라간다. 판금갑옷보다 오히려 훨씬 비싸기 때문에 20골드는 줘야 한다.

'대체 무슨 가죽이지? 설마 싸구려 가죽으로 만들고 사기를 치려는 건 아니겠지?'

점원은 속으로 그렇게 생각하며 레이엘의 눈치를 힐끗 살폈다. 하지만 레이엘의 표정은 무기점을 들어올 때부터 지금까지 한 번도 변하지 않았다.

'표정이 좋군. 완벽한 무표정이야. 이런 사기꾼을 만나면 골치가 아파지는데……'

점원은 결국 가격 책정을 포기했다. 하지만 일단 소가죽 정도로 책정을 해서 가격을 불러봤다.

"확실치는 않지만 한 30실버 정도면 어떻습니까?"

레이엘의 눈썹이 살짝 꿈틀거렸다. 레이엘은 손을 내밀었다. 그런 가격에 이걸 넘길 수는 없었다. 제대로 된 안목을 가진 사람에게 넘기면 최소한 30골드는 받을 수 있는 물건이었다. 무엇보다 수리가 아예 필요 없고 거의 영구적으로 쓸 수 있기 때문에 전투를 업으로 삼는 사람들에게는 최고의 물건이었다.

이와 비슷한 레더아머를 포레인에서 35골드에 판 적도 있었다.

"됐다."

점원은 레이엘의 말투에 기분이 팍 상했지만 그래도 손님이었기에 최대한 미소를 유지하며 레더아머를 돌려줬다.

레이엘은 그것을 받고선 몸을 돌렸다. 어차피 아직 돈은 조금 있었다. 여기서 못 팔면 제대로 안목을 갖춘 다른 곳에서 팔면 그만이다. 도시로 가면 안목을 갖춘 사람도 많을 테니 더 쉽게 팔 수 있을 것이다.

레이엘이 돌아서서 몇 걸음을 걸었을 때, 뒤에서 누군가 그를 불렀다.

"잠시만 기다려 주시오!"

레이엘은 걸음을 멈추고 돌아섰다. 그를 부른 것은 안에서 무기를 구경하고 있던 용병이었다. 척 보기에도 범상치 않은 실력을 가진 듯했다. 그리고 실제로도 상당히 뛰어난 용병이었다.

"난 부르터라고 하오. 혹시 그 레더아머, 내가 좀 봐도 되겠소?"

레이엘은 망설임 없이 부르터에게 그것을 내밀었다. 부르터는 레더아머를 받아들고 그것을 조심스럽게 살폈다. 그의 눈에 이채가 흘렀다.

"혹시 이거 흑표범 가죽으로 만든 거요?"

레이엘이 고개를 끄덕이자, 부르터의 눈이 찢어질 듯 커졌다.

"조, 조금 시험해 봐도 되겠소?"

"좋을 대로."

부르터는 나이프를 꺼냈다. 날이 어찌나 잘 벼려져 있는지 머리카락이라도 갖다 대면 그대로 잘려나갈 것 같았다. 부르터는 그 나이프로 레더아머를 콱 찍었다.

틱!

나이프는 레더아머에 박히지 않고 마치 미끄러지듯 옆으로 빗겨 나갔다. 부르터의 눈빛이 일렁였다. 부르터는 몇 번 더 시도했지만 여전히 나이프는 레더아머에 흠집 하나 내지 못했다.

그 광경을 지켜보던 점원의 눈이 화등잔만 해졌다. 이건 보통 가죽이 아니었다. 오우거 가죽에 필적할 만한 것이 분명했다.

점원은 지금 나이프를 휘두르는 부르터가 누군지 잘 알고 있었다. 부르터가 휘두르는 나이프가 흠집조차 내지 못했다면 정말로 대단한 레더아머였다. 하지만 더 놀랄 만한 일은 그 다음에 벌어졌다.

"이제 진짜로 하겠소."

부르터는 그렇게 말하고는 나이프에 오라를 밀어 넣었다.

지잉.

나이프가 미약하게 진동하더니 순식간에 오라가 덧씌워졌

다. 부르터는 주저 없이 그것으로 레더아머를 갈랐다.

쫘악!

아무리 단단한 가죽이라도 오라를 덧씌운 검에 닿으면 찢어질 수밖에 없었다. 점원은 물론이고 호기심 어린 눈으로 그 광경을 지켜보던 모든 사람들이 깜짝 놀랐다.

"저, 저……!"

하지만 정작 당사자인 부르터와 레이엘은 아무렇지도 않은 표정이었다. 이내 더 놀랄 만한 광경이 펼쳐졌다. 오라로 인해 찢어진 레더아머가 스스로 복구를 시작한 것이다.

찢어진 부분이 얼마 되지 않았기에 복구는 금방 이루어졌다. 복구가 모두 끝나자, 부르터가 손가락 다섯 개를 펼쳤다.

"50골드 내겠소."

이 레더아머는 부르터에게 충분히 그 정도 가치가 있었다. 레이엘이 고개를 끄덕이려는 순간, 점원이 재빠르게 나섰다.

"헤헤, 손님. 이러시면 곤란합니다. 이분은 제게 먼저 이 레더아머를 팔러 오셨습니다."

가치를 몰랐다면 모를까 알게 되었으니 일단 얼굴에 철판부터 깔았다. 레이엘이 무심한 눈으로 점원을 쳐다봤다. 하지만 이미 철판을 깐 점원은 자신 있는 표정으로 말했다.

"제가 55골드 드리겠습니다. 다른 어디를 가셔도 이 이상은 받지 못하실 겁니다."

점원의 말에 부르터의 얼굴이 팍 일그러졌다. 마침 가진 돈이 50골드 정도뿐이었다. 더 이상 협상할 여력이 없었다. 점원은 부르터의 여력까지 계산에 두고 값을 부른 것이었다.

점원이 생각하기에 이 레더아머의 가치는 고작 55골드가 아니었다. 이건 잘만 팔면 70골드에도 팔 수 있었다.

'흐흐. 70골드에만 팔아도 그게 어디냐. 자그마치 15골드나 남기는 거잖아? 그중 절반은 내 수당으로 들어올 테니, 무려 7골드 50실버! 흐흐. 이거 땅 짚고 헤엄치기로군.'

어쩌면 더 받을 수 있을지 모른다. 과시욕이 큰 귀족들에게 팔면 훨씬 더 비싸게 팔 수도 있을 것이다. 최소한 이것은 그 정도의 희소성이 있었다.

레이엘은 자신만만한 점원의 얼굴을 보며 입꼬리를 살짝 말아 올렸다. 그리고 부르터를 향해 손을 내밀었다. 부르터는 무슨 의미인지 몰라 잠시 어리둥절한 표정을 지었다. 하지만 이내 자신이 들고 있는 레더아머를 보고는 쓴웃음을 지으며 그것을 내밀었다.

레이엘은 고개를 저었다. 그리고 손가락 다섯 개를 펼쳐서 부르터에게 보여줬다. 부르터는 잠시 멍하니 그것을 바라보다가 크게 웃었다.

"으하하핫! 이거 재미있는 친구로군!"

부르터는 품에서 얼른 돈주머니를 꺼냈다. 그 안에는 50골드가 조금 넘는 돈이 들어 있었다. 이 통쾌한 거래를 얼른 끝내고 싶어서 가진 돈을 모두 내민 것이다.

레이엘은 그것을 받아들고는 그대로 몸을 돌렸다. 이내 레이엘이 무기점 밖으로 나갔다.

점원은 레이엘이 사라질 때까지 멍하니 바라봤다. 그리고 퍼뜩 정신을 차리고는 부르터를 바라봤다. 아니, 부르터의 손에 있는 레더아머를 바라봤다.

"저……, 손님, 그거 60골드에 파시는 건……."

"이놈도 꽤 재미있는 놈이로군."

부르터는 그 말을 남기고 밖으로 나갔다. 그는 무기점에서 나가자마자 레더아머를 보물처럼 소중히 끌어안고는 부리나케 달려갔다. 어서 그것을 입고 싶었다.

점원은 부르터마저 사라지자 망연한 표정으로 문만 바라봤다. 그러다가 이내 체념한 얼굴로 한숨을 내쉬며 고개를 절레절레 저었다.

50골드는 상당히 많은 돈이다. 1골드면 평민 가정이 세 달을 생활할 수 있다. 50골드면 웬만한 사람은 몇 년을 뼈 빠지게 일해서 악착같이 모아야 만질 수 있는 돈이었다.

레이엘이 무기점에서 그렇게 큰돈을 받아 나가는 걸 본 사람이 한두 명이 아니었다. 용병이 대부분이고, 또 질이 좋지 않은 직업을 가진 자들도 몇 있었다.

무기점에서 나가자마자 은밀히 뒤를 따르는 사람이 셋이나 붙었다. 같이 움직이는 자들이 아니라, 각기 다른 패거리였다.

그들은 서로의 존재를 알고 치열하게 눈치 싸움을 하며 레이엘을 미행했다.

레이엘은 무기점에서 나온 후, 곧장 여관으로 향했다. 사라와 제니아는 레이엘이 무기점에서 물건을 파는 동안 근처에 있는 다른 상점에 들어가 있었다. 레이엘은 그곳에 들러 두 여인을 데리고 미리 잡아 놓은 여관으로 갔다.

그때까지만 해도 아무런 문제가 없었다. 문제는 저녁식사를 하기 위해 홀에 내려왔을 때 벌어졌다.

레이엘은 홀에 있는 사람들 중, 아까 자신을 은밀히 뒤따라왔던 자들도 섞여 있다는 걸 알 수 있었다. 누군지도 단숨에 파악했다.

사람들이 가진 고유의 기운을 구분해 내는 건 레이엘에게는 간단한 일이었다. 더구나 카르의 내단을 흡수한 이후로는 감각이 훨씬 더 예민해졌다.

테이블에 앉은 레이엘 일행은 간단하게 식사를 주문했다. 이내 맛있는 냄새와 함께 먹음직스런 음식들이 테이블에 가득 채워졌다.

레이엘은 손을 들어, 막 음식을 먹으려던 사라와 제니아를 제지했다. 사라와 제니아는 의아한 눈으로 레이엘을 바라봤다.

"좋지 않은 게 들은 것 같다. 먹지 마라."

"예?"

사라와 제니아는 놀란 눈으로 레이엘과 자신들의 음식을 번갈아 쳐다봤다. 좋지 않은 거라니, 대체 뭐가 들었단 말인가. 하지만 레이엘이 허튼소리를 하지 않는다는 걸 잘 알기에 두 사람은 음식에서 손을 놓았다.

레이엘이 자리에서 일어나자, 사라와 제니아도 따라 일어났다. 그러자 그들을 지켜보고 있던 세 사람이 당황한 표정을 감추지 못했다. 그들은 홀의 웨이트리스에게 계속 눈짓을 보냈다.

웨이트리스는 황급히 세 사람에게 다가갔다.

"저……, 뭔가 마음에 안 드시는 거라도 있으신가요?"

웨이트리스의 말에 레이엘이 그녀를 빤히 쳐다봤다. 웨이트리스는 당황한 얼굴로 말을 이었다.

"음식을 아예 하나도 안 드신 것 같아서요. 문제가 있다면 말씀해 주십시오. 음식을 다시 내오겠습니다."

웨이트리스의 말에 레이엘이 테이블 위에 있던 빵 하나를 집어 그녀에게 건넸다. 웨이트리스는 어리둥절한 얼굴로 그것을 받아들었다.

"먹어라."

레이엘의 말에 웨이트리스는 크게 당황했다.

"소, 손님?"

"그것을 남김없이 먹고도 멀쩡히 서 있다면 이 음식들을 먹지."

웨이트리스는 억지로 미소를 지으며 빵을 슬며시 테이블에 다시 내려놓았다.

"소, 손님의 것인데 그럴 수는 없습니다. 그, 금방 치우고 다시 내오겠습니다."

웨이트리스는 크게 당황하며 서둘러 테이블을 치우기 시작했다. 레이엘은 그 모습을 가만히 보다가 다시 몸을 돌려 계단으로 걸어갔다. 사라와 제니아는 놀란 눈으로 그런 레이엘의 뒤를 따랐다.

'설마 정말로 음식에 독을 탔단 말이야?'

두 여인은 지금의 상황을 이해할 수 없었다. 대체 왜 처음 보는 웨이트리스가 자신들에게 이런 짓을 한단 말인가.

"노숙을 하는 것도 아닌데 음식을 해먹게 생겼군."

방으로 들어온 레이엘은 그렇게 중얼거리며 뭔가를 계속해서 꺼냈다. 간단한 요리 도구였다. 레이엘은 순식간에 꽤 먹을 만한 스테이크와 스프를 만들어냈다. 그리고 말랑말랑한 빵도 준비를 했다.

아공간에 보관하는 식재료나 음식은 전혀 상하지 않고 보관 당시의 상태 그대로 보존된다. 싱싱한 재료로 만들었으니 맛있는 게 당연했다.

사라와 제니아, 그리고 레이엘은 순식간에 그것들을 먹어치웠다. 오래 걸었기 때문에 배가 상당히 고팠다.

"오늘은 일찍 자둬라. 내일 새벽에 출발할 테니까."

레이엘의 말에 제니아가 고개를 갸웃거렸다. 굳이 갑자기 서두를 이유가 없는데, 새벽에 떠난다니 조금 이상했다.

"새벽에 떠날 이유가 있나요?"

"어차피 그때 깰 테니까."

레이엘은 의미심장한 말을 남기고 침대에 누웠다. 제니아는 침대에 누워 레이엘의 말을 곱씹다가 살며시 잠들었다. 사라는 레이엘이나 제니아보다 훨씬 먼저 잠들었다. 밥을 먹자마자 침대에 눕더니 그대로 잠들어 버린 것이다.

그렇게 세 사람이 깊은 잠에 빠져들었고, 천천히 밤이 찾아왔다.

제10화 흑마법사
Ray-El

　초저녁부터 잠을 자기 시작한 사라는 갑자기 찬 기운이 얼굴을 스치자 설핏 잠에서 깼다. 그녀는 살며시 눈을 뜨고 창문 쪽을 쳐다봤다. 찬 기운이 들어왔다는 건, 창문이나 문이 열렸다는 뜻이었다.

　창문을 바라본 사라는 깜짝 놀랐다. 그곳에 시커먼 그림자 하나가 있었다. 그녀는 이내 상황을 알아차렸다. 누군가 몰래 들어온 것이다. 한 사람이 아니었다. 고개를 살짝 돌려 확인해 보니 문으로 들어온 사람도 있었다.

　'모두 셋인가? 어떻게 하지?'

　사라는 잠시 당황했지만, 이내 침착하게 마법을 준비했다.

아직 깬 사람이 자신밖에 없는 듯하니 자신이 해결할 생각이었다.

'일단 *라이트*로 시력을 빼앗은 다음에 *마나볼*로 뒤통수를 때려서 기절시키면 될까?'

일단 결정을 내렸으면 서둘러야 했다. 방 안에 들어온 자들의 움직임이 빨라졌다. 그들이 품에서 단검을 빼드는 순간, 사라는 나직이 시동어를 읊었다.

"*라이트*."

파앗!

세 개의 눈부신 빛덩이가 방 안에 들어온 세 사람의 눈앞에 갑자기 나타났다.

"크아악!"

그들은 어둠 속에서 갑자기 터진 빛에 일시적으로 시력을 상실했다. 너무 갑작스러운 일이었기에 감각마저도 살짝 흔들렸다. 그리고 그 틈에 사라가 몸을 벌떡 일으키며 준비한 마법을 펼쳤다.

"*마나볼!*"

퍼버벅!

단단하게 뭉쳐 희미하게 일렁이는 마나가 세 사람의 뒤통수에 작렬했다. 세 사람은 제대로 대응도 하지 못하고 그대로 허물어졌다.

사실 그들의 실력이 그리 뛰어나지 않았기에 이렇게 쉽게 당한 것이지, 진짜 뛰어난 암살자나 도둑이 들어왔다면 일이 이렇게 간단히 풀리지 않았을 것이다. 무엇보다 사라가 잠에서 깨는 일조차 없었을 것이다.

"휴우."

사라는 안도의 한숨을 내쉬며 자리에서 일어났다. 아직도 사라지지 않고 둥둥 떠 있는 '라이트'의 불빛이 방 안을 환하게 비추고 있었다.

덕분에 쓰러진 자들의 면면을 확인할 수 있었다. 이들은 복면조차 쓰지 않은 채로 들어왔다. 사라는 이들의 얼굴이 왠지 낯익다는 생각이 들었다.

"누구지?"

사라가 고개를 갸웃거리자, 언제 일어났는지 옆으로 다가온 레이엘이 그녀의 궁금증에 답을 해주었다.

"오늘 내내 우리를 쫓아다닌 놈들이다. 아마 내 돈을 노렸겠지."

"아! 레이엘, 일어나 계셨군요."

사라가 깜짝 놀라 고개를 돌려 레이엘을 바라봤다. 그리고 그제야 알 수 있었다. 레이엘은 처음부터 깨 있었고, 자신이 나서지 않았더라도 이들은 그 어떤 짓도 할 수 없었다는 것을.

왠지 공연히 힘만 뺀 것 같아 머쓱한 표정으로 다시 고개를 돌리는 사라의 모습에 레이엘이 입을 열었다.

"잘했다. 꽤 훌륭한 대처였다."

레이엘의 칭찬에 사라는 대번에 얼굴이 환해졌다. 그리고 살며시 뺨을 붉혔다.

너무나 기뻤다. 사라는 귀엽게 웃으며 레이엘을 바라봤다. 레이엘의 무표정한 얼굴이 보이자, 그녀의 가슴이 갑자기 두근거리기 시작했다.

"날이 밝으려면 아직 시간이 좀 더 있어야겠지만, 슬슬 출발하자. 어차피 더 자는 것도 그른 것 같으니까."

"예."

사라는 밝게 대답하며 제니아가 잠든 침대를 바라봤다.

제니아도 어느새 잠에서 깨어 몸을 일으킨 채, 두 사람을 지켜보고 있었다.

제니아는 착잡한 눈으로 나직이 한숨을 내쉬었다. 두 사람의 다정한 모습을 보니 왠지 마음 한구석이 떨어져 나가는 것 같았다.

제니아는 고개를 흔들어 상념을 털어냈다. 지금은 한가하게 그런 생각을 하고 있을 틈이 없었다. 지금은 온 정신을 공작가에서의 일로 꽉 채워야만 했다.

'세이드 오라버니……'

세이드는 겉보기와는 달리 상당히 음흉한 사람이었다. 자신이 라이온 기사단을 이끌고 마수의 숲으로 향하도록 위에서 은밀한 공작을 펼친 사람이었고, 또 자신이 정혼을 거절할 수 없도록 교묘하게 얽어나간 사람이기도 했다.

라이온 기사단은 세이드가 아닌 공작가의 둘째 아들인 버베인 카라미스를 따랐다. 그들이 가진 힘이 그리 크지 않았지만 세이드에게는 눈엣가시였다. 결국 그들이 원정을 떠나도록 만들어 손쉽게 제거한 것이다.

세이드는 그 모든 일을 처리하며 마치 자신이 하지 않은 것처럼 포장까지 했다. 제니아도 정혼 문제가 아니었다면 아직도 세이드를 믿었을지 모른다.

'과연 내가 할 수 있을까?'

세이드 앞에서 과연 당당하게 말을 꺼낼 수 있을지조차 지금은 장담할 수 없었다. 하지만 어떻게든 해내야만 했다. 제니아는 주먹을 꼭 쥐었다. 그리고 결연한 눈빛으로 레이엘과 사라를 바라봤다.

레이엘은 제니아의 몸에서 마치 빛이 뿜어져 나오는 것 같은 착각이 들었다. 아니, 진짜로 빛이 나오고 있었다. 제니아가 저런 표정을 짓고 있을 때마다 눈이 부실 정도로 빛났다.

레이엘은 고개를 돌려 사라를 쳐다봤다. 맑은 눈으로 귀엽게 웃고 있는 사라에게서도 제니아와 비슷한 빛이 뿜어져 나오고 있었다.

'나도 언젠가는 저 빛을 가질 수 있을까?'

레이엘은 조금 공허한 눈으로 허공을 응시했다. 아직 확신이 서지 않았다. 저런 빛을 가지기에 자신은 너무 타락했다. 아직 몸에서 광기조차 모두 지우지 못하지 않았는가. 게다가 너무나 공허했다. 이 텅 빈 가슴을 꽉꽉 채우지 않고는 결코 제니아가 지은 저런 표정을 가지지 못할 것이다.

"후우. 가자."

레이엘은 그렇게 말하며 앞장섰다. 바닥에 쓰러진 자들에게 손가락 몇 번을 놀려 앞으로 다시는 이런 짓을 하지 못하도록 해주는 것도 잊지 않았다. 아마 이들은 앞으로 몇 년 동안 제대로 걷기 어려울 것이다.

레이엘이 밖으로 나가자, 사라와 제니아가 서로의 얼굴을 쳐다보며 눈을 동그랗게 떴다. 왠지 레이엘의 분위기가 조금 이상했기 때문이다.

"왜 저러시는 거죠?"

"글쎄. 뭐, 이유가 있겠지. 괜히 저러실 분은 아니니까."

사라와 제니아는 동시에 고개를 끄덕인 후, 서둘러 레이엘을 따라갔다.

아직 사위가 캄캄했다. 달도 뜨지 않은 밤이었다. 하지만 세 사람은 능숙하게 어둠을 헤치며 앞으로 나아갔다.

*　　　*　　　*

켄트는 한창 잠에 빠져 있다가 갑자기 섬뜩한 느낌이 들어 눈을 번쩍 떴다. 시커먼 연기가 자신을 감싸고 있었다.

"헉! 뭐, 뭐야!"

켄트가 벌떡 일어나자, 연기는 온데간데없이 사라져 버렸다. 켄트가 어리둥절한 눈으로 주위를 둘러보자, 의아한 눈으로 그를 바라보고 있는 호위들이 보였다.

"무슨 일이십니까?"

켄트는 갑자기 부서질 듯 머리가 아파와 두 손으로 머리를 꽉 움켜쥐었다.

"크윽. 머리가 좀 아프군."

켄트는 고개를 흔들며 자리에서 일어났다. 넓은 들판에서 아무렇게나 잠을 자다가 깨니 몸이 찌뿌드드했다. 그렇게 일어나 몸을 풀고 있는 켄트에게 다카르가 다가왔다.

"그들이 오고 있소."

다카르의 말에 켄트는 정신이 번쩍 들었다. 지금은 밤에 더 가까운 새벽이었다. 이런 시간에 움직일 줄은 몰랐다. 만일 계속 자고 있었다면 허를 찔렸을 것이다. 물론 다카르가 있으니 괜찮았겠지만.

"준비를 좀 해두는 게 좋을 거요. 그리고 어떤 걸 보더라도 놀랄 필요는 없소."

다카르의 음침한 말에 켄트가 의아한 표정을 지었지만, 이내 굳은 얼굴로 고개를 끄덕였다.

"걱정 마시오."

다카르의 입가에 비웃음이 걸렸다. 켄트는 그것을 정확히 봤지만 입을 열 수가 없었다. 갑자기 다카르의 몸에서 검은 연기가 뭉클거리며 뿜어져 나왔기 때문이다. 그것은 그대로 땅으로 스며들어갔다.

뿌득! 뿌득! 뿌드드득!

땅에서 새하얀 것들이 소름끼치는 소리와 함께 솟아나오기 시작했다.

켄트와 그의 호위병들은 아연한 눈으로 그것을 바라봤다. 그리고 다카르가 왜 비웃음을 흘렸는지 알 수 있었다. 땅을 뚫고 솟아오른 것들은 사람의 뼈였다.

"스, 스켈레톤……!"

"흐, 흑마법사……!"

다카르는 켄트와 호위병들의 경악에 찬 눈길을 받으며 기분 좋은 표정을 지었다. 언제나 이럴 때마다 희열이 느껴졌다.

"스켈레톤만으로는 부족하겠지?"

다카르의 몸에서 조금 전보다 더욱 새까만 연기가 흘러나왔다. 이내 땅에서 갑옷까지 챙겨 입은 기사가 솟아 나왔다. 얼굴까지 투구로 가려져 있었는데, 눈이 있는 곳에서만 붉은빛이 뿜어져 나왔다.

실로 기괴하기 이를 데 없는 기사였다. 칠흑같이 검은 갑옷을 갖춰 입은 기사의 모습은 보는 것만으로도 섬뜩하기 그지없었다.

켄트는 마른침을 삼키며 다카르에게 물었다.

"그, 그것이 무엇입니까?"

켄트의 말투가 자신도 모르는 사이 공손해졌다. 다카르의 모습은 정상적인 사람처럼 보이지 않았다. 그의 몸에서 흘러나오는 음산한 기운에 켄트는 정신적으로 완전히 굴복해 버렸다.

"데스나이트다. 흑마법의 힘이지."

다카르는 5클래스의 흑마법사였다. 세상에는 빛의 힘보다 어둠의 힘이 훨씬 더 많고 강했다. 그래서 같은 클래스라도 흑마법사와 다른 마법사들 간에 힘의 격차가 상당했다. 흑마법사들 사이에서는 5클래스의 흑마법사가 7클래스의 일반 마법사와 비슷한 힘을 가졌다고 판단했다.

데스나이트의 힘은 오라마스터와 동등하다. 일단 데스나이트를 불러낸 흑마법사는 누구도 상대하기 어렵다는 게 정설이었다. 다카르의 몸에서 자신감이 줄기줄기 뿜어져 나왔다.

"쓸 만한 놈들이 많군."

다카르는 켄트의 호위병들을 보며 그렇게 중얼거렸다. 다카르의 눈에서 섬뜩한 붉은빛이 뿜어져 나왔다. 호위병들은 그 눈빛을 마주하자마자 사시나무처럼 덜덜 떨었다.

"무, 무, 무슨 짓을 하려는 겁니까."

호위병 중 하나가 열리지 않는 입을 억지로 움직여 물었다. 다카르는 그것을 보며 눈에 이채를 띠었다.

"호오. 역시 쓸 만하구나. 자아, 이리 오너라. 내가 아주 강력한 힘을 줄 테니까."

　다카르가 호위병들을 향해 가볍게 손짓을 했다. 그러자 호위병들이 마치 이지를 상실한 것처럼 멍한 표정으로 비틀거리며 다카르에게 걸어갔다.

　켄트는 그 광경을 보며 눈을 부릅떴다. 차마 그만두라고 말리지도 못했다. 호위병들은 아마 돌아올 수 없는 강을 건널 것이다.

　하지만 켄트는 입도 뻥끗할 수 없었다. 그저 덜덜 떨며 금방이라도 힘이 풀려 주저앉을 것 같은 다리에 억지로 힘을 주는 것이 그가 할 수 있는 전부였다.

　다카르 앞에 나란히 선 호위병들은 위태롭게 흔들렸다. 발바닥을 땅에 붙인 채, 몸을 이리저리 흔들었는데, 마치 발이 고정된 인형이 바람에 날리는 듯한 모습이었다.

　다카르는 호위병들의 입에 핏빛 액체를 넣어 주었다. 호위병들은 그것을 꿀꺽꿀꺽 잘도 마셨다. 그들이 액체를 모두 마시자, 다카르는 손가락을 들어올렸다.

　삐죽 솟아나온 손톱이 상당히 위험해 보였다. 다카르는 망설이지 않고 호위병들의 이마에 손톱으로 기이한 문양을 그려 넣었다.

　"자아, 다 됐다. 너희들은 이제 힘을 얻었다. 그 힘을 폭발시킬 준비를 하고 있어라."

　다카르의 명이 떨어지자, 호위병들은 켄트의 주위로 가서 섰다. 다카르는 그 모습을 만족스럽게 바라보고는 고개를 한 번 끄덕였다.

"이제 기다리기만 하면 되는군."

다카르의 입가에 음흉한 미소가 떠올랐다.

레이엘은 아까부터 앞에서 느껴지는 음산한 기운에 결국 걸음을 멈췄다. 누군가 좋지 않은 의도로 그들이 지나가야 할 길에 뭔가 수작을 부린 게 분명했다.

레이엘이 걸음을 멈추자 사라와 제니아가 의아한 눈으로 그를 바라봤다. 분위기를 먼저 파악한 것은 제니아였다. 그녀는 레이엘의 분위기가 갑자기 달라진 걸 느꼈다.

"왜 그러시나요?"

제니아의 물음에 레이엘이 두 여인을 바라봤다. 확실히 뭔가 조치를 취해 주지 않으면 위험할 수도 있었다. 사라는 그나마 마법이라도 쓸 수 있으니 다행이지만, 제니아는 아무것도 없으니 더 위험했다.

아니, 사라도 레이엘이 보기에는 아직 마법 실력이 어설펐다. 어설픈 마법은 오히려 더 위험했다.

"아무래도 방비가 좀 필요할 것 같군."

레이엘은 조용히 눈을 감고 감각을 집중했다. 그리고 앞에서 조금씩 흘러오는 기운의 정체를 파악해 나갔다. 그것의 정체를 파헤치는 건 그리 어렵지도 않았고 시간이 필요하지도 않았다. 익숙했기 때문이다.

‘하긴, 내게 익숙하지 않은 것이 어디 있겠느냐마는.’

레이엘은 속으로 그렇게 중얼거리며 씁쓸한 표정을 지었다. 하지만 그 표정은 나타났던 것보다 더 빨리 사라졌다. 표정이 사라진 그의 얼굴에 다시 공허함이 맴돌았다.

“흑마법이다.”

레이엘의 말에 사라와 제니아가 깜짝 놀랐다.

“예? 흑마법이라고요?”

레이엘이 고개를 끄덕였다.

“최소 5클래스 이상의 흑마법이 우리가 가는 방향에서 펼쳐졌다. 아마 뭔가 함정이 있을 거다.”

사라와 제니아는 혼란스러웠다. 난데없이 흑마법사라니. 문득 제니아의 표정이 딱딱하게 굳었다.

“설마 공작가가…….”

제니아는 세차게 고개를 저었다. 흑마법사를 이용하는 건 위험한 일이다. 자칫 세상의 지탄을 받을 수도 있는 일이다. 한데 그런 위험한 일을 공작가가 나서서 했을 리 없었다.

‘하지만 세이드라면…….’

음흉한 세이드라면 뒤에서 몰래 흑마법사를 움직였을 수도 있었다. 사람들이 비록 흑마법사를 꺼리긴 하지만, 그들의 수가 적은 건 결코 아니었다. 마음만 먹으면 얼마든지 흑마법사를 찾을 수 있었다.

상념에 잠긴 제니아의 눈앞에 뭔가가 불쑥 나타났다. 제니아는 깜짝 놀라 자신도 모르게 뒤로 물러났다. 그리고 그제야 레이엘이 내민 뭔가를 볼 수 있었다.

"방패?"

레이엘이 준 것은 타원형의 방패였다. 제니아처럼 왜소한 사람의 상체를 어느 정도 커버할 수 있을 만한 크기였는데, 특이하게도 투명했다.

제니아는 신기한 눈으로 그것을 받아들었다. 방패 안쪽에는 마법진으로 보이는 기하학적인 문양이 잔뜩 새겨져 있었다. 방패를 들어 몸을 가려보니, 더 신기했다. 방패를 통해서 본 세상은 더 넓었다. 마치 시야가 확장되는 기분이었다.

"신기한 방패네요."

"거대개미의 눈으로 만든 거다."

제니아는 그런가 보다 하고 고개를 끄덕였다. 그녀가 거대개미에 대해 잘 모르기에 보일 수 있는 반응이었다.

거대개미의 몸에서 가장 단단한 부분이 바로 눈이었다. 거대개미의 몸은 오라를 입힌 검으로 내리쳐도 흠집 하나 나지 않을 정도로 강했다. 눈은 그보다 더했다. 오라마스터라도 단번에 눈을 잘라내지 못할 것이다.

그런 눈을 재료로 방패를 만들고 각종 마법진을 이용해 강화시켰다. 레이엘이 마법 물품의 제작에 어느 정도 자신감이 생긴 후, 첫 번째로 만들어낸 물건이 바로 이 방패였다.

제니아는 기분 좋은 표정으로 방패를 부드럽게 쓰다듬었다.

레이엘이 준 거라서 더 좋았다. 그녀의 눈에 사라의 모습이 보였다. 사라도 제니아의 것과 똑같은 방패를 들고 좋아하고 있었다. 제니아의 표정이 살짝 씁쓸해졌다.

'하긴, 내가 이럴 처지가 아니지.'

제니아는 길게 심호흡을 했다. 그리고 눈을 빛내며 레이엘을 바라봤다.

"가죠."

레이엘이 고개를 끄덕이고 앞장섰다. 걸어가면 걸어갈수록 음산한 기운이 점점 더 강렬해졌다. 그리고 이내 익숙한 얼굴이 보였다. 켄트였다.

"또 이러면 살려두지 않는다고 했을 텐데."

레이엘이 무심한 눈으로 켄트를 쳐다보며 말하자, 켄트는 몸을 부르르 떨었다.

이렇게 대단한 힘을 가지고 왔는데도 레이엘에 대한 공포는 전혀 사라지지 않았다. 온몸이 덜덜 떨렸다. 말도 제대로 나오지 않았다.

덜덜 떠는 켄트 앞으로 다카르가 천천히 걸어 나갔다. 여전히 검은 로브를 뒤집어쓰고 있는 다카르의 몸에서 쉴 새 없이 음산한 기운이 흘러나왔다.

"자아, 멍청한 놈 대신, 내가 대접을 해주지. 일단 이것부터 상대한 다음에 다시 얘기를 해볼까?"

다카르의 말이 끝남과 동시에 사방에서 새하얀 스켈레톤들이 절그럭거리며 다가왔다. 레이엘은 무심한 눈으로 다가오는 스켈레톤들을 둘러봤다.

스켈레톤들을 보던 레이엘의 눈이 한순간 빛났다. 조금 떨어진 곳에서 스켈레톤과는 상당히 이질적인 존재가 느껴졌기 때문이다.

"데스나이트인가?"

다카르의 눈에 놀람이 어렸다.

"데스나이트를 느꼈단 말인가? 이거 대단한데?"

레이엘은 대수롭지 않은 어조로 말했다.

"흑마법사에 대해서는 꽤 잘 알고 있으니까."

레이엘이 한 손을 들어올렸다. 다카르의 시선이 레이엘의 손으로 향했다. 레이엘의 손에 미약한 빛이 맺혔다. 그리고 다카르의 눈에 경악이 어렸다.

"그, 그것은!"

다카르가 채 뭔가를 해보기도 전에 레이엘의 손에서 강렬한 광채가 뿜어져 나왔다. 그 빛은 사방으로 퍼져 나가며 스켈레톤들을 환하게 감싸 안았다.

이내 빛이 사라지자, 놀라운 광경이 드러났다. 스켈레톤들이 모조리 쓰러진 것이다. 그냥 쓰러진 게 아니라 완전히 조각조각 흩어져 있었다. 스켈레톤을 이루고 있던 어둠의 마력이 소멸된 것이다.

"이, 이럴 수가……! 성휘라니! 대체 네놈의 정체가 뭐냐!"

다카르의 말에 레이엘은 고개를 갸웃거렸다.

"성휘? 처음 듣는 말이로군. 이건 그저 흑마법의 결을 부수는 빛일 뿐이야."

"그게 성휘가 아니고 뭐란 말이냐! 대체 네놈의 정체가 뭐냐!"

다카르의 외침과 동시에 멀리 떨어져 있던 데스나이트가 몸을 날렸다. 데스나이트는 단숨에 레이엘을 덮쳤다. 실로 놀라운 속도였다. 하지만 레이엘은 아무렇지도 않게 검을 뽑아 휘둘렀다.

쩡!

데스나이트의 몸이 힘없이 뒤로 날아갔다. 다카르는 분명히 볼 수 있었다. 데스나이트의 검과 레이엘의 검이 부딪치는 순간, 은은한 빛이 레이엘의 검에서 뿜어져 나오는 광경을 말이다.

다카르는 다급히 마법을 준비했다. 심상치 않았다. 데스나이트로도 눈앞에 있는 자를 막을 수 없다는 생각이 들었다. 아니, 막을 수 없었다.

준비한 수를 몽땅 써도 모자란다. 다카르의 시선이 레이엘 근처에 있는 두 여인에게로 향했다.

다카르의 몸에서 검은 연기가 뿜어져 나왔다. 그리고 그 연기가 모여들더니 날카로운 화살로 변했다. 새까만 다섯 개의 화살이 순식간에 날아갔다. 목표는 제니아와 사라였다. 그리고 그 순간, 데스나이트가 레이엘에게 다시 달려들었다. 레이엘이 돕지 못하게 방해하기 위함이었다.

레이엘은 침착하게 데스나이트의 검을 막았다. 그 사이 검은 화살이 제니아와 사라를 덮쳤다. 하지만 두 여인은 전혀 그 화살이 두렵지 않았다. 그녀들은 침착하게 방패를 들어올렸다.

검은 화살이 나아가다가 방향을 틀었다. 그리고 방패가 막지 못하는 쪽을 노리며 훨씬 더 빨라진 속도로 날아갔다.

쩌저저정!

다카르의 눈이 화등잔만 해졌다. 검은 화살은 분명히 방패를 피해서 날아갔다. 한데 막혀 버렸다. 두 여인의 다리 부근에 은은한 빛이 한 번 물결치는 광경이 보였다.

"마법이 걸려 있었군. 으득."

다카르는 이를 갈았다. 회심의 수였는데, 그게 빗나가 버린 것이다. 제니아와 사라를 제압해 인질로 삼으면 레이엘을 쉽게 처리할 수 있을 거란 계산이었는데 완전히 틀어져 버렸다. 하지만 그렇다고 모든 게 끝난 건 아니었다. 다카르는 다시 마법을 준비했다. 이번에는 남은 마력을 모조리 짜냈다.

어느새 데스나이트의 온몸에서 시커먼 연기가 뭉클뭉클 흘러나오고 있었다. 레이엘에게 당한 상처에서 나오는 암흑의 기운이었다. 보아하니 금세 무너질 것 같았다. 그 전에 최대한 준비를 해야만 했다.

“키이이이!”

다카르의 입에서 기이한 소리가 흘러나왔다. 마치 유령이 비명을 지르는 것 같았다. 그리고 그 소리에 데스나이트가 광전사처럼 날뛰기 시작했다.

레이엘은 갑자기 난폭해진 데스나이트의 움직임에도 전혀 당황하지 않았다. 어차피 데스나이트 한 마리 정도는 그리 큰 문제가 되지 않았다.

그렇게 데스나이트에게 착실히 상처를 늘려가고 있을 때, 멀리서 섬뜩한 뭔가가 다가오는 게 느껴졌다.

레이엘은 갑자기 드는 위기감에 검에 더욱 많은 기운을 불어 넣었다. 데스나이트를 상대로 해서 내단으로 늘어난 기운을 몸에 적응시키고 있었는데, 더 이상 그럴 여유가 없었다.

쩍!

단번에 데스나이트의 목이 날아갔다. 잘린 목에서 검은 연기가 폭포수처럼 쏟아져 나왔다. 하지만 데스나이트는 그렇게 당하고도 쓰러지지 않고 검을 휘둘러왔다.

쩌저정!

레이엘이 휘두른 검에 데스나이트의 검이 산산조각 났다. 레이엘의 검은 그것으로도 모자라 데스나이트의 가슴 한복판을 꿰뚫었다.

“그어어어어!”

바닥을 뒹구는 데스나이트의 머리에서 기괴한 비명이 흘러나왔다. 레이엘이 찌른 곳이 바로 데스나이트의 급소였다.

텅!

데스나이트가 쓰러졌다. 그리고 그와 동시에 온몸에서 검은 기운을 흩날리는 일곱 명의 호위병들이 달려들었다. 레이엘은 그들을 보고 대번에 정체를 알아냈다.

"모여!"

레이엘의 외침에 사라와 제니아는 아무런 생각도 하지 않고 레이엘에게 달려갔다. 그리고 레이엘을 중심으로 방패를 들어 올렸다.

레이엘의 몸에서 눈부신 빛이 뿜어져 나왔다. 그와 동시에 일곱 명의 호위병이 그대로 터져 나갔다.

콰과과광!

찢어진 육편과 핏방울들이 사방을 휩쓸었다. 어마어마한 위력의 폭발이었다. 그리고 그 폭발 위로 거대한 암흑의 구체가 날아갔다. 결국 주문을 완성한 다카르가 마법까지 날린 것이다.

꾸아아아앙!

다시 폭발이 일어났다. 구체가 떨어진 일대가 암흑으로 뒤덮였다. 마치 암흑이 세력을 확장하며 모든 것을 집어삼키는 것 같았다.

다카르는 힘겨운 표정으로 숨을 헐떡였다.

"허억. 허억. 대단한 놈이로군."

데스나이트를 그렇게 간단히 무력화시킬 줄은 몰랐다. 만일 일곱 구의 시체폭탄을 만들어 놓지 않았다면 당하는 것은 자신이 되었을 것이다.

"후우. 이제 다 끝났다."

다카르는 그렇게 말하며 섬뜩한 눈으로 켄트를 바라봤다. 켄트는 두려운 표정으로 주춤주춤 물러났다.

"왜, 왜 이러시는 겁니까."

"왜 이러긴, 다 알면서 뭘 묻나?"

"혀, 형님이 시켰군."

켄트의 말에 다카르가 고개를 끄덕였다. 어차피 알아도 전혀 상관없었다. 켄트는 이제 인형이 될 테니까 말이다.

"인형이 되면 모든 고통에서 해방되니 서로 좋은 일 아니겠나?"

다카르가 손을 들어올렸다. 얘기를 하는 동안 바닥났던 마력의 일부가 돌아왔다. 딱 인형을 만들 수 있을 정도의 마력이었다.

다카르의 손에 어둠의 기운이 일렁였다. 그리고 그의 손바닥이 막 켄트의 이마에 닿으려는 찰나, 뭔가가 번득였다.

서걱!

다카르는 이해할 수 없는 눈으로 자신의 손이 있던 곳을 바라봤다.

없었다.

손이 있어야 할 자리에 손이 없고 분수처럼 뿜어져 나오는 검붉은 핏물만 보였다.

다카르의 고개가 옆으로 돌아갔다. 그의 마법이 폭발을 일으켰던 자리에 시선이 꽂혔다. 다카르는 이해할 수 없는 눈으로 그곳에 멀쩡히 서 있는 세 사람을 바라봤다.

두 여인이 방패 너머로 빠끔 고개를 내밀어 살펴보고 있었고, 검을 든 사내가 무심한 눈으로 서 있었다. 사내의 검이 다시 움직였다. 아니, 움직이려 하는 것 같았다. 검은 그대로였다.

한데 세상이 빙글 돌아갔다.

'어어?'

다카르는 뭔가 말을 하고 싶었는데, 말이 나오지 않았다. 그리고 세상이 어둠에 잠겼다.

툭!

좌아아악!

켄트는 온몸에 피를 뒤집어 쓴 채, 얼어붙어 버렸다.

눈앞에서 사람 손목이 날아가고 목이 잘려 떨어지는 광경을 봤으니 당연한 반응이었다.

다카르는 아직도 손을 내민 채 서 있었다. 머리가 잘린 목에서는 피가 콸콸 쏟아져 나왔다. 손목과 목에서 나온 피가 켄트에게 비처럼 쏟아졌다.

"으, 으어어……!"

켄트는 의미를 알 수 없는 소리를 내며 털썩 주저앉았다. 그
리고 그 상태로 팔다리를 허우적대며 뒤로 물러났다.
공포에 젖은 켄트의 눈동자에 레이엘의 모습이 아프게 박혀
들었다.

〈2권에서 계속〉

더스크 하울러

태선 게임 판타지 소설
GAME FANTASY STORY

『다이너마이트』, 『타나토스』의 작가 태선의 신작!
소심한 성격을 극복하기 위해 밸런스 막장으로
소문난 게임 '트리키아'에 뛰어들었다!

마법사라면 쳐맞아도 주문은 외워야 산다!

어떤 상황에서도 주문을 외는 강철 주둥이.
인간 종족의 이단아가 되어 암흑 진영을 지배한다!

EVENT ONE

이벤트를 진행하는 3종의 책을 '모두 구입하신 분들 중' 추첨을 통해 사은품을 드립니다.

[사은품]
1명 : <닌텐도 DS> + 3종의 3권(작가 친필사인)
('EVENT ONE에 참여하신 분들 중 30명'에게 작가 친필사인이 들어 있는 3종의 3권을 드립니다.)

[응모요령]
1,2권 띠지에 부착된 응모권 6개를 오려 드림북스로 보내주세요.

EVENT TWO

이벤트를 진행하는 3종의 책을 '개별적으로 구입하신 분들 중' 추첨을 통해 사은품을 드립니다.

[사은품]
3명 : <백화점 상품권(5만원)> + 구입한 도서의 3권(작가 친필사인)
(『천신』(1명), 『신마협도』(1명), 『역천의 황제』(1명))

[응모요령]
1,2권 띠지에 부착된 응모권 2개를 오려 드림북스로 보내주세요.

EVENT THREE

책을 읽고 감상평을 올리시는 분들 중 11명을 추첨하여 사은품을 드립니다.

[사은품]
으뜸상(1명) : <백화점 상품권(10만원)> + 서평을 쓴 도서의 3권(작가 친필사인)

우수상(10명) : 문화상품권(1만원) + 서평을 쓴 도서의 3권(작가 친필사인)

[응모요령]
1. 이벤트 진행 도서들 중 하나를 읽고 인터넷 서점(YES24) 리뷰란에 감상평을 올려주세요.
2. 그 감상평을 복사하여 웹 게시판(개인 블로그 및 홈페이지)에 올려주신 후, 게시물의 URL을 '드림북스 편집부 이메일'로 보내주세요.

[보내주실 곳] (우)142-815 서울시 강북구 미아8동 322-10
(주)삼양출판사 2층 드림북스 이벤트 담당자 앞
드림북스 편집부 e-mail : sybooks@empal.com

[이벤트 기간] 2009년 12월 21일~2010년 2월 10일

[당첨자 발표] 2010년 2월 22일(당사 블로그 및 장르문학 전문 사이트에 발표합니다.)

드림북스 블로그 http://blog.naver.com/dream_books
문피아 사이트 http://www.munpia.com/출판사 소식/드림북스
조아라 사이트 http://www.joara.com/출판사 소식

※ 응모권을 보내주실 때는 '이름, 연락처, 주소'를 정확히 기입해 주세요.
※ 사은품은 이벤트 진행도서 3종의 3권의 책이 모두 출간된 직후 일괄 배송합니다.
※ 사은품은 상기 이미지와 다를 수 있습니다.

프로가 되는 가장 빠른 길!!

서강대학교 방송작가아카데미
9월, 2기 모집!

장르소설가, 드라마작가, 라디오작가, 작사가

판타지 소설, 무협소설 작가되기!

판타지, 무협, 로맨스와 같은 장르소설과정 국내 최초 개설!
국내 무협 소설의 대부 금강,
〈호위무사〉의 초우, 〈종횡무진〉의 송현우
인기로맨스 소설가 백묘와 함께하는 생동감 넘치는 강의!
우수생 선발, 협력 출판사를 통해 출판까지!

1기수, 전원 출판 확정!
현재 집필 중!
선착순 마감 임박, 서두르세요!

문의

서울시 마포구 신수동 1-3번지 서강빌딩 703호
www.sbwa.co.kr
Tel. 02)719-1160 Fax. 02)719-1130